遠く空は晴れても

ブラディ・ドール⑪

北方謙三

角川春樹事務所

BLOODY DOLL

KITAKATA KENZO

北方謙三

遠く空は晴れても

遠く空は晴れても

BLOODY DOLL

KITAKATA KENZO

目次

1　弔鐘（ちょうしょう）

低い声が続いていた。

私は、襲いかかってくる睡魔に、抗（あらが）いきれずにいた。それでも完全には眠ってはいなかった。顔を天井にむけるのではなく、うつむいていなければと自分に言い聞かせていたのだ。

不意に、頭の中にカン高い唄声（うたごえ）が谺（こだま）した。賛美歌がはじまったようだ。私はなんとか、重い頭を持ちあげた。賛美歌はすぐに終り、また牧師の説教だった。同じことが何度もくり返され、賛美歌では私の重い頭は持ちあがらなくなった。

人々の動き。献花がはじまったようだ。私は頭を持ちあげ、それからかなり努力して立ちあがった。献花の列につき、白いカーネェションを柩（ひつぎ）の上に供えると、礼拝堂の外へ出た。

陽（ひ）が照りつけていた。植込みの緑が、白っぽく見えるほど強い陽光だ。こんな日には、誰も喪服は似合わない。

柩は、なかなか運び出されてこなかった。小さな街の、ほんの小さな義理に縛られて、私は葬儀に列席していた。

高台にある教会の庭からは、海がよく見えた。競るように、モーターボートが二隻突っ走っている。二本の白い航跡は、ところどころ重なって見えた。

「こう暑いと、太陽がいまいましいな、ソルティ」

背後から声をかけられた。

「太陽も、商売物みたいなものでしてね」

言って、私は煙草に火をつけた。声で、誰だかわかった。

「喪服が似合わない日だと、俺はなんとなく考えていたよ」

俺もという言葉の代りに、私は煙を吹き出した。この男は、いつも思っていることを大声で言いすぎる。話しかけている以外の人間にも、聞かせたがっているのかもしれない。

蟬が鳴いていた。樹木の多い街だ。礼拝堂の入口の前の広場には、細かな砂利が敷いてあって、歩くたびに音をたてた。それは蟬の鳴声の中で、異様な空気の軋みのように聞えた。

広場の隅の灰皿で煙草を消し、私はハンカチで首筋や顔を拭った。礼拝堂からは、献花を済ませた人々が、次々に出てきている。

私の数メートル横に、見知らぬ男が立っていた。私の眼を惹いたのは、見知らぬということではなく、黒いスーツをきちっと着こんでいるのに、汗ひとつかいている様子がないということだった。見知らぬ人間なら、葬式にはいくらでもいる。

そして男は、海に背をむけて立っていた。この街に住んでいようといなかろうと、大抵の人間は高台に立てば海に眼をやる。男は、礼拝堂の壁にじっと眼を注いでいるだけで、一度も海に眼をやろうとはしなかった。

参列者が百人ほどの葬式だった。不意に、鐘が打たれはじめた。弔鐘というやつだ。それを合図にしたように、柩が担ぎ出されてきて、車に載せられた。霊柩車だろうが、屋根の恰好をした飾りなどなく、ステーションワゴンだった。

弔鐘がいくつ鳴ったのか、私は数えていなかった。霊柩車が走り去るまで、鳴り続けていたような気がする。

「火を貸してくれ、ソルティ。どうもライターを忘れてきちまったようだ」

駐車場に歩きかけたところで、群秋生に声をかけられた。私は、ジッポの火を出してやった。群は、もう上着を脱ぎ、ネクタイを緩めている。群だけではなく、大抵の男の参列者はそうしていた。

ひとりだけ、黒いスーツの男。駐車場の、グレーのＢＭＷに上着も脱がずに乗りこんでいく。中は、かなりの高温になっているはずだ。

「俺を、ホテルまで乗せて行ってくれ。遅い昼めしを食うから」

「来る時は、どうしたんですか、先生？」

「小野に運転させてきた。帰りは、誰かいるだろうと思ってね」

私は肩を竦めた。

グレーのＢＭＷが、走り去っていった。窓も開けていない。走りながら風を入れないことには、クーラーだけでは簡単に冷えはしないだろう。

「どうした？」

「いや、別に。それより、仕事は進んでいるんですか。小野さんが、泣いてましたよ」

「どうせ、おまえらが酒場に引っ張り出したんだろう。あの娘は、酒が入るとすぐに泣くからな」

「泣いてたといっても、涙を流してたってわけじゃなく、つまり嘆いてたってことです。このところ、旅行が多いでしょう」

「旅行も、仕事のうちだ」

私はもう一度肩を竦め、パジェロのロックを解除した。ドアノブは、熱く灼けていた。シートも熱かった。エンジンをかけると、窓もエアコンも全開にする。

「教会でやる葬式じゃ、香典ってやつは出さないもんだと思ってたよ。みんな持ってきてたんで、びっくりしたね」

「先生、まさか持ってこなかったんじゃないでしょうね？」

「持ってこなかった」

私は車を出した。風が入り、熱い空気を吹き飛ばしていく。

「どうするんですか？」

「仕方ないさ、持ってこなかったんだ」

「あとで送ればいい」

「それは、忘れたと言ってるみたいじゃないか。俺は忘れたんじゃない。必要ないと思ったんだ」

「まったく、どこか浮世離れしてるからな。先生が来たの、大橋（おおはし）の親父（おやじ）が見落とすはずはない。なのに香典がない。悩みますよ、なくなったんじゃないかってね」

「人生には、多少の悩みはあった方がいい」

「おふくろをなくしたばかりなのに」

「七十四歳というじゃないか」

　私は肩を竦めた。三度目だった。群秋生といると、肩の運動にはなる。ようやく、車内が涼しくなってきた。両側のウインドグラスをあげる。

「ソルティ、おふくろは？」

「十四の時に、死にました。おふくろなしで過した人生の方がもう長いですよ」

「俺は、三十五の時だった。やっと売れはじめたころで、それほど心配もせずに死ねたと思うよ」

「三十五まで、おふくろさんが先生を食わしてたんでしょう。なにかで読みましたよ」

「三十三までだ。そのころから、俺は売れはじめた。三十八でこの街へ引越してきて、もう五年だ」

街の西のはずれの別荘地を、群秋生が買った時は、話題になったものだった。一区画が二百坪という、海浜の別荘地にしては広いものを、五区画まとめて買ったのだ。

その時はじめて群秋生という小説家を知った、という者が多かった。年にほぼ一冊、ぶ厚い本が出る。ある程度は売れているようだが、英語に翻訳されると、大ベストセラーになるらしい。

私も、買って読んでみた。かなり深刻な恋愛が扱われていて、逃避行があったりもする。それも、アフリカの砂漠を舞台にだ。そして、悲しい結末だった。一冊目がそうだったので、二冊三冊と読んでみたが、全部結末は悲しいのだった。三冊読んだところで、不意に、群秋生の強烈な渇きのようなものを感じた。悲しさをもひからびさせてしまうような、どうしようもない渇き。

それを感じた時から、私は群秋生の本を手にしていない。悲しみはチクチクと胸を刺すだけで済んでしまうが、渇きは私の心に食いこんできて、すべてを掻(か)き回す。

「五年暮してみて、どうですか、この街は？」

「五年前は、ホテルもなにも、みんな新しかった。まだ目立つほどの錆(さび)はなかった。やっと、時々錆が見えるようになったね」

「鋳って?」

「たとえば、香典を持っていかなければならない葬式が、教会であるとか」

「殺人事件があるとか」

「あれは、どうしたんだ。なぜなんだ?」

　十日ほど前、街に一本だけ流れる神前川の河原で、男がひとり殺された。

「解決しましたよ」

「そりゃ、犯人はすぐに捕まった。恨みだという発表もあった。だけど、それで解決したってことにはならない。この街のどこかに、人を殺させるようなところがあったんだ」

「先生、俺は小説家じゃありませんからね」

「おまえは、この街の生まれだろう、ソルティ」

「俺がガキのころは、小さな村でしたよ。畠ばかりでね。十八の時にここを出ましたが、山の方に神前亭がポツンとできただけでした。六年前に戻ってきた時は、あまりの変りように、息を呑んだくらいです」

　ここがリゾート地として急速に開発されたのは、十二年前からだという。まずS市と結ぶトンネルが掘られ、海岸沿いにホテルが建ちはじめたらしい。

　そのころのことを、私は話を聞いて知っているだけだった。

「一年長いだけだな、俺より」

「そういうことです」

ホテル・カルタヘーナが近づいてきた。ちょっと憂鬱になるほど、贅沢なホテルだった。敷地は広大で、その中に街がひとつすっぽりと入ってしまいそうだった。それでいながら二百室とされている。従業員は三百人もいるのにだ。

ほかの海浜のホテルと較べても、その贅沢さは際立っていて、較べられるのは山際にある神前亭だけだった。

私の仕事場は、本館と呼ばれる平屋の建物の一室にある。

「ところでソルティ、小野玲子に手を出してはいまいな？」

「先生の秘書に手を出したら、小説のネタにされかねない」

「俺は、そんなものは書かん。ただ、どうもな。小野にはこのところ、恋する女の徴候が出てきている」

「それで相手がわからず、俺が疑われることになるんですか」

「まあ、似合ってはいるような気はする」

「二十三でしょう、まだ」

「おまえは、三十三じゃないか、まだ」

「小野さんから見れば、おじさんってやつでしょう」

「俺が四十二だということを、皮肉ってるのか？」

「すぐにそれだ。この間の勝負に負けたのが、よほど口惜しいんですね」

「俺は、ビリヤードはエイト・ボールしか認めない。ナイン・ボールなんてのは、野球をソフトボールにしたようなもんさ」

「そういうのを、負け惜しみというんです」

「ソルティ、ひとつだけ覚えておけよ。俺は蠍みたいな男なんだ」

「単に、蠍座ってだけのことじゃないですか」

「今夜、もう一度勝負だ」

「やめときます。夜は読書の時間だ、と小野さんが言ってました」

「夜は、あいつはいない」

「翌日発覚して、ほんとに真剣な表情で抗議されますからね。勘弁してください」

ホテル・カルタヘーナの敷地に入った。門はさりげなく、それでもしっかりとテレビカメラが監視している。その門を入ってから、またひとしきり走らなければ、本館の玄関には行き着かないのだった。

2 鼻

ファドが流れていた。

水曜日か、と私は思った。この店では、曜日ごとに音楽が変る。聴いただけで、何曜日かわかってしまうのだ。

私はカウンターに腰を降ろした。バーテンの宇津木（うつぎ）が、黙って私のボトルを出す。シングルモルトのスコッチ。銘柄は時々変えるが、シングルモルトというところだけはずっと同じだ。

いつものように、宇津木がストレートとチェイサーを出した。

「須田（すだ）さんは？」

「まだ、回ってきてません。電話はないんで、そろそろ現われると思うんですが」

頷（うなず）き、私は一杯目を口に放（ほう）りこんだ。コーンウイスキーの飲み方だ、といつも須田に嗤（わら）われる。流儀。嗤われようと、それを変えようという気はなかった。

はじめてウイスキーを口にした時、そんな飲み方をした。六杯目まで、ちゃんとしていた。七杯目を飲もうとした時、ぶっ倒れた。笑い声が聞えた。私に、酒を飲ませてくれた男だった。その男はいつもストレートで飲んでいて、三年後に殺された。通夜の席で、その男の愛人が叫びに似た笑い声をあげながら、シングルモルトのスコッチを、その男の躰（からだ）にふりかけた。笑いながら、女は泣いていた。

二杯目を宇津木が注ぐ。

「大橋さんのところの葬式には、若月（わかつき）さん？」

「行ったよ」

半袖のシャツに着替えていた。下はジーンズで、麻のジャケットはよほど躰が冷えてこなければ着ない。冷房が強すぎるレストランや酒場は、時々あった。

「もう歳なんだ。いいですよね」

宇津木は、老人臭い若者だった。二十三のはずだが、十七、八という感じがする。薄い髭しか生えていないからだろう。

「真ちゃん、一杯奢ってよ」

和子がそばへ来た。奥のブースに客がひと組いるが、志津子が付いている。女二人とバーテン。それぐらいがちょうどいい店だ。勘定も、私にはちょうどいい。

ドアが開いたのは、私が四杯目を飲もうとしている時だった。二人だった。ひとりは須田だが、もうひとりは教会の葬式で見かけたあの男だ。さすがにネクタイは取っているが、黒い上着はそのままで、ついでにサングラスをかけていた。

須田は、私と視線が合うとちょっと頷いただけで、男をブースへ案内した。

「誰だよ？」

「知らない」

耳もとで囁かれたのがくすぐったいというように、和子は肩を竦め、指さきで耳を擦った。

低い、しみ透るような声だった。カウンターのところまで、途切れ途切れに聞えてくる。相手の須田の声は、ほとんど聞えなかった。ファドに合った声だ、と私は考えていた。

須田がなぜファドを好きなのかは、知らない。毎週水曜日には、ファドがかかっている。ほとんどが女性歌手で、切々とした唄い方が私はあまり好きではなかった。時々、ギターラと呼ばれる弦楽器のソロが入るが、その方がずっと親しみやすい。

「真ちゃんはいいな。夏も冬も陽焼けしてて。あたしなんか、夏だっていうのにこの白さよ。もう焼けないいな。シミになっちゃうだろうし」

「俺は、仕事だよ」

「だから、いい仕事だって。ほんとはオフィスにいりゃいいのに、海の上の方が気楽だからすぐに行きたがる、と野中君が言ってた」

「行きたがってるのは、野中の方さ」

野中の持っているのは、四級の船舶免許で、小さなクルーザーしか動かせなかった。私は一級を持っている。かなり大型の漁船まで、動かす資格はあるのだ。

須田が入ってきてから、宇津木はほとんど喋ろうとしなくなった。時々須田の方に眼をやるが、すぐに下を向く。

「須田さん、いつもと違うな」

和子が席を立った時、私はカウンターに乗り出して言った。

「そう思いますか、若月さんも？」

「あまりでかい声では喋らない人だが、あの席なら少しはここまで聞える」

「なにか、言っちゃいるんですが」

須田は、ちょうど私と背中合わせの位置になる。もうひとりの男の声は、やはり低く、呟くような感じで聞えてくる。

「怯えるなよ、宇津木」

「そんな。平気ですよ、俺」

宇津木はいつも、須田の顔色を窺っている。といって、怯えてばかりいるわけではなく、時々怯えを見せる瞬間があるのだ。六年前、私がこの街に戻ってきたころ、宇津木はガソリンスタンドで働いていた。S市から、ゼロ半で通ってきていたはずだ。まだ高校生だった。四年前に、半年ばかり姿を消し、次に現われた時は、『てまり』のバーテンだった。この街に、部屋も借りている。

いなくなっていた半年の間、少年刑務所に入っていたとか、やくざになりかかっていたとか、いろいろな噂があったが、私は気にしないようにしていた。須田が、なにも言わなかったからだ。少年のような外見には似合わないものを、宇津木の中に時々感じたりするだけだった。

背後の二人が、腰をあげた。私はスツールの上で躰を横にして、そちらの方を見た。男が、はずして服の胸ポケットに入れていたサングラスを、かけようとしているところだった。出て行ってくれ、と須田が言ったようだ。呟くように低い声だったが、口は確かにそんなふうに動いたように見えた。男の表情は、ほとんど動かなかった。

　店から出て行けと言ったのか、それとも街からなのか、私は考えていた。

　男が静かにドアにむかって歩き、ふり返りもせずに出て行った。須田は、私の横に腰を降ろした。

「ソルティと同じものだ」

　私のボトルから飲むような真似（まね）を、須田は決してしない。

「大橋さんのとこの葬式、須田さんは来ませんでしたね」

「付き合いはなかった」

「先生だって、来てましたよ。『スカンピー』の客だってだけの理由で」

「あの人なら、俺の葬式にも来てくれる」

　宇津木が、ショットグラスとチェイサーを置いた。私は煙草に火をつけた。二杯奢ってやった和子は、須田が煙たいのか、奥の席の客のところへ行った。

「土用波は立ってるようだな、ソルティ」

「まあね。もう海で泳いでる客はいませんよ。くらげも多くなったし。それでも、結構暑いですね」

「結構なんてもんじゃないな」

「苛ついたりすると、暑くなるもんですよ」

須田は、ウイスキーをチビリと口に入れた。いつも同じような飲み方だ。須田がくわえた煙草に、宇津木が火を出した。

「葬式じゃ、かなり儲かったでしょう。生花が多かったですよ」

「ビジネスはビジネスだ。それに、大橋さんから註文を貰ったわけじゃない」

須田は、リスボン通りで花屋を経営していた。『エミリー』という名だ。その名を、群秋生が気に入っていた。アメリカのフォークナーという作家に『エミリーの薔薇』という作品があり、須田はそれを好きなのだ、と群秋生は言っていた。本まで渡してくれたので、私はそれを船の上で読んだ。

エミリーという老嬢の薔薇は、花ではなく屍体だった。ざっと読んだかぎりではそうとしか思えず、おどろおどろしい物語だった。そんなものを店の名にしたと言われても、須田ならありそうなことだという気がしてくる。もっとも、群秋生は、そういう類の嘘をつくのはうまい。

「今度、おまえの船を貸してくれないか、ソルティ？」

「釣りですか、また。俺も一緒に行ってもいいですよ」

「いや、一度姫島へ行ってこようと思ってる」

「島か」

私は何杯目かのウイスキーを呷った。六杯でぶっ倒れることは、もうない。一本飲んでも、ほとんど変りはしないのだった。

ソルティという私のニックネームは、群秋生がくれたものだった。いつも潮にまみれているから、というわけでもなさそうだった。頭がよくて、白髪があるということだ、と群秋生は言った。塩胡椒は英語で白髪まじりという意味もある。そして私には、額のところに数十本白髪があった。

頭がいいというのが、ほんとうなのか嘘なのか、あまり考えはしなかった。三度目に会った時に、群秋生はニックネームをプレゼントしたのだ。お前を嫌いではない、と言われたような気分だった。

実際、群秋生はほかの誰にも、ニックネームのプレゼントなどしなかった。

私をニックネームで呼ぶのは、この街の数人にかぎられていた。宇津木など呼びたがっているようだが、一度言いかけて私に睨まれてから、二度と口にしない。

「どうした？」

「なにがです？」

「島へ行くというのが、気に入らないみたいだぜ」

「とんでもない。釣りだったら一緒にと思ったんですが、姫島の近くというのは、魚影は薄いですからね。深いんだ、あのあたりは」

「たまには、姫島の爺さんに会っておくのも、悪くない気がする」

「まあ、遠慮しておきましょう。船はいつでも使ってください。前日に連絡をいただければ、大抵大丈夫だろうと思います」

私は腰をあげた。アマリア・ロドリゲスが流れていた。私が唯一名を知っている、ファドの歌手だ。そして、はじめにアマリアを聴いたために、私はファドが嫌いになった。

「帰ります」

「早いな」

「なんとなく」

私は歩きかけ、途中でふり返った。

「須田さん」

須田が、ゆっくりと顔を私の方へむけた。ちょっと面長の渋い顔だが、眼が時々悲しすぎる光り方をする。

「なにも起きませんよね」

「どうして、そう思う？」

「若造じゃなくなった。これでも、そこそこ鼻が利きましてね」

「いい鼻をしてる」

「あの人、大橋家の葬式に出てましたよ」

「そこで、鼻がヒクついたのか。あの男が大人しく街を出ていけば、なにも起こりようはないね」

「そうですか」

「たとえなにか起きても、首は突っこむなよ」

「そうもいかなくてね。まったく、金持ちが集まる街だってのに」

「ここは、現実じゃない。S市からトンネルを潜ってくると、現実じゃなくなっちまうんだ。そこに、生身の俺たちがいる」

「わかりますよ、言ってる意味は」

「首を突っこんでくるんだろうな、やっぱり」

須田の眼が、悲しそうな光り方をした。

「それじゃ」

言って、私はドアを引いた。

外は、かなり涼しくなっていた。車を駐めたところまで、せいぜい歩いて二分というところだった。

3
客

男が入ってきたのは、午前十時だった。

私は、ちょうどデスクについたところで、カウンターの山崎有子(やまざきゆうこ)の声で顔をあげると、男は入ってきていたのだった。私はしばらく、山崎有子とのやり取りを聞いていた。山崎は三十九で、二人の息子の母親で、客に接する態度も、落ち着いたものだった。

野中は、早朝からのセイリングに添乗している。夕方までで、海は静かとはいえないから、六人の客のうち何人が酔わずに済むかというところだった。

私のところには、大型のヨットと大型のクルーザーが一隻ずつ、それに六座のモーターボートが二隻ある。所有はホテル・カルタヘーナで、私が預かって動かしているという恰好だった。私自身も、小型のクルーザーを一隻持っていて、トローリングを希望する客がいたら出したりする。大型ヨットは豪華版で、船長と二人のクルーが、常時乗り組んでいる。

「指示する方向へと言われても、お客様の行かれたいところへ行く、というわけには参りません。海の上には、危険も多くて、船長の指示に従っていただくことになっています」

山崎有子が言っている。男は、クルージングやトローリングを望んでいる、というわけではないらしい。声は相変らず低く、喋り方は落ち着いていた。

「私は、時間の無駄をしたくない。おたくが決めているクルージングのコースから、はずれることがあるかもしれん、と言っているだけだよ。チャーターだったら、問題ないだろう」

「その場合も、船長の指示に従っていただかないと」

男は、絹の混じっているらしい光沢のあるブルーのジャケットに、白いズボンを穿いていた。ジャケットの下は白いTシャツで、腕にはアドミラルズ・カップのガンブルーの時計を巻いている。モナコあたりのヨットのオーナーという恰好だった。

「危険な時に、注意してくれればいいんだが」

「危険を察知できるところまで、船を近づけない。これが、一番安全な運航法ということですわ」

山崎有子が、執拗に男の要求を撥ねのけようとしているのは、彼女なりに胡散臭いものを感じているからだろう。

私は席を立ち、カウンターに行った。

「御希望はわかりましたが、具体的にはどの海域へ行かれたいんですか」

言った私を、男はじっと見つめてきた。

「場合によっては、私が船を動かすこともありますので、海域を言っていただければ、およその判断はできますが」

「島だよ」

「姫島といわれても、いくつもあります」

「姫島というのかな。この街の沖合二十キロばかりのところに、島があるじゃないか」

須田も、昨夜島へ行くと言っていたことを、私は思い出した。

「姫島は、個人の所有ということになっています。むこうの承諾がなければ、着岸も上陸もできませんよ。あの島の持主と、お知り合いですか？」

「いや」

「じゃ、無理ですね」

「二十戸ばかりの、民家もあると聞いたが？」

「全員が漁師で、あの島の持主がそこに家があることを認めているんです。土地は、彼らのものじゃありません」

「近くまででもいい。船を出して貰えないかね？」

「いいでしょう」

私は言った。

「大して時間はかかりません。午後一時出発ということで、いかがですか？」

「いいよ」

「このホテルに、お泊りですね。それじゃ、書類にサインだけ頂戴できますか」

山崎有子が書類を差し出すと、男は頷いてサインした。

「十二時五十分に、ロビーで。ヨットハーバーまで行かなければなりませんので」

頷いて、男はオフィスを出ていった。

川辺和明。書類には、そう書かれていた。一泊十二万のコテッジに泊っている。

「ポケットベルで誰か呼び出して、『カリーナ』に燃料を入れておくように言ってくれ」

ヨットのクルーには、ポケットベルを持たせてある。私のクルーザーしか、空いていなかった。ヨットも、夕方からサンセットクルージングに出かける。姫島まで、モーターボートではちょっときつい。

「モーターボートは、今日は無理だな。野中も夕方まで帰れないだろう」

私は、煙草を一本喫って腰をあげた。

「どちらへ?」

「ビッグボスのとこだ」

廊下に出た。本館の建物の中に、客室はない。医務室から、私のところのような船を扱うオフィスまで、部屋がいくつか並んでいる。客が利用するところといえば、中央ロビーと並んであるコーヒーラウンジだけだった。

私のところからは、ロビーを通り抜け、ラウンジの前を通った奥に、このホテルの総支配人の部屋があった。

　中に入り、受付の女の子に通し、ようやくもう一枚のドアも突破できるのだった。

　忍信行(おしのぶゆき)は、ばかでかいデスクに両脚を載せ、書類に眼を通していた。決裁された書類が、箱の中に放りこまれている。

「A4の客についてですが」

「お客様と言え、若月。ここはホテルなんだからな」

　でかい男だった。昔はラグビーをやっていたという。ラグビーより、相撲をやっていたという方が似合いそうだ。ただ五十を過ぎたいまも、大して肥満はしていない。

「そういうの、俺は苦手なんですよ。客と思ったら客。見えないところでさま付けで呼ぶなんて、偽善にしか思えないタイプです」

　返事もせず、忍は書類をめくり続けた。

　私は、ホテルの従業員というわけではなかった。私のところへは、ほかのホテルの客からも、船を使いたいという話が来る。船上パーティまでできるヨットなど、この街には一隻しかないのだ。かたちとしては、船を扱う業者が、ホテルの中にオフィスを持っているということだった。

　もっとも船はホテルのものだし、私にその仕事を任せたのも忍だった。

「見ての通り、俺はひどく忙しい」

「すぐに、昼寝に入れる態勢にも見えますがね」

「昼寝か」

ようやく、忍は両脚をデスクから降ろした。

「日本人は、なんで昼寝もとらずに働いてばかりいるんだ」

「Ａ４の客のことですが」

「川辺和明。きのう、ひとりでチェック・インした。女がやってくるという気配もない」

忍の頭には、できの悪いコンピュータさながらに、余計な情報までインプットされていた。それでも、客室全部の状態を把握しているのは、見あげたものだ。

「目的が定かではないと思ったが、おまえのところへ行ったのなら、クルージングか」

「それも、姫島行の」

忍の表情が動いた。

「午後一時に、ハーバーから船を出します」

「なぜ？」

「どうも、匂うんですよ。川辺和明は、きのう大橋家の葬式に参列してます」

「葬式の翌日が、姫島か」

昨夜、『てまり』で会ったことは、言わないことにした。忍と須田の仲はよくない。

「一応、御報告まで」

「わかった。戻ったら、『パセオ』で会おう。九時には行ってる」

頭を下げて、私は部屋を出た。総支配人付きの秘書は、美人で愛想のいい、二十三歳の娘だった。もっとも、仕事は受付程度しかできない。愛想よく笑う女の子に手を振り、私はオフィスへ戻った。

デスクで、しばらく書類と格闘した。ビッグボスはあの通りだが、スモールボスの伊達正人は、書類上のあらゆる数字に対して、ほとんど神経症に似た反応を示す。

十二時に、カートを運転してビーチカフェまで行き、クロークムッシュとコーヒーの昼食をとった。敷地があまりに広いので、歩いているととんでもない時間がかかる。敷地内の移動に使える電動カートがあって、私はいつもそれを転がしていた。各客室にも一台ずつついているが、客はあまり使おうとしない。客にとっては、歩くことも休養のひとつなのだろうと思えた。

十二時五十分ぴったりに、川辺は本館のロビーへやってきた。

「プールにでも行かれましたか?」

「いや、部屋にいたよ」

「ここのプールは、なかなかのものですよ。もっとも、若い娘など泳いでませんが」

川辺は、表情を動かそうとはしなかった。

Tシャツの上にヨットパーカーをひっかけ、下は短パンにデッキシューズだ。あのBM

Wの中に、喪服からリゾートウェアまで詰っているとは考えにくい。本館の中にあるブティックで買い揃えたのだろう。

ドアボーイに持ってこさせた私のパジェロが、玄関の前で待っていた。

「君が、いつも自分で送り迎えをやるのか？」

「滅多に、やりません。今日は、お客様がひとりですので。普段は、トランスポーテーション用の、車かバスを使っていただきます」

「船を動かすのは？」

「私です」

言っても、川辺は頷きもしなかった。

4 島

カリーナには、すでにエンジンがかかっていた。

「八月も下旬に入ると、土用波が立ちましてね。船酔いは？」

「大丈夫だろう」

「気分が悪くなる前に、薬を服んでおくという手もあるんですが」

「必要ない」

私は頷き、キャビンの上のコックピットへあがって行った。

舫(もや)いを解け、と桟橋に合図をした。

後進(アスタン)で桟橋を離れ、方向を変えてハーバーを出た。客を乗せる時は、クルーをひとり使うが、今日は私ひとりだった。その方がいいような気がしたのだ。

防潮堤の外に出ると、いきなりカリーナを波が持ちあげてきた。

こんな日は、全速(フル)で突っ走ることはできない。船が宙を飛んでしまうのだ。波の方向を見て、うまく切りこんでいくしかなかった。場合によっては、後進(アスタン)も使い、船首が波に突っこむのを避ける。

川辺が、コックピットにあがってきた。私は片手で舵輪(だりん)を操りながら、くわえた煙草にジッポで火をつけた。

「天気がいいのに、海はこんな具合です。秋口の特徴でしてね」

「コンドミニアムがあるようだな」

街の方をふり返り、川辺が言った。揺れを、それほど気にしているようではない。

「この街へは？」

「はじめてだ」

「山に、抱かれたような街でしょう。私も、あのコンドミニアムの一室に住んでいます。海岸はほとんどホテルで、西の端、つまり左手に見える方に別荘地があります」

「全体として、緩い斜面なんだな。ほとんど坂だと感じないが、海から見るとそれがよくわかる」

「もともと、一千戸ほどの村だったんです。畠以外に、なにもありませんでした。この十年で、怪物みたいにふくれあがったんです。トンネルからハーバーの隣りの中央広場まで、真直ぐ続いているのが、リスボン通り。二の辻という交差点から、左に分かれるのがサンチャゴ通りで、バーやクラブが並んでます。リスボン通りの右側の道路が、ドミンゴ通り。教会とか銀行とか美術館、図書館が並んでましてね」

「横にも、道があるな」

「海側が、須佐街道。そのむこうが日向見通り。山際に、馬場通りと山際新道というのがあります」

「南北の道がバタ臭い名で、東西には古臭い名の道か」

「南北の道も、正式には名がありますが、リスボンとかドミンゴとか、いつの間にかそんなふうに呼ばれるようになったんです」

「左側に見える森は？」

「手前がホテルと別荘地。森の中に、梅園とか植物園があります。その外周は、馬場になってましてね」

「反吐が出るな」

川辺の表情は、動かなかった。

「成金の街か」

「別荘地は、もともと金持ちの人が多いようですよ。ホテルのお客様も、上流階級ということでしょう」

「この街を造ったやつが、成金なんだろう。こうして眺めてると、そんな発想だとよくわかる。トンネルのむこうのS市は、どこにでもありそうな田舎街だしな」

「すでに一泊されたようですが、ホテル・カルタヘーナはお気に召しませんでしたか？」

「泊る人間の自尊心をくすぐる。そういうホテルなのだということは、わかった」

波の角度が変ってきたので、私は少し大きく舵を切った。船首から直角に波に切りこんでいくので、船体は持ちあげられては落ちるということをくり返しているが、横揺れはほとんどない。

「お客様の自尊心を満足させられるホテルというのは、そうあるものではない、と私は思いますが」

「それでも、反吐は出る」

「なにか、失礼でも」

「あれば、反吐は出ないな」

川辺は、やはり表情を動かさなかった。

私は、煙草を舵のそばの缶の中で消した。以前は海に弾き飛ばしていたが、群秋生に罵られてから、灰皿代りに缶を据え付けたのだ。群秋生のエアコン付きの豪華クルーザーには、これでもかというほど灰皿が据え付けてある。

「ほぼ三十分で、姫島です」

私が言うと、川辺はようやく船首の方に眼をやった。船が波に持ちあげられた時は、姫島が視界に入ってくる。

「どのあたりまで、近づける？」

「さあ。潮流が強いところがあるんで、時化の日は避けたいですね」

「だから、どこまでなんだ？」

「潮流の手前二百メートルとして、島まで五百メートルってとこですかね」

「潮流のむこう側は？」

「岸ですよ」

「岸を削りながら、潮流が流れているわけじゃないだろう」

「五十メートルから百メートル。ただし、そこには入れません。これだけ波が高くちゃね」

「島の周辺すべてを、潮流が包んでいるわけはないよな」

「それはね」

川辺が、かすかに頷いた。

姫島が、さらに大きくなってきた。私は、波に合わせてゆっくりと舵を切った。姫島の周囲には、暗礁（あんしょう）があるわけではなかった。波を被（かぶ）る覚悟をすれば、かなり近くまで行ける。ただ、私のカリーナに、必要以上に波を浴びせようという気にはならなかった。

「きのう、会ったな」

「ええ、『てまり』というバーで」

「その前に、教会の葬式でも」

「ごたごたは、ごめんですよ」

「なにを言ってる？」

「この街で、ごたごたは起こしてもらいたくない。そう言ってるだけです」

「俺が、そんなことを起こしそうに見えるのかね？」

「トラブルの匂いがする。つまり勘ですがね。憂鬱なことに、この勘がはずれたことは、あまりありませんでね」

「この街で起きるごたごたが、君の仕事にでも関係するのか？」

「どうでしょうね」

私は、後ろから来る波をやりすごすために、スピードを落とした。島に近づくにしたがって、波の角度は複雑になってきている。島の山の中腹に、白い建物が見えた。

「行けよ。あそこに波止場がある」

「個人所有の島だ、と言いませんでしたっけ。立入りは禁止されてるって」

「普通の場合はだろう。この船はいま、エンジントラブルを起こしてる。緊急避難というやつさ」

「ごめんだな。俺の船のトラブルなんて、それだけで商売に影響してくる」

「損失の埋め合わせはしよう」

「俺は、信用を失いたくないんですよ。それは、なにで埋め合わせられるものでもない。引き返しますよ」

「いや、島へ行け」

「いやだと言ったら？」

「船の上で格闘だな。どちらかが、海に落ちる。私の方だろうな。そして、私は泳げないんだ。そういう事態を避けるためだったら、緊急避難になる。船の故障で、信用を失墜させることもない」

「はじめから、島に上陸するつもりだったのか」

川辺は、それ以上なにも言わなかった。

そういうかたちで島へ行くのも悪くない、と私は思いはじめていた。いつも簡単に行けるような場所ではないのだ。

「自殺するつもりだ、と脅しているわけですね？」

「君か俺の、どちらかが死ぬ、ということだよ。そういう脅し方さ」

「自殺する、と言った方が、かわいげがありますがね」

私は、潮流の中に船を入れた。潮流に押され、いくらか斜めになりながら進んでいく。車の四輪ドリフトのようなものだ。船体に波の衝撃を受け、飛沫が頭上から叩きつけるように降ってきた。

出力を上げたり下げたりした。波に対しては、そうやって対応していくしかない。出力を下げると、流れの影響が強くなる。それを、なんとか舵で調整していく。

「なるほどな。すごい流れだ」

「危険手当を要求したいぐらいだな。横切るのが一番危険でね。流れに乗るために大きく迂回したら、かなり安全になる」

「まあ、それは時間がかかりそうだ」

「急いでるのかい？」

「いや、別に」

最後の波を、乗りきった。

すぐ眼の前が、波止場の入口だった。二十隻ほどの漁船がいる。荒れた日で、漁には出ていないのだろう。ここの船は、S市の市場で水揚げを降ろしてくる。組合も、S市のものに加入しているはずだ。

「舫いを、投げてくれますか。俺が岸壁に移るから」

言って、私は船首を岸壁に寄せ、舫いを持って跳んだ。繋船柱(ビット)に引き寄せて縛る。船尾から、川辺が舫いを投げた。私はそれを受け取り、後部の舫いも繋船柱にとった。

犬が、岸壁を駈(か)けてきた。その後ろから歩いてくる三人のうちのひとりは、水村(みずむら)だった。はじめから、いやな男が登場してくるものだ。水村は、別に急いでいる様子もなく、戦闘的に構えるドーベルマンに声をかけて制止するでもなかった。

「なにがあった?」

十メートルほどのところから、水村は私に声をかけてきた。私より五歳ほど年長のはずだが、ずっと年寄りに思える。見た感じでは、四十五、六だ。

「ここに近づくなとは言ってあるはずだろう、若月」

「来たくて来るようなところじゃないな、ここは」

「だから、なにがあったのか、と訊(き)いてる」

「ここへ来たい、というお客さんがいてね。途中から、どうしてもこの島の土を踏みたくなったらしい。俺は、一応拒否はしたよ」

「一応ね」

水村が、まだ船の上にいる川辺の方に眼をやった。ドーベルマンは伏せているが、それでもいつでも飛びかかれる恰好だ。もう一頭いるはずだが、いまは姿が見えない。

「用事は？」

「あんたが、この島の持主かね？」

「まさか。俺は使用人さ。旦那様は、この船が潮流を突っきってくるところを、テラスから見ておられた」

旦那様専用のクルーザーは、いま出かけているらしい。九十トンほどの、ちょっと見られない船だ。乗ったことはないが、走っているのは見たことがある。レーダーが二基付いていた。

姫島にはヘリポートもあって、それも旦那様専用というやつだった。

「その、旦那様という人に、会いたいんだがね」

「ほう、なぜ？」

「無断で上陸した、詫びを言わなければならん」

「あんたはまだ、船の上だ。上陸してはいないよ。すぐ引き返してくれ」

「上陸するよ」

意外に軽い身のこなしで、川辺は岸壁に跳び移ってきた。伏せていた犬が、立ちあがった。声がかかれば、すぐに跳躍するだろう。

「犬なんかで、俺を脅せるとは思うなよ」

「脅してはいない。必要な時は、すぐに飛びかからせるよ」

水村が踏み出してきた。あとの二人も、漁師ではなく旦那様の使用人だ。そして水村がいるということは、ほんとうに旦那様もいるということだった。

川辺が、二歩ほど踏み出した。犬の唸り声が大きくなった。

「アキ、退がれ」

水村が声をかけた。犬が、唸るのをやめて退がった。

「よく訓練してあるな。人間の方も、訓練されてるのかな」

川辺が、水村の方へさらに踏み出した。水村は動かない。私は、水村の動きを見つめていた。手と足。それで、たやすく人を殺せる男だ。川辺が、肩に手をかけるような仕草でさらに水村に近づいた。風。感じた。水村の躰が、腰を回転させながら沈みこんだように見えた。川辺が、岸壁に腰を落とした。

私の眼は、水村の肘が川辺の顎の先を打ったのを、なんとかとらえていた。

川辺は、びっくりしたように尻餅を付いたままだ。

「連れていけ。しばらくは、激しい動きはしない方がいい」

水村が、私に言う。私は頷き、川辺の躰を抱え起こした。

船に乗せ、後部のファイティングチェアに腰を降ろさせる。

二人が、舫いを解いていた。私は、コックピットに登った。

「若月」

水村が、岸壁から見あげて言う。

「おまえを脅せるような玉じゃないな。どういうつもりなんだ？」

「それが、ほんとに脅されちまってね。なにも、殴ると言って脅すのばかりが脅しじゃないだろう」

「一応は止めた、と言ってたな。まあいい。次に同じことをやったら、おまえはまともな躰では帰さんぞ」

「それこそ、脅しだな。ほんとの脅しになるかどうかは別としてね」

「俺が怖くないということだな。そのうち、きちんとやり合ってみるか」

「理由は？」

「お互いに虫が好かない。それで充分じゃないのか」

「まったくだ」

私はエンジンをかけた。舫い綱が、船の中に放りこまれた。

すぐに、潮流の中に入った。ファイティングチェアに座っていた川辺が、梯子を登ってきた。私のそばに腰を降ろし、煙草をくわえる。私はジッポで火をつけてやった。

「気分は？」

「とても悪いね」

「だから、言わないこっちゃない」

「まあ、肘撃ちのすごさは見せて貰った」

川辺は、自分が肘で倒されたことを知っている。そういえば、どこかで衝撃を殺したような倒れ方だったという気もする。私は、川辺の顔をちょっと見た。煙を吐きながら、川辺は眼を閉じていた。

5 クラブ

一度部屋へ戻ってシャワーを使い、麻のジャケットに着替えて出かけた。

新しくオープンした、『須佐亭』というイタリアンレストランに入ってみた。地味な造りだが、味は悪くない。値段もそこそこだった。このところ、新しいレストランが続けて何軒かオープンした。その中では、出色と言っていいだろう。ほかはどこも高級そうで、ほんとうに高級ではなかった。気取りばかりという店が、この街にも多くなった。

歩いて一分という場所に、『パセオ』はあった。

入口で、ボーイが出迎える。

忍は、カウンターの端で、大きな背中を丸めていた。女の子はついていない。混んでいて、華やかというより騒々しい雰囲気に満ちている。

隣りのスツールに腰を降ろし、私はシングルモルトのスコッチを、ストレートで頼んだ。

「なにかやる気ですね、川辺は」

「そのなにかってのは、わからなかったんだな。島へは？」

忍は、バーボンのボトルを眼の前に置いていた。ネームタグがぶらさがっている。

「上陸しましたよ、一応は」

一杯目のウイスキーを、私は口に放りこんだ。

「水村が出てきましてね。川辺の顎に肘を一発です。ただ」

バーテンが、二杯目を注いだ。老練で、隙のないバーテンを、私はあまり好きではなかった。ロボットにでも注いで貰っているような気分になる。忍は、それが気に入っているようだ。

「ただ、なんだ？」

「大してこたえちゃいませんでした」

「水村が、手加減したんだろう」

「そうは見えませんでしたがね。とにかく、川辺はこれからなにかやらかしますよ。いままでのところは、瀬踏みでしょう」

「うちが、直接島とごたごたするのは、避けたいんだよ、ソルティ。爺さんに怒鳴られることを考えただけでも、憂鬱になる」

「どこまで俺にやらせる気ですか、忍さん？」

「俺が、おまえに強制する権利はない。おまえは、うちの従業員ってわけじゃなく、出入りの業者ってところだからな」

「じゃ、ここで手を引きますよ。殺伐なことにもなりかねないしな」

忍は、かすかに笑っただけだった。私は手を引かない。そう思っている顔だった。

「殺伐なことになるかね？」

「関係ありませんよ、俺には」

「どう思うか、と訊いてるだけさ」

「川辺って男、どこか肚が据ってます」

私は、二杯目を口に放りこんだ。すぐに、バーテンが三杯目を注いだ。

「なあ、ソルティ」

正面を見たまま、忍が言った。

「自分を苛めるの、そろそろやめにしないか」

「俺は別に」

「苛めてるよ、自分を」

「だったら、そうなんでしょう」

「うちの正社員になれ。仕事はいまのままでいいんだから。そうしたら、俺の命令には逆らえなくなる」

　忍が、バーボン・ソーダに手をのばした。

「俺は、おまえを利用しすぎる。わかってるんだ。それでも、いざとなりゃおまえを利用しちまう。それが耐えられないような気分に、時々襲われるよ。おまえがうちの正社員なら、俺にだって枷ができる。正社員にさせられる仕事かどうか、考えるからな」

　私も、黙って正面を見ていた。

「おまえのために、言ってることじゃない。俺自身のために言ってることなんだ。おまえを利用しながら、俺は駄目になっていくような気がする」

「俺がなにをやろうと、駄目になる時はなりますよ。男ってのは、そんなもんでしょう」

「おまえが死ぬと、俺は駄目になるね」

「死のうと思っちゃいません」

　三杯目を呷り、バーテンが四杯目を注ぐのを待った。

「警察に任せりゃ済んだことも、ずいぶんあったじゃないか、ソルティ」

「そうですかね」

　忍が不意に頭を掻きむしり、その手で頬を二、三度叩いた。

「こんな話、もう何度もしたよな」

「心配することはありませんよ。ホテル・カルタヘーナとは関係ないところで、川辺はなにかやらかすつもりかもしれないし」

「それは俺の問題で、おまえはもう川辺という男に関心を持っちまってる。だから首を突っこむよ」

「そうですかね」

「おまえは、そうしなきゃ、生きているんと実感できないんだ。だから、自分を苛めてるというわけさ。それに、うちにも関係あるだろう、やっぱり」

「どうして、そう思います？」

「おまえが、鼻をヒクつかせた。おまえの鼻が、間違ってたことがあったかよ」

「自分でも、いまいましいと思うことはありますがね」

十人ばかりの集団の客が帰り、店にぽっかり空洞ができたようになった。

席を移るかとバーテンが眼で訊いてきて、忍はただ首を振った。

「今夜は、女もいらない」

かすかに、バーテンが頷いた。

「俺はな、ソルティ。うまいものを食ったり、女に惚れたりすることで、自分が生きていると感じることができたよ」

「やめませんか、この話」

「そうだな」

忍が、バーボン・ソーダのグラスを、掌の中で振った。氷の音。聞きつけたバーテンが、そばに立ってボトルに手をのばした。

「それにしても、うまいもんだ」

「なにがです？」

「群先生さ。おまえに、ソルティという名をつけた。人生の塩辛いところばかり舐めようとする男だと、見てわかったんだろうな」

「白髪のことらしいですよ。頭がいいという意味もあるらしい」

「そのうち塩の塊になっちまう、と先生は俺に言った。おまえになんと言ったか知らんが、俺にはそう言ったよ」

「それで、ソルティか」

「な、うまいもんだろう」

「俺は、先生のことをウィンディと呼んだんですがね。風が強いという意味もあるんですが、大ぼら吹きという意味で。誰も、そうは呼ばないな」

「なんとなく、爽やかな感じがするぐらいだ。ソルティというのは、呼びかけてるうちに、自分まで惨めになってくるよ」

「こんなことで、作家と競るのはやめます」

低い声で、忍が笑った。私は四杯目を口に放りこんだ。

三崎れい子が出てきた。

店内の照明が落ち、彼女にだけスポットライトが当たった。ピアノが流れる。彼女の躰が、かすかに揺れはじめる。右手が動き、マイクが口もとに近づいた。

ジャズだった。季節に合わせたつもりなのか、『サマータイム』からやりはじめた。

私は、キラキラと光る、彼女の銀ラメのドレスを見ていた。それはまるで生きているようで、爬虫類の肌のように思えた。躰の線は出ていて、煽情的な感じはあるが、ただそれだけだった。三十六になったクラブ歌手。

彼女が『パセオ』に来たのは四年前で、私はよく、知り合いになったばかりの群秋生に連れられて、唄を聴きにきたものだった。そこに、忍が入ることもあった。

ある時私は、忍と彼女が他人ではないということに気づいた。

ちょっと迷ったが、私はそれを群秋生に言った。群もまた彼女に魅かれていて、面倒なことになるかもしれない、と危惧したのだ。知らなかったのか、いままで。呆れたように、群は言った。気づいていなかったのは、私だけだったらしい。

いまも、忍と彼女の関係は続いていた。忍には、妻と二人の娘がいて、そちらはそちらでうまくやっているようだった。要領がいいと言えば確かにそうだが、それが忍という男だった。彼女が、いつまでも愛人でしかないことに、ひどく負い目を感じ続けながら、別れようとはしない。時々、自分を苛めているのではないか、とさえ思えるのだった。

「今夜は、疲れてるな、あいつ」

三曲目が終ったところで、忍が言った。

私は、忍と彼女を乗せて、一泊二日のクルージングに出た時のことを、思い出していた。ホテル・カルタヘーナが所有している大型クルーザーで、かなり外洋まで出てみたのだ。はしゃいでいたのは彼女だけで、忍は私に気を遣ってばかりいたかと思うと、ぼんやりと遠くを見ていたりした。

「夏が忙しいというのも、困ったもんだ」

「いいんじゃありませんか、忙しくて」

「気軽に言うなよ。唄ってのは、結構体力を消耗するもんなんだぜ」

まるで愛しているような言い方だ、と私は思ったが、口には出さなかった。忍がほんとに彼女を愛しているかどうかは、忍自身でさえよくわかっていないに違いない。それでも、いつも苦しんでいる。そういう忍が、私は嫌いではなかった。

五曲で、彼女は引っ込んだ。

照明が明るくなり、私は客の中に川辺がいることに気づいた。淡いグレーのスーツで、夏には似つかわしくない、黒っぽいネクタイをしていた。

「忍さん、あそこ」

店は広く、テーブルが十五もある。

「川辺が、来てますよ」

　忍が頷いた。

「一杯、奢るか」

「やめた方がいいでしょう。俺がやるならまだしも、ホテル・カルタヘーナの総支配人がやることじゃありません」

「じゃ、おまえからと言って、一杯届けさせよう。ここで客に会った時、俺は必ずそうするようにしている」

「じゃ、俺からにします。ソルティ・ドッグをね」

　私は指を鳴らし、バーテンを呼んだ。

6　乱闘

　店を出た時、十一時を回っていた。『パセオ』の看板は、ほかの高級クラブと同じように、十一時半ということになっている。

　気を利かせ、私は忍を残して出てきていた。『パセオ』から歩いて五、六分で、『てまり』である。いくら酒を飲んでも、大して変りはなかったが、私の足は『てまり』にむいていた。

扉を押して店の中を見渡した時、私は来たことを後悔した。二つあるブースのひとつを、群秋生が占領していた。

一緒に飲みたくない、という相手ではなかった。それでも、日は選びたいものだ。

私は苦笑し、群秋生とむき合って腰を降ろした。群のそばには、かなり酔っ払った和子がいる。志津子は、カウンターの客の相手だった。

「海へ出てたのか、ソルティ？」

「よくわかりますね」

「潮の匂いというわけでもないが、なにか気配があるよ」

「もともと、仕事場は海の上みたいなものですからね。海へ出ていただろうと言えば、半分以上は当たっちまう」

「ひねくれるなよ」

和子が、私のボトルでストレートと水割りを作った。勝手に、一杯失敬するつもりらしい。ほんとうに酔っ払った和子には、あまり余計なことを言わない方が賢明だった。

「姫島へ、行ってきましたよ。どうしてもって客がいましてね」

「ほう。しかし、客がどうしてもって言えば、連れてっちまうのかい？」

「つまり、行かざるを得なくなった。脅されたんです」

「爺さんには、会ったのか？」

「いえ、水村だけ。波止場で追い返されました」

「だろうな」

群秋生は、いつものようにオタール・XOを飲んでいた。冬場は、これにパイプが加わる。海泡石（メアシアム）という、白い石でできたパイプだが、熱のために薄い褐色に変色してしまっていた。やがて飴色（あめ）になるのだと、群秋生は自慢している。

私が煙草をくわえると、和子がライターの火を出してきた。

「真ちゃん、もっと貰っていい？」

気づくと、和子はもう自分の水割りを飲み干してしまっている。私はまだ、口もつけていなかった。

「あと、二、三杯にしておけよ」

「そうね」

「ほんとに飲みたいんなら、ひとりで飲むか、友だちと飲むかだ。客の前で飲むのは、やめておけ」

「いいんだよ、ソルティ。彼女の息子の命日だから」

「息子？」

「産まれはしなかったけどね。流れちゃったのよ。六年前。二十歳の時よ。さっき、ふと思い出したの。おかしいでしょう。それで、先生と弔い酒を飲むことにしたの」

「なるほどね。黙って俺の酒を飲むから、かなり酔ってるのかと思った」

私は、ストレートを口に放りこんだ。ジャズが流れている。

和子が、いつごろから『てまり』にいたのか、私はよく憶えていなかった。三、四年はつき合っているような気がする。

「命日を思い出したのは、はじめてよ。先生が、昔のことを思い出すという話をするから」

「つまり、俺のせいってわけだ」

群は、テーブルのブランデーグラスに手をのばした。別に笑ってもいなかった。自分の話が、ひとりの女に昔の傷を思い出させることになって、ちょっと戸惑っているのかもしれない。

「じゃ、飲もうか」

「助かるよ」

群が言った。今夜は、皮肉を続けざまに浴びせられることもなさそうだ。

群が、モロッコにいるフランス人の女の話をはじめた。その女は、カサブランカの郊外の小さな家で、ひそかに身を売りながら娘を育てているという。

「つまり、先生は客になったんですね」

「かたちとしてはな。だが、ちょっとした恋愛感情に似たものが、入っていたような気もするよ。十五、六年も前の話だ」

「そのころは、作家じゃなかったですよね」

「作家だったさ。いまよりずっと、作家だった。本こそ出していなかったがね」

「そんなものですか？」

「白紙のままの紙を、いっぱい持ってたよ。いまは、持っている紙の全部にいろいろなことが書いてあって、わずかな余白に小説を書いているようなものでね」

「作家の話ってのは、わかりにくいな」

「でもあたし、なんとなくわかるような気がする。いろいろな男とつき合って、そのたびに自分が新鮮に思えた時期って、確かにあったもの」

「いまは？」

「余白で、恋をしてるようなものね」

群も私も、なんとなくという感じで、笑った。カウンターの客が帰り、私たちのブースに志津子もやってきて、ようやく賑やかになった。

カウンターでは、宇津木がグラスを洗いはじめている。『てまり』の看板は十二時半で、それ以後もやっているのは、いかがわしい店ばかりだ。十二時を過ぎて、須田が姿を現わすこともあるが、会計などは全部、宇津木が任されているようだった。

一時近くになって、群と私は『てまり』を出た。

「送りましょう。もう帰った方がいいですよ」

「小野玲子を怕がっていると思うか、俺が？」

「締切は？」

「第二章の締切は、クリアした。次は第三章で九月の末だね」

ぶ厚い本が、年に一冊。原稿用紙にして、二千枚ぐらいはあるという。一年のうち二百日書くとしても、一日十枚は書かなければならない勘定だ。十枚というのが、どれほどの量なのか、私には見当がつかない。

「これから、もっと人間臭い夜になるはずだろう、ソルティ？」

「俺の夜は、いつも人間臭すぎますよ」

夜の風は涼しくなっていた。私は車を駐めた方向に歩いているつもりだったが、群秋生は同じ方向にあるいかがわしい店の名をいくつかあげた。つき合ってもいい、という気分に私はなりかけていた。『てまり』へ入った瞬間に感じた後悔が、いくらかうしろめたいものになっていたからだ。

日向見通りの近くまできた時、前方の店から三人男が出てきて、路地へ入っていった。ひとりが、川辺だった。薄暗くてはっきりはしなかったが、教会の広場で海に背をむけて立っていた姿と、私の中では重なった。

なぜ、と考える前に、私は足を速めた。サンチャゴ通りで、一番評判の悪い場所だ。S

市のやくざが出張してきて、根を張ろうとしているのが、このあたりだった。

「どうした、ソルティ。いい女でもいたか」

群秋生が、かなり遅れていた。見た眼にはあまり感じられないが、緩い登りなのだ。

ふり返ろうとした時、路地から人影が飛び出してくるのが見えた。川辺。間違いはなかった。一瞬だけ、川辺は私の方を見たようだった。二人が追ってくる。道路の中央で、川辺が立ち止まった。ぶつかりそうになったひとりを、腰に跳ねあげて投げ飛ばした。もうひとりが、瞬間たじろいだようだ。川辺が踏み出す。足と手。ほとんど同時に出たように見えた。ほんのわずか手の方が早く、次に蹴りあげたのだということが、男がのけ反ったあと躰を二つに折ったのでわかった。

投げ飛ばされた男が、立ちあがろうとしていた。ボールでも蹴るように、川辺は男の顔を蹴った。容赦のない蹴り方で、多分顎の骨が砕けただろう。

川辺は、駈け去っていった。

「二対一だったのにな」

群秋生がそばに立っていた。

「かなりのもんだ、ありゃ」

顎を蹴られた男は動かず、もうひとりはうずくまって吐いていた。車が一台やってきて、その二人の姿を照らし出す。酔っ払いだと思ったのか、短くクラクションを鳴らした。

うずくまって吐いていた男が立ちあがり、車に近づくといきなりボディを蹴りつけた。言葉にならない喚き声をあげている。車はバックし、方向を変えて走り去った。

近づいていこうとする群秋生の腕を、私は摑んだ。面白がっているようだ。

「勝てるぞ、いまなら」

「勘弁してくださいよ、先生。やつら、芳林会の若い者です。俺は構いませんが、先生は顔を知られていて、面倒になりますよ」

「やくざか」

「腐ったところに発生する、蛆虫みたいなもんですが、組織は持っていますから」

「だけど、俺を置いて追いかけようとした時、おまえは完全にやる気だったぜ」

そう見えたかもしれない。川辺が路地で袋にされる、ということしか考えていなかったのだ。私に、川辺を助けなければならない理由はない。それでも、助けようという気がどこかにあった。

「またぞろ、おまえが暴れるんじゃないかと思って、一応声をかけてみた」

「そう、いつも暴れてるわけじゃありませんよ」

「やつらを刻んでやる気があるのなら、いいチャンスだと思っただけさ」

「そういう時は、俺ひとりでやりますよ。先生を巻き添えにする気はありません」

私は、群秋生と肩を並べて歩きはじめた。倒れた男を抱き起こし、二人が酔っ払いのような足どりで歩いていく。私たちより三十メートルほど先だった。

「しかしあの男、見事なものだったな。あっという間に、ひとりで二人を倒した。空手とかボクシングとかいうんじゃない」

「まあ、馴（な）れているんでしょう」

「おまえの知り合いだろう、ソルティ」

「客ですよ。姫島には、あの男と行ったんです」

水村には、逆らおうともしなかった。顎に肘を入れられても、大して効いたようでもなかった。その気になれば、水村の肘は避けられたのではないのか。

「そうだろうという気はしていたよ」

前の二人は、クラブ『かもめ』へ入っていった。日向見通りを一本隔てたところにある、芳林会系の下品な店だ。

「やっぱり、いろいろと錆は出ているな、この街は。錆をペンキを塗って隠す。それをくり返しているうちに、内側から腐っていく。そういう街が、俺は嫌いじゃないが」

「確かに、五年前にはあんな連中は見かけませんでした」

「それでも、この街はどこかおかしい。やくざまでうろつく街になっても、どこか普通の街とは違う」

「やくざがうろつくと、普通の街ってわけですか？」

「そうだよ。やくざがうろついてりゃ、普通の街だ。まして、これだけ酒場が並んでる。やつらがうろついていない方が変だ」

日向見通りへ出た。右へ四、五十メートル行くと、二の辻だ。

「飲み直そうって気になれますか、先生？」

「帰ろうか」

「送りますよ。俺の車、そこなんです」

「今夜は、やけに親切じゃないか、ソルティ」

「俺は、無駄なことはしませんよ」

「無駄さ」

「小野さんに、俺に送って貰ったと言ってくれるだけでいいんです」

「よせよ。おまえがうちの秘書を狙(ねら)ってるなんて、俺は本気で考えちゃいない。小野玲子は、いい女になる素質はあるが、まだ子供だ」

「二十三でしょう」

「子供さ」

「四十二の子供だっています。子供だから、放っておけない。送る理由は、それですよ。先生が、いつも淋(さび)しいというのも、よくわかってます。なにしろ、子供だから」

「ソルティ、俺はいつか、おまえが泣いているのを見かけたら、そばにいて嗤ってやるからな。その時おまえは、俺を子供扱いした報いを受けることになる」

「わかりましたよ、先生。そこのパジェロですからね」

「車の趣味からして、おまえは通俗的だ」

群秋生は、マセラーティ・スパイダーとダイムラー・ダブルシックスと、ジープ・チェロキーを持っていた。私の手に届く車ではなかった。

群秋生の尻を押しあげて、なんとか助手席に乗せた。

「ソルティ、意味もなく自分を傷つけるなよ」

束の間、声が真摯なものになり、すぐに酔っ払いの戯れ言になった。群秋生は照れているのだろう、と私は思った。かすかな、あたたかさに似たものが、私を包みこむ。

「眠らないでくださいよ、先生。結構、でかい図体なんだから」

「肉体は、どんなにでかくても二メートル。心は無限だ。わかるか?」

「なんとなく」

「嘘をつけ。おまえの頭でわかるわけがない。いいか、ソルティ。肉体が傷ついても、せいぜい二メートル分だ。それ以上だと、死ぬ。心は、無限に傷ついていくのさ。だから、心が傷つくような真似はするんじゃない」

私は車を出した。群秋生が言ったのは、悲しいほどの真実だった。

群秋生が、かすかな寝息をたてはじめた。また照れている、と私は思った。

7　仕事

晴れていて暑い日になりそうだったが、やはり土用波は高かった。

私は、電動カートを転がして、Ａ４のコテッジの方へ行った。

川辺は、バスローブを着たまま、テラスのテーブルで朝食をとっていた。

私の方を見て、ちょっと口を動かしかけたが、思い直して開いた口にクロワッサンを突っこんだ。カートを降り、私は庭の方からテラスへ昇っていった。石造りの贅沢なテラスで、埃ひとつ落ちていない。

「いいですか、かけても」

川辺のむかい側の椅子を指さして、私は言った。口を動かしながら、川辺が頷いた。

「コーヒーでも？」

「いただきます」

川辺が、合図をする。部屋付きのメイドが、すぐに熱いコーヒーを持ってきた。

「いかがですか、ホテルの居心地は？」

「よすぎるね。人間を駄目にしてしまいそうだよ」

私は、コーヒーを口に運んだ。バスローブに包まれているが、躰は筋肉質でしまっていそうだった。

「あのカリーナという船は、ホテルの所有じゃなく、君のだそうだね」

「ホテルには、蒼竜という四十トンのヨットと、レディ・Xという二十トンのクルーザーがあります。どちらも豪華版ですよ。私のところが、それの運航を請負っているという恰好なんです」

「船は、好きなのか？」

「仕事にしたい、とは思っていなかったんですが、いつかそうなっちまいました」

「好きだったからだろう」

「海は好きですね、確かに」

川辺のコテッジのテラスからも、海は見えた。スロープを実にうまく利用してあるので、下のコテッジは屋根が木立ちの中に覗いて見えるだけだ。

「日本にも、こんなホテルがあったんだな」

「予約する時、なにも調べられなかったんですか？」

「ひと部屋が、ほかのホテルのスウィートほどの値段だ、ということだけは知った。部屋に入って、なるほどと思ったよ」

「新館には、スウィートが十四室あります。一泊二十五万円ですよ。それでも、空いていたって話はあまり聞きませんね」

「客がいる、という感じはあまりしないが」

「四百人ですよ、収容人員が。ここの半分の敷地のホテルが、二千人収容という規模で、それでも豪華だと言われてるんですから」

私はコーヒーを飲み干した。メイドが、お代りを注ぎにくる。川辺も、コーヒーに移っていた。

「蟬は、夏の終りが一番多くなるのかな」

川辺は、受け皿ごとコーヒーを持って、コテッジのそばの木に眼をやった。その木の枝が張って、テラスに日陰を作っている。

「川辺さん、スポーツはなさらないんですか?」

「なにができる?」

「泳げます。プールでね。それにテニス。本館の中には、スポーツジムもあります」

「関心はないな」

「馬は?」

「乗馬のことか?」

「神前川のむこうが、公園や植物園になってるんですよ。その外周が、馬場です。馬も、大人しいのから元気がいいのまで、二十二頭います。勿論、マン・ツー・マンでコーチをつけることもできますよ」

「森の中には、いろんなものがひそんでいるか。考えてみると、森という言葉には確かにそんな感じがあるね」

「海際の方には、ホテルと別荘が並んでますが、森の中はそうなんです」

「悪くはないな」

「御案内しますよ、お乗りになるなら」

「君は、海の方じゃないのか」

「時には、馬もいいという気分です」

川辺がくわえた煙草(たばこ)に、私はジッポの火を出した。煙を吐きながら、川辺は遠くを見るような眼をした。川辺のいる位置からは、正面には木立ちしか見えないはずだ。

「きのう、会ったよな、君と。一緒にいたのは、作家の群秋生じゃなかったのか?」

「よく、見てますね」

川辺が、まだ長い煙草をもみ消した。

「お仕事は、会社経営だそうですが、どういう種類の会社なんですか?」

「なぜ、そんなことを訊(き)く?」

「芳林会の若いのを二人のしちまった。どんな仕事をしてるんだろうと、普通だったら考えますよ」

「小さな会社だね。会社というより、業者と言った方がいいかもしれん。輸入品を扱う業者だよ」

「つまり、商社のようなものですね?」

「俺の仕事を調べるのも、君の仕事のうちかね?」

皮肉な口調ではなかった。ただ訊かれただけのように、私には思えた。

「ホテルに、迷惑はかかってないはずだが」

「とんでもない。私が、個人的に関心を持ってしまったんです。姫島に行ってみたり、チンピラを殴り倒してみたり、川辺さんは、私が関心を抱くには充分すぎるほどのことを、なさいましたよ」

「なるほどね」

それ以上、川辺はなにも言おうとはしなかった。テーブルの上を、メイドが片付けはじめる。

「オフィスにいます。おやりになりたいことがあれば、つき合いますよ」

私は腰をあげ、カートの方へ戻っていった。

オフィスには、女の客が二人来ていて、野中と話していた。ヨットをパーティに使いたい、という相談らしい。これから秋になるにしたがって、海は荒れる。正直なところ、パーティどころではないのだ。

私は、デスクに足を載せると、居眠りの態勢に入った。女たちは、パーティを強行するつもりのようだ。料理の値段を、野中は説明していた。

膝を軽くゆすられた。山崎有子だった。入口に、忍が立っているのも同時に眼に入った。

私は、慌ててデスクから足を降ろした。忍が、軽く手招きをした。

「芳林会になにかあったらしいが、おまえ知らないか？」

廊下を歩きながら、忍が言った。

「川辺さんを、捜しにきましたか？」

「幹部が、二人来た。ビーチレストランで、朝食をとりたいそうだ」

「入れたんですか？」

「まさか。門からは一歩も入れなかった」

「なんと言って断ったんです？」

「やくざは入れられない、と言った」

芳林会は、ホテルに出入りしないことになっていた。S市まで出かけていった忍が、そういうふうに話をつけてきたのだ。それがやってきた。なにかあったと、忍が考えても当然だった。

「やくざとは思えんがな」

川辺のことを、忍は言っていた。ホテルの中では、個人の名前を極力出さないようにして喋る。別にホテルマンの心得というわけではなく、忍の癖のようなものだ。

「なにが、あったんだ?」

「サンチャゴ通りの北の端で、チンピラが二人、やられました。ひとりは、多分かなりの怪我でしょう」

「なぜ、そんなことを?」

「わかりません。俺はたまたまそれを見かけたというだけでね」

「ひとりだったのか?」

「川辺さんはね。俺は先生と一緒でした」

「チンピラが二人やられたぐらいで、うちへ来るというのも奇妙な話だな」

このホテルに、いや忍の背後にいるオーナーに、どれほどの力があるのか、私は詳しく知らなかった。姫島の爺さんと、同程度の力は持っていそうだ、といつも思っているだけだ。この六年間で、会ったのは二度だけだった。

「おまえ、ちょっと芳林会を探ってみてくれないか」

「それより、川辺さんと話した方が早い、と俺は思いますがね」

「その場でチェック・アウトしちまう、という気がするな。迷惑をかけるぐらいなら出ていく、というタイプの男だよ」

「いさせたいんですか?」

「やくざがどうこうだから、出ていっちまった。そういうのは、俺はいやなんだ。サービスが悪かったとか、部屋が気に入らない、というなら仕方がないがな」

「そっちの方は、自信を持ってるじゃないですか」

カートが並んでいる場所まで行くと、忍は乗りこんだ。私は時計を見た。毎日、忍がひとりで敷地の中を回る時間だった。日課のついでに、私のオフィスに顔を出しただけのようだ。

「面白くなってきた、と思っているんだろう、ソルティ」

「面白がっちゃいません。関心があるってだけでね」

「どうも、またおまえを便利に使っちまいそうだよ。困ったもんだ」

他人事のように言って、忍はカートを出した。

私はオフィスへは戻らず、伊達のところへ顔を出した。副総支配人というより、スモールボスと言った方がぴったりくるほど、忍と較べると躰が小さく、どこか間の抜けた印象もあった。しかし、ホテルの中のことについては、忍よりもずっと細かいところまで摑んでいる。

伊達は私の顔を見ると席を立ち、窓際のソファのところへ連れていった。

「芳林会のことか、若月」

伊達は、人をニックネームで呼んだりはしなかった。いい悪いではなく、そういうタイプの人間なのだ。度の強い眼鏡の奥にある眼は、皺のように細い。

「社長は、かなり刺激的な追い返し方をしたよ。いくら上と話がついてるからといって、あれじゃ感情を逆撫でにするようなもんだ。もっとも、それもあの人の手のひとつではあるんだが」

「来たのは、誰ですか？」

「沼田と林だよ」

「なるほど。この街に出張してきている、トップの二人が来たわけだ」

Ｓ市からこの街に来ている芳林会の構成員は、二十名というところだった。Ｓ市には、二百人ほどがいる。売春と覚醒剤を資金源にしているが、闇金融や倒産の処理にも手をのばしているという噂だった。

「あんな連中とは、関係しない方がいい。土台、この街にいるということが、おかしいんだ」

「沼田と林ね」

「なにがあったのか、早いとこ調査してくれよ。私はたまたま社長室にいて、社長が言うことを聞いていたが、わざわざ事を構えようという言い方だった。ビーチレストランで出すのは、人間の食事で、蛆虫の餌じゃないと言ったんだからね」

「そいつは、ほんとに刺激的だな」

「笑ってる場合じゃないぞ、若月。連中が、いまにもここに殴りこんできたって、まったくおかしくない、と私は思う。早く、君に仕事をして貰いたいよ」

一日一万円。それが、このホテルのトラブル処理にかかっている時の、私の報酬だった。金などいらないようなものだ。船を動かしていた方が、ずっと金になる。それでも忍は、私に金を払うことで、私のやることに強引に仕事という色をつけているのだった。

「はじめてますよ、もう」

「じゃ、すぐに片付くな」

「どうかな、それは」

「口だけでも、片付けると言えよ。私は、せめて気休めが欲しい」

「すぐに、片付けますよ」

私が言うと、伊達は苦笑して肩を竦めた。

8 犬

みずみずしい匂いが、私の全身を包みこんだ。作業台では、二人の店員が忙しく立ち働いていた。白いバラを中心にした、アレンジの花籠ができあがりつつある。

フラワーキーパーの中を覗きこんでいる須田のそばに、私は立った。昼食後の短い時間、須田は必ずその場所にいる。

「現われるだろう、と思ってたよ、ソルティ」

「いいバラですね。しかしこんな冷蔵庫みたいなものに入れておくと、出したらすぐに枯れませんか?」

「前にも、おまえは同じことを訊いたぞ」

フラワーキーパーの方から、かすかな冷気が流れてくるようだった。それは冷蔵庫の前に立った時ほどの、はっきりした冷気ではなく、水の気配とでも言っていいようなものだった。それに、植物のいきれのようなものも混じっている。

私は妙に、この場所が好きだった。須田も、同じなのかもしれない。『エミリー』での須田は、客の応対などせず、いつもこの場所にいる。

「川辺さんのことを、訊きたいんですがね、須田さん」

フラワーキーパーの中のカーネェションに手をのばしていた須田は、その仕草を止めようともしなかった。聞えなかったのかもしれない、と思ったほどだ。私はしばらく、じっと耐えていた。

「コーヒーでも、飲むか」

言って、須田はフラワーキーパーのガラスの戸を閉じた。

陽盛りの外へ出、五十メートルほど黙って歩いて、『スコーピオン』に入った。道路側がすべてガラス張りの、小さな喫茶店で、経営しているのはまだ二十五歳の、永井牧子という女だった。夜になると、S市からオートバイに跨（また）がった連中がやってくることがあるが、大きな問題を起こしたという噂は聞かない。

永井牧子が、どうやって『スコーピオン』を買う金を作ったのかはわからないが、建物ごと彼女のもので、二階と三階が住居になっている。

「俺はな、ソルティ」

むき合って腰を降ろすと、須田が言った。

「首を突っこむな、と言うのはやめにしてください。もう、首を突っこんじまってます」

「そうか」

「川辺さんは、ホテル・カルタヘーナの客で、きのうは姫島へも連れていきました」

「島で、なにか起きたのか？」

「水村が出てきて、追い返されただけです。夜中には、先生と一緒に、芳林会の若いのが二人殴り倒されるのを目撃しましたよ。そして今朝、ホテルに芳林会の沼田と林が朝食に来ました」

「入れたのか？」

「ビッグボスがどういう人か、知ってるでしょう。蛆虫の餌はない、と言って追い返しましたよ」

低い声をあげて、須田が笑った。

「俺はあの人を好きじゃないが、そんな言い方は小気味がいいね」

「しかし、これで終るとは思えないものがあるでしょう」

「言ったことに、自分で責任を持たず、おまえを出してくる。そんなのが、嫌いな理由のひとつになってるな」

コーヒーが運ばれてきた。この街でコーヒーがうまい店のひとつに、『スコーピオン』は入っていた。永井牧子の姿は見えない。

「川辺は、俺が東京にいたころの知り合いだよ。親しかった、と言ってもいいだろう」

須田がいつまで東京にいて、なにをやっていたかは知らない。私がこの街へ戻った時、『てまり』のカウンターの中にいた。六年前は、オーナー自らシェーカーを振っていたのだ。

「五年ぶりぐらいだったかな」

「大橋家の葬式、須田さんは出なかったでしょう」

「あいつが、花を買いにきた」

「偶然に？」

「多分、俺が花屋をやってることは、知ってただろう」

「じゃ、会いにきたってわけですね」

「それとも、少し違う」

「様子を見にきた？」

「違う」

須田は、コーヒーを口に運んだ。低く流れているBGMに、私は耳を傾けた。須田がなにか言い出すまで、こちらから質問はしない方がいい、と思えたからだ。

永井牧子が、髪を靡かせながら入ってきた。私たちの姿に気づいて、挨拶に来る。低く野太い声。その声には、どこか暖かさがあり、外見の印象とはずいぶん違っていた。

「君は『スカンピー』には、よく行くんじゃなかったかな」

「ワインが揃ってます。高いのは関係ないけど、安いのも揃ってるんですよ」

「純粋なイタリア料理ってわけでもないが」

「国籍不明ですよ。料理には国籍なんかいらなくて、おいしければいいとあたし思ってますし。ワインは、フランスのものが中心です」

「大橋さんというのは、なかなかのディレッタントらしいな」

「よくしていただいてます」

それだけ言って、永井牧子は奥へいった。

私は煙草に火をつけ、陽盛りの道路を見ていた。ニセアカシアの並木。駐車中の外車。日本ではない、と錯覚しそうな街並みだ。それでも、一本奥に入ると、まだ古い家が多少は残っている。もともとは、そういう古い家と、田畠だけの街だった。

「川辺は、俺に手を出すな、と言いにきたんだ。自分がやることに、手を出すなとな。なにをやるかは、言わなかったが」

「花を買って、それから大橋家の葬式に行ったんですね、川辺さんは？」

「白いバラに、グリーンのリボン。日本じゃ、不祝儀の仕様ということだ」

「それで、葬式だと思ったわけですか」

「大橋という名前と、結びついた」

「どんなふうに」

「言いたくはない」

　須田が一度そう言えば、決して口を開かせられないことはわかっていた。ただ、大橋という名前が、多少関係がありそうなものとして出てきた。そこまでは、私に伝えようと思っているのだろう。

「もう一度、川辺と会った。その時は、おまえが店にいた」

　私は、煙草をもみ消した。コーヒーが、温（ぬる）くなっている。ＢＧＭ。ロックだが、音量はかなり絞ってあった。

「出ていけ、と言ってましたね」

「おまえが店にいるのを見たとき、トラブルに立ち合う星の下にいるやつだ、と俺は思った。前から思ってたことじゃあるが」

「憂鬱なんですよ、いつも。トラブルに巻き込まれそうな時は、憂鬱になります。それでも、自分の方から踏みこんじまってる」

「わかるよ。俺もそうだった。踏みこむ自分をなんとか抑えこめるようになったのは、この五、六年だろう。きわどいところを、擦り抜けてきた、という気がする。死んでいても、なんの不思議もなかったとな」

それから須田は、ウェイトレスを手招きし、新しいコーヒーを二つ頼んだ。熱いコーヒー。夏ならば、特にそれを飲んでいたい。理由はなかった。私も須田も、そうなのだ。

「川辺には、この街から出ていけと言った。川辺が、なにかやる。街の人間を巻きこんだことを、なにかやる。俺にわかったのは、それだけだ。そして、川辺が本気でなにかやろうとしたら、それは半端なことじゃない」

「わかるような、気もします」

「あいつは、貿易商でそこそこ成功している。しかし、それを守り抜こうという気はないのさ。人の成功などということを、およそ信用してない。そんなところに、生きる意味があるとも思っていない」

「須田さんは？」

思わず、私は訊いた。須田が、自分について語っていると、錯覚しそうになったからだ。

「俺は、成功などに縁はないよ」

「いまの、静かな生活ってやつを、信用してるんですか？」

「わからんね。真剣に生きちゃいないってことだろう」

新しいコーヒーが、運ばれてきた。

黙って、それを飲んだ。胃にこたえる熱さだった。

それから私たちは腰をあげ、店の前で別れた。

私は車を飛ばし、日向見通りの前から神前川を渡って、別荘地に入った。

門は開いていた。入口近くに小さな平屋があり、そこに使用人の老夫婦が住んでいる。

門内に車を乗り入れたところで、山瀬が出てきた。六十八で、女房の方はかなり若く、
五十代の半ばだ。

「先生は、執筆中かい？」

「稽古ですよ」

山瀬が、車の脇で刀を構える恰好をした。

私は、小砂利を敷いたアプローチを進んで行き、玄関のところで車を停めた。

降りた私の足もとに、黄金丸が座り、舌を出して早い息をしていた。

「御主人様のところだ、黄金丸。先に行って知らせてこい」

黄金丸が駈け出して行く。驚くほど、人間の言葉を理解する、五歳の柴犬だった。

群秋生は、袴を穿いて木刀を構えていた。作風からも家の造りからも似つかわしくない

が、ゴルフの代りに木刀を振るというのが、私にはなんとなく理解できる。示現流（じげんりゅう）というやつらしい。耳の脇で、木刀を垂直に立てて構える。気を満たし、打ちこむ。一度打ちこむと、続けざまに五回はくり返す。

時々真剣でやっていることがあって、その時は声もかけにくい。

芝生の真中に立てた丸太と、群秋生はむき合っていた。木刀は、微動だにしない。黄金丸も、気に打たれたように離れたところに立っている。

気合。風。丸太を打つ音。木刀を握った群秋生の腕が、瞬間、意外なほどの筋肉を盛りあがらせる。

木刀を構えたかたちで、元のところに戻り、群秋生は大きな息をひとつ吐いた。それから木刀を降ろした。

「やってみろ、ソルティ」

「やめときますよ。芝生を駄目にして、また山瀬さんにどやされる」

「木刀を、一本やったじゃないか」

「稽古はしてますよ。ただ、ここの庭でやるほどの腕じゃないってことです」

芝生の上に、禿（は）げたところが何カ所かある。それは、群秋生の足よりほんのちょっと大きいだけだ。打ちこむ時、足の運びが正確にそれに合っているのだ。

「続けてくださいよ。俺は見ています」

「いや、もうやめようと思ってたところさ」

汗で濡れた顔を、群秋生は掌で拭った。

プールサイドまで、歩いていく間、群秋生は深呼吸をくり返していた。十五メートルの、なかなかのプールだ。飛びこみができるように、一方は深くなっている。

「俺に用事の時は、電話を寄越せ。いつもそう言ってるじゃないか」

「用事じゃありませんでね」

「通りがかりってわけでもないだろう。用事か用事じゃないか、自分で勝手に判断するというわけか」

「金髪のあの人が、いないかと思って」

年に一度、群秋生の家に、金髪の美女が滞在する。大抵は、一週間か十日だ。群秋生の作品を英訳している翻訳家だという以外、二人の関係はよくわからない。男と女だということを、私は突きとめてやろうとしていた。私がそうしようとしていることを、群秋生も知っている。突きとめて、どうなるものでもなかった。ゲームを愉しんでいるようなものだ。

小野玲子が、蚊遣りと冷えた麦茶を運んできた。長身でショートヘアで、腰と胸が突き出した体型をしている。顔も、日本人離れした美貌だった。街の若い連中の関心の的だが、作家志望で群秋生の秘書であるということと、S市の大きな呉服屋の娘であるという二つの理由で、誰も手を出しかねているのだった。

「大橋さんを、先生はよく知ってるんですか?」

「いくらかはな。裏のところまでは知らん。あの男とはあまり関係しない方がいいと俺は思うが、葬式には来ていたな、おまえ」

「蒼竜やレディ・Xを、何度かパーティに使ってくれたことがありましてね。東京から来た客の接待だったようです。俺の船も、何度かトローリングに使ってくれてます」

「いい親父(おやじ)だろう?」

「そうだとは思いますが」

「遊んでいる時、人間は裏の顔を見せたりはしないもんさ。俺が、あの男の邪悪な部分に気づいたのは、何度か一緒に食事をしてからだ」

「邪悪、ですか」

私は、白いテーブルの上の麦茶に手をのばした。

「おまえのような兇暴(きょうぼう)なやつにも、人間として邪悪なものは、あまり感じない。逆に、なんでもなくても、それを感じさせる相手というのはいる。大橋は、それを持ちすぎるほど持っているね」

「そうですか」

「言っておくが、これは俺の観察で、いつも当たっているとは言えない。事実、まるで見当違いの観察をしたこともある。だから、人には言わない。訊いてきた相手が、おまえだったから言ったことだ」

「邪悪という意味が、漠然としてますね」

「人間性なんて、もともと漠然としたものさ。言葉で表現しようというのが、間違いだと思えるほどだ。俺がそう言ったということだけ、憶えていればいい。それでも大橋をいい親父だと思い続けてもいいんだよ」

「時々、会ってるんですか？」

「あそこの食事は、まあ悪くない」

私は頷いた。

大橋についても調べてみようと思ったのは、もともと川辺と会ったのが、大橋家の葬儀だったからだ。強い陽射しの中でも、黒いスーツを着て汗ひとつかいていなかった男。はじめから、印象は強かった。

「黄金丸」

私は、自分の足のところに手をのばした。黄金丸が、腰をあげ、ゆっくりと近づいてくる。私は頭に手をやり、ちょっと乱暴に握った。耳を引っ張ると、黄金丸は首を振り、私の手を甘く嚙んだ。決して歯型が残らない程度の嚙み方だ。

「山瀬夫婦の言うことは聞かん。小野は完全に馬鹿にされている。ところがなぜか、こいつはおまえの言うことは聞く。ふざけたりもする」

「先生の言うことだって、聞くでしょう?」

「当たり前だ。俺は飼主だぞ。俺以外の人間の言うことを聞くのが、どうも信じられないような、妬(や)けるような、複雑な気分でな」

「こいつが掌に載るぐらいの仔犬(こいぬ)のころから、俺はかわいがってますからね」

「そんなことを言えば、山瀬はどうなる。おまえは時々連れ出していたぐらいだが、山瀬は毎日面倒を看てきたんだぜ」

「どこか、似てるなと思うことがあるんですよ、こいつとは。こいつも、同じことを考えてるのかもしれません」

黄金丸の頭で戯れながら、私は大橋家の葬儀のことを考えていた。忍も、須田も来ていなかった。あえて関(かかわ)ろうとしなかった、という感じが二人にはあった。

「ひと勝負、していくか?」

「小野さんに、睨(にら)まれましたからね」

私は腰をあげた。黄金丸が、門のところまで、私の車を見送ってついてきた。

9 会談

私が入っていくと、『かもめ』の支配人はちょっとびっくりした表情をした。

私は案内されたブースに腰を降ろし、そばに来た女と喋りはじめた。女を五十人ほど置いた、キャバレーふうの大きなクラブだった。女の質は悪くないが、勘定もかなりのものだ。この店だけで、芳林会は充分に利益をあげているだろう。その上、売春に手を出しているという噂もある。

三十分ほど経(た)った時、きちっとスーツに身を固めた、沼田が席へ来た。

「お久しぶり」

長身で苦みばしっているが、口を動かすとどこか野卑な感じになる。

「めずらしいな。どういう風の吹き回しかな」

「俺がここで飲んでると、ちょっと異様な感じだろう、沼田さん？」

「いや、うちの店の雰囲気がよくなるよ」

「空気みたいには扱えん。だから、あんたが出てきたんじゃないのかい」

「若月さんが、空気だっての。それじゃ、俺なんかガスみたいなもんかな」

沼田というより、芳林会とは、何度か事を構えかけた。決定的に対立しなかったのは、林という男が押さえたからだ。林はまだ三十になっていないが、いざという時は沼田をたしなめたりもするらしい。

「店からの奢(おご)りだよ」

コニャックがボトルごと運ばれてきたが、私はテーブルに置かせなかった。

「置かれても、飲まない。それじゃ、沼田さんに失礼にあたる」

「じゃ、ウイスキーは？」

「いらないよ。俺はビールが飲みたくて頼んだ。ほかのものは飲みたくないし、自分が飲んだものは自分が払う、という習慣も持っててね」

「うちの酒は、飲めない？」

「そう思ってくれていい。芳林会の酒は飲まないよ。俺は、クラブ『かもめ』のビールを飲んでるんだ」

「俺たちの世界じゃ、穏やかじゃないってことになるんだがね」

「あんたらの世界ではね。ここは、酒場だ。あんたらの世界というのを通用させたかったら、入口に看板を出しておけよ」

「そうだよな。確かに酒場だ」

沼田はかっとしかけたようだが、なんとか自分を押さえこんでいた。

「じゃ、肚（はら）を割ろうか、若月さん」

沼田が顎（あご）をしゃくると、席についていた女が二人立ちあがった。

「怒ってるだろう、沼田さん？」

「今朝のことだな。ぶち殺したって、よかったんだぜ」

「だけど、そうしなかった。守衛をぶち殺して、うちのビッグボスのところまで行き着くには、さらに十人ぐらいはぶち殺さなきゃならなかったがね」

「あんたを、あのホテルの人間だと思ってもいいわけだな」

「俺は、『ムーン・トラベル』という、ツアー会社をやってて、たまたまオフィスがあのホテルにある。ツアーといっても、いまは船を運航させているだけだ。そんなことは、よく知ってるだろう」

「この店と俺たちとは違う、と言ってるようなもんだぜ。実体ってやつは、同じよ。形式的には、違うものだが、形式は肚を割った場所で持ち出すもんじゃねえ」

「まったくだ。そう思うよ」

「じゃ、ホテルの人間だね」

「違う。俺は、やりたいと思ったことしかやらんよ。やりたくないことは、誰にどう頼まれてもやらん。それは、ホテルの人間とは呼べないだろう」

「なあ、若月さん。おかしな理屈は持ち出さないでよ。あんたを店に入れない、ということだって、俺はできた。それを入れて、こうやって話し合ってもいる」

「ひとつだけ、あんたと俺とは違うところがある。それは、あんたがやくざだってことだ。俺はこの店に入る資格があるが、あんたは、入れたくないというところに無理に入る資格はないんだ。これは、大きな違いだ。俺が主張できる理屈でも、あんたは主張できない。

そういうもんだろう」

　沼田が、黙りこんだ。顔がドス黒い色になった。私は、泡がすっかり消えてしまったビールを飲んだ。店の奥の方で、十人ばかりのグループが騒いでいた。バスで団体客が乗りつけてくるホテルも、何軒かある。つまり、クラブ『かもめ』のような店が繁盛しそうな素地も、この街にはできつつあるのだった。

「我慢できねえことは、我慢しねえ。相手を殺して刑務所に行かされても、やることはやっちまう。資格なんてことは、はなから考えねえ。だからやくざをやってる。自分を捨てちまってんだよ」

「自分を捨ててるというところだけが、違うね。自分を捨てきれないから、半端者同士で群れてるのが、やくざだろう」

「あんた、なんとか俺を怒らせようとしてるね、若月さん」

「怒ってくれると、俺は楽だね。怒るってのは、それこそ自分を捨てちまうってことさ。頭に来るなんていう次元じゃないんだ」

　沼田が、ボーイにちょっと手をあげ、コニャックを頼んだ。すぐにボトルごと運ばれてくる。自分で封を切り、沼田はグラスに注ぎこんだ。

「店の酒を、俺が飲んでんだよ。あんたに飲めとは言わねえし、勘定を持てとも言わねえ。気にすることはないからね」

視線を下にむけ、沼田はチビチビとコニャックを飲んだ。

「それで、若月さん。この店へ来た用事はなんなの？」

沼田の声は、押し殺したように低くなっている。

「川辺さんのことさ」

「ホテルの客だね」

「俺の客さ。一度、クルーザーを雇ってくれた。これからも使ってくれるかもしれん」

「なるほどね。あんたの客か。それで？」

「おたくと、もめてるだろう？」

「川辺ってのが、勝手に面倒を起こしてる。うちとしちゃ、迷惑な話だ。きのうの夜、うちの若いのが二人やられてね。どうも、いやな感じなんだよ」

沼田が言った意味を、私はしばらく考えた。川辺を、何者だと思っているのか。

「ひどい怪我をさせられてる」

「仕方ないだろう。俺は笑ったがね」

「うちの若い者(もん)は、なんも手出しせんで」

私は、声をあげて笑った。沼田は、じっと私を見つめている。

「きのう二人やられたって、もしかすると顎の骨でも砕かれてなかったかね」

「そうだが」

「二人がかりでひとりにやられてたんじゃ、世話ないや。あんたも、尻拭いが大変だな。今朝は、詫びを入れにきたのか」

「待てよ、おい」

沼田は、視線を動かさなかった。私は煙草をくわえ、ジッポで火をつけた。店の中は、次第に客が多くなりはじめている。見わたしたところ、ホテル・カルタヘーナの客はいないようだ。

「二人がかりで、ひとりにやられたって？」

「無様なもんだったね」

「あんたは」

「見てたよ。たまたま通りかかったんでね。ちょっと離れたところからだったが。まあ、問題にならなかったね」

私は、見たことを話してやった。店から出てきて路地に入り、飛び出してきた川辺を二人が追ってきて、どこをどんなふうにやられたかまで話してやった。

「二人は、この店に入っていったね。あんたに、どんなふうに報告したのか知らないが」

「信じられねえな」

「見たのは、俺ひとりじゃない」

「その人に、迷惑はかけねえ。誰と一緒に見たのかだけ、教えてくれねえか」

「いいよ、先生さ」

群秋生は、この店の客でもあった。ある程度以上は深く入ろうとしないが、逆にあるところまではやくざとつき合うのも拒まない。つき合い方は、よく心得ているようだ。

「先生が」

「かなり酔っ払ってたから、興奮したみたいだった。まるでボクシングの、ＫＯシーンでも見たみたいに」

「そうか」

「あんたと林が、どういう気でホテルへ挨拶に来たのかは知らん。詫びを入れるんならほかの場所があるだろうし、話をつけるというなら筋が違う」

沼田が、グラスのコニャックを飲み干し、荒っぽく注ぎ足した。私は、灰皿で煙草をもみ消した。派手な音楽がかかっていた。マネージャーが近づいてきて、沼田になにか耳打ちする。

「心配するなって言っとけ。俺は、若月さんと穏やかに話をしてる。肚の中は煮えくりかえってるが、それは若月さんにじゃねえ」

マネージャーが、怯えた表情で頷いた。

二杯目のコニャックを飲み干すまで、沼田はなにも喋ろうとしなかった。ダンスタイムに入り、数組の客がフロアに出ている。男だけの席が、あまり目立たなくなった。

「ひとつ訊きたいんだがね、若月さん」

沼田が、テーブルに乗り出してきた。

「あんた、はじめからそれを俺に教えようって気で、ここへ来たの？」

「俺は、そんな親切な男じゃない」

私はもう一本煙草に火をつけた。

「あんたと林が、ホテルへ現われた。あそこにゃ出入りしないという約束になってるのにだ。若い衆が二人殴られた、というだけのことじゃない、と俺は思った。川辺さんと、なにかある。それもかなり重大なことがだ。川辺さんは、言わないと思う。それで、あんたと話してみようと思った」

沼田と林が、ホテルとの約束を破ってまで現われたのは、やはり別の大きな理由があったからのようだ。そしてその理由は、思いこみだったという気配もある。

「川辺さんとおたくの若い衆が、どんなことでもつれたかは知らん。しかし俺が見たかぎりじゃ、二対一のただの喧嘩だったね」

「わかったよ、もう」

沼田は三杯目を注ぎ、ひと息で飲み干した。

「帰っちゃ貰えねえかな、若月さん」

「ああ」

「勘定はいらねえ」

「払うよ」

「わかった。好きにするさ。だけどあんた、これはホテルから頼まれてやってることかね。つまり忍総支配人から」

「それもある。あんたと林が来たことを、あの人は怕がっちゃいなくても気にはしてる。頼まれもしたよ、確かに。だけど気がむかなきゃ、俺は受けない。俺は、川辺さんという人に関心があって、それで動く気になった」

「川辺さんからは、頼まれちゃいないんだね？」

「まったく」

「おかしな人だよ、あんた」

川辺の危険な匂いが、俺を惹きつけている。それは言わなかった。

私はマネージャーを呼んで勘定を頼み、短くなった煙草をもみ消した。

10　ケイナ

サンチャゴ通りを、海の近くまで歩いた。

須佐街道に面したところには、安直で小さな店ばかり並んでいる。その先のブロックは駐車場で、それから中央広場があり、海になる。

私が入っていくと、杉下(すぎした)は持っていたケイナをカウンターに置いた。店の名も『ケイナ』という。ペルーあたりのアンデスに住む、インディオのたて笛だった。竹で作られているように見えるが、違うかもしれない。ケイナに関心を持ったことはないのだ。ただ、杉下が吹くのを聴くのは好きだった。

「相変らず、閑古鳥(かんこどり)だな、ここは。若い娘をひとり雇えば、ずいぶんと違うと思うけどな」

「なんにする？」

「情報をひとつ」

私は腰を降ろした。カウンターだけの狭苦しい店で、スツールに腰かけると、背後の壁に寄りかかれる。

私は、一万円札を五枚出して、カウンターに置いた。

「芳林会の動きが、どうもおかしい」

「なるほど。あれね」

杉下は、カウンターの中で、嬉(うれ)しそうに二、三歩動いた。靴音のタイミングがおかしいことは、それぐらいではわからない。五歩で、音だけ聞いても首を傾(かし)げる。右足が義足だった。なぜ片足をなくすことになったのかは、知らない。

「五万じゃ安いぐらいだな、ありゃ」

「俺とあんたの仲だろうが」

「まあな。助けられたことが、ねえわけじゃねえ。それに、情報は五万と決まってたようなもんだし」

　杉下は、情報屋というわけではなかった。S市で、女房が雀荘とゲームセンターを経営している。杉下自身も、昼間はその手伝いにS市へ出かけて行き、夕方帰ってくると、この店でケイナを吹いているのだ。女房は、S市に住んでいる。夫婦の関係がどうなっているのか知らない。もともと雀荘もゲームセンターも、杉下がやっていて、いまも所有者なのだという噂は聞いたことがある。

　杉下はカウンターにビールを出した。代りに五万円を摑んで、ポケットにねじこむ。

「芳林会は、内部分裂だろうな」

「ほう」

「親分が、引退したがってる。もう歳で、前からそういう気持を洩らしていたが、今年になってから、かなり具体化したんだな。S市に競争相手はいねえし、まあ普通に二代目となるわけだが、そんな時は、内側からいろいろと起きてくるもんさ」

「どんなふうに、分裂しかかってる？」

「佐藤と小坂だよ」

ナンバー・ツーとナンバー・スリーだった。当たり前のことだ、という気もする。

「沼田は、佐藤の弟分だよな」

「つまり佐藤の方に、沼田、林といる。芳林会の古い幹部も佐藤についていて、これが主流派だ。小坂ってのは、もっぱら覚醒剤(シャブ)で力をのばしたやつでね。若いのが多くついてる。無鉄砲なのは、小坂の方に多いね」

「いつごろ、二代目が引き継ぐんだ?」

「来年早々」

「じゃ、あまり時間はないわけか」

「俺は、武闘に近い局面になるのは、そう遠くないと思ってるよ」

杉下が注いだビールに、私は手をのばした。

「この街は、どういうことになる?」

「そこさ、問題は。この街に詰める若い衆の顔ぶれが、かなり入れ替った。その中の何人かには、小坂の息がかかっている、と俺は見ているよ」

この街にいる芳林会の人間は、二十人ぐらいのものだった。リスボン通りのむこう側に古い家があり、そことクラブ『かもめ』の二階が、住居でもあった。古い家は、事務所も兼ねている。

「そうすると、S市の芳林会の分裂が、この街にも持ちこまれている、と考えていいわけだな」

「多分」

「芳林会の親分は、分裂を黙認かね？」

「気がついたら、それぞれが資金源を握って、どうしようもなくなってた。勝った方に、跡目を譲ろうってことだろう。たっぷりと稼いで、骨もなくなっちまってる。人間なんて、そんなもんだろう。昔は、ちょっとした迫力はあったもんだが」

杉下は、自分のビールを出すと、にやにやと笑いながら飲みはじめた。

ケイナの演奏がない時、大抵はミュージックテープがかけられているが、いまはまったくBGMなしだった。まだ話すことがある、ということなのだろう。

この店には、十七、八人の常連がいる。そして定休日が月曜と火曜で、一番混んでいるのは土日だ。民俗音楽などを趣味にしている連中の、溜り場になっている。この街の、いろんな職種の連中が集まってくるのだ。

それでも、杉下が売れるほど情報を持っているのは、なにかを嗅ぎ分ける才能のようなものを持っているからに違いなかった。とりとめのない、いろんな話を総合して分析し、ひとつの事実に辿りつく才能と言ってもいいかもしれない。いろいろな店の経営状態のこと、経営者のこと、トラブル、男女関係まで、杉下は蝶を収集するマニアのように、情報を収集して、頭の中で標本のようにしているのだった。

私がこの街に戻ってきた時、杉下は『ケイナ』を開店したばかりだった。片足の、おかしなマスターだとしか思っていなかった。

杉下の才能を発見したのは、私ではなく群秋生だった。群秋生は、この街のほとんどの店に一度は行ってみて、興味が湧いたところには通うようにしているようだった。群秋生の本を読むかぎり、小説の取材になっているとは思えない。

「なあ、ソルティ。芳林会にとって、この街は結構いい稼ぎ場になってきている。ホテル・カルタヘーナとか神前亭とか、ほかにもいくつか手出しできねえホテルはある。だけど、それ以外のホテルの客を相手にしてるだけでも充分なんだ。ホテルにショーが入る。それを斡旋している事務所があるが、それも連中がやってる。組員が二十人いりゃ、その周辺で仕事をしている人間は、五十だね」

「そんなにか」

「そうすると、その力をうまく利用して儲けようってやつも出てくる」

「わかるよ」

「わかっちゃいねえさ。たとえば、船が儲かりそうだと思えば、クルーザーを五隻ぐらい持ってきて、そういう会社を作る。おまえがやってるところは、機関の故障だの、事故だのに遭って、商売もやっていけなくなるわけさ」

「そんなに、儲かる仕事じゃないよ」

「だから、手を出さん。あるいは、おまえと組む。おまえに客を紹介し、そのマージンを懐に入れる。お互いに儲かるわけだ」

「誰かが、そんなことをしてるのか？」

「たとえばの話さ。つまり、儲けたいやつが何人か集まれば、どんな話だって成立していく。そんな馬鹿なってことだって、あるかもしれん」

私はグラスにビールを注ぎ、ひと息で飲み干した。二本目のビールを、杉下は冷蔵庫から出した。それからケイナをとり、吹きはじめる。

この街の誰かが、芳林会の分裂に乗じようとする。それはありそうなことだった。沼田や林と組むというのでは、当たり前すぎる。芳林会の、反主流派と組んだとしたら、どういうことになるのか。

川辺はどういう立場ということになるのか、と私は考えた。芳林会と川辺が、なぜ対立しているのか。もともと川辺は、違う目的でこの街へ来た、と思う方が妥当だった。葬式に出ていた点から見ても、大橋との関係でこの街に来た、という可能性が一番強い。

芳林会と大橋の間には、なにか繋(つな)がりがあるということなのか。

ちょっと小狡(こずる)そうな印象だが、どこにでもいそうな中年の実業家にしか見えない、大橋の風貌を私は思い浮かべた。『スカンピー』は、私がこの街へ戻ってきた時、つまり六年前にはすでにあった。

「な、マスター。『スカンピー』というレストランを経営してる、大橋って男を知ってるか？」

杉下は、ケイナを吹き続けていた。穴を押さえる指の動きが、撫でるようにやさしくやわらかい。日本の曲を吹いているのだということが、しばらくしてわかった。

私はグラスにビールを注ぎ、ちょっと口をつけた。

「いいところに眼をつけてるぜ、ソルティ」

ケイナから口を離し、杉下が言った。

「ただ、これは俺が言えることじゃない。情報として言えるだけの、確証というやつがなにもないんだ。大橋は、S市にも『スカンピー』の支店を出したがってる。そういう事実はあるが、証拠にもなにもならん。それ以上は憶測になるから、俺は言えんよ」

「なにか、危険なところのある男だろう？」

「どうして、そう思う？」

「あの男を、好きだという人間がいない。レストランの親父だぜ。それが、なぜか嫌われてばかりだ」

「そうかな」

「大抵は、好きでも嫌いでもないってところだろう。俺も、いまのところそうだね」

それでいい、というように、杉下が笑った。

相変らず、店には誰も入ってこなかった。杉下が、本気で商売をやろうとしているのかどうか、疑わしいものだった。ただ、S市の雀荘やゲームセンターは、かなり繁盛しているという噂だ。

「五万貰ったんだ。もうひとつ教えといてやる。大橋は、このところ姫島の旦那（だんな）に接近しているな。この夏だけで、三回ぐらいは会っていると思う」

「わかった」

大した情報量だった。店でケイナを吹き続けているだけで、これほどの情報を集めているのだ。ただ、なんのために情報を集めているのかは、わからなかった。集めることそのものが、趣味とも思える。

「マスターは、なんでこんな街で暮してるんだい？」

煙草に火をつけて、私は訊いた。

「ここはな、ソルティ。幻みたいな街なんだよ。蜃気楼（しんきろう）と言った方がいいかな。田畠しかなかったところに、いきなりキラキラのホテルが建ちはじめて、いまじゃこんな具合だ。人間だって、通り過ぎていくやつの方が多い。俺は、それを眺めていたいのさ。極端な言い方をすれば、一日ごとに風景が変る。なんでも見ようとしているうちに、俺の眼は複眼みてえになっちまったよ。わかるだろう、昆虫の眼さ」

「しかし、なぜ眺めていたいんだ」

「人間が、どうしようもなく馬鹿なもんだと思いたいからさ。そう思えれば、野心とか未練とか、そんなものと無縁でいられる。おまえは、いいサンプルになると思ったよ、ソルティ。魅入られたみたいに、トラブルの中に突っこんでいく。危険な思いもずいぶんしただろう。最初は、馬鹿のサンプルとして、これ以上のものはないと思った」

「いまもだろう」

「嫌いじゃなくなった。そうなると、見えるものも見えなくなる」

杉下が、またケイナを吹きはじめた。ペルーには行ったことがない。インディオにも、会ったことはない。それでも、ドアが開くとインディオが入ってきそうな気がする。

一曲終ると、渇きを癒すように、杉下はビールを口に運んだ。

「俺のほかに、情報を買いにくるのは、先生ぐらいのもんかい？」

「群秋生に、情報なんていらねえさ。あの人の頭の中には、情報以上のものが入っている。あの人にだけは、俺は情報を売ろうとは思わんね」

「時々、飲んでるじゃないか」

「おれのケイナが好きなだけさ、あの人は」

「じゃ、ほかに誰が買いにくる？」

「おまえだけさ、ソルティ。おまえとのつき合いが、いつか情報ってことになっちまった。その証拠に、おまえがここに現われるのは、情報を欲しい時だけだ」

私は肩を竦めた。

杉下が、またケイナを吹きはじめる。ちょっと淋（さび）しげな、そして憂鬱な感じがする曲だった。

11　借り

ぴたりと、車をスペースの中に収めた。真中から、五センチとずれていないはずだ。大した意味もないが、一発でそれが決まると、悪い気分はしない。

マンションの地下駐車場。海のそばでは車が傷むので、大抵のマンションは地下に駐車場を持っていた。もっとも、部屋の数だけはないので、敷地の中に二十台分ぐらいの露天の駐車場もある。

車を降りた時、背後に人が立っているのに、はじめて気づいた。

ふり返り、むき合って、私はしばらくじっと立っていた。殺気はない。しかしどこかに、緊迫した気配はある。小柄な男だった。

「すみません」

ちょっとカン高い声だった。暗がりで、表情はよく見えない。声に憶えがあった。

「どういうつもりだ？」

「若月さんにお目にかかれるのは、ここだと思ったものですから、待たせていただきました。私の車は、道路です」

「何人、連れてきてる？」

「とんでもない。私ひとりです。そんなにお時間はとらせませんので」

「手早く片付けるってことは、拳銃(チャカ)でも使うのか」

「まさか。ちょっとお願いごとがあって、来ただけです」

一度、林は頭を下げた。

「沼田さんに言われてきたのか、林？」

「私の一存です」

「いいだろう。このマンションに俺の部屋があるが、やくざを入れたくはない。外に出て話そうじゃないか」

「私は、どこでも」

歩きはじめると、林はついてきた。

私は駐車場から出て、道路の方へちょっと歩いた。外は涼しくなっていて、海鳴りが遠くに聞えた。

私は煙草をくわえ、ジッポで火をつけた。まだ、気は抜いていなかった。

「今朝、沼田と一緒にホテルへ来て、夜になるとひとりで俺を御訪問かい」

「沼田はいま、二人の若い者に事情を訊いています」

　川辺ひとりにやられながら、沼田にはそう報告をしなかった。つまり、つらい状態で事情を訊かれているということだろう。

「おまえのとこの若い者は、喧嘩に負けると、関係ない人間まで相手だったと主張するのか。その中に、俺が入っていなくてよかったよ」

「誰が相手かよくわからない。六人ぐらいいた、と報告しましてね。川辺さんがいらっしゃることは、ちゃんと言いましたが」

「おかしいと思わないか、林?」

「どうも、忍総支配人の線じゃないかと、そんな感じを持たせる報告でした。川辺さんはホテル・カルタヘーナに御滞在だし、あり得ないことじゃないような気がして、今朝行ってみたんです。違うだろう、と私は思いました。総支配人が、ああいうふうな言われ方をされるのはいつものことで、つまりはなんの関係もないということだったんでしょう」

「しかし、相手は五、六人だったというわけかい。怪我の状態で、ひとりとわからなかったのかな」

「まあ、事実怪我はしておりましたので」

　林が、ちょっと眼鏡を持ちあげるような仕草をした。この街で上に立っているのは沼田の方だが、ほんとうはこの男が手強いのかもしれない、とことあるごとに私は思っていた。

沼田は、読みきれる。この男には、どこか読めないところがある。

「いま、沼田は若い者を締めあげてるのか？」

「私は、ああいうことは性に合いません。必要なことかもしれない、とは思いますが」

反主流派の小坂の息がかかった若い者が、何人かこの街へ来ているということは、沼田も林も感じとっていたのだろう。二人は、馬脚を現わしたということになる。どういう私刑（リンチ）が行われているのか、想像はついた。

「血は嫌いか、林？」

「やくざだから血が好きというのは、間違いですよ、若月さん」

「ああ、間違ってるさ。やくざが好きなのは、他人の血だけだ」

「お願いしたいことが、あるんですが」

「やくざには、頼まれないことにしてる」

「そうおっしゃるだろうとは思いましたが、話だけでも聞いてはいただけませんか」

煙草を捨て、私はそれを靴で踏みつけた。

「話そうという気はお持ちでしょう。だから、店にも来られた」

「わかった。聞くよ」

「川辺和明氏に、会わせていただけませんか？」

「なぜ？」

「対立する理由が、ないと思うからです。きのうの夜のことは、誤解から生じています。少なくとも、川辺氏と事を構える理由は、なにひとつとしてありません」

「だいぶ、複雑な立場に立ってるようだな」

「会わせていただけますか？」

「むこうが、いやと言うだろうさ」

川辺は、会うと言うかもしれない。川辺も、多分芳林会と事を構える理由はないはずだ。私は、もう一本煙草をくわえ、火をつけた。林が、じっと見つめてくる。大人しそうな感じがするのに、眼鏡の奥の眼だけは、ものに憑かれたような光があった。この眼は、林がこの街に来た三年前から変っていなかった。

「なんとしても、お願いしたいんです」

「お願いされなきゃならん、借りでもあったかな」

「なにも。ですからこれは、私の借りということになります」

「どの程度の、借りだね」

「それは」

林は、困惑したような表情を浮かべた。私は、夜の空を仰いだ。星が多い。明日も晴れそうだ。

「俺が、芳林会の誰かに苛められてる時に、助けてでもくれるのかい」

「若月さんを苛めるなんて、そんなことができる男は、うちにはいません」

「そうかな」

「殺すことは、できます。苛めることは、できないでしょう。あなたは、そういう方だという気がします」

「脅しかね、それは」

「本気で、そう思ってますよ。あなたとむかい合うことになったら、殺すか殺されるかだとね。それぐらいの覚悟を決めないと、勝てはしないでしょう」

「俺は、小さなツアー会社をやってるだけだ。船しか扱ってないが」

「私は、この三年、いろいろと見てきましたよ。なんの関係もないのに、あなたはトラブルに首を突っこんで行く。いや、なにかあるんでしょうね。つまり、内的な動機というやつが。私には窺(うかが)い知ることはできませんが、そんなものはあるはずです」

「騒動が、好きなだけさ」

「そうは見えません。なぜこの人は、と私はよく考えましたよ」

私は煙草を捨てた。林は、煙草を喫(す)わない。酒も、ビール一杯がせいぜいだ。声を荒らげたところも、見たことがない。車も、平凡な中級の国産だ。やくざらしいところはほとんどないのに、沼田よりずっとやくざらしいやくざとも思える。

「俺と、勝負してみろ、林」

「勝たなければ、お願いできませんか？」

「いや、勝負してみようという気になってくれりゃいい」

「いいですよ」

私は、ちょっと退がって、林といくらか距離をとった。

身構えもせず、林はただ立っている。二歩踏み出したが、林は動かなかった。私は、林の顔面に拳を叩きつけた。拳は、ほんのあと二センチかそこらで、届かなかった。林は動かない。

「やる気はないな」

「でも、勝負はしましたよ。殺すなら殺してもいい。それが私の勝負のやり方です」

「わかったよ。できるかどうか、明日連絡をする」

林が、頭を下げた。

「事務所でいいな？」

「私を呼び出すだけで、名乗らないでいただけますか。沼田は気にしますし」

「いいよ」

三本目の煙草を、私は出しかけて途中でやめた。

「ひとつ教えてくれないか、林。きのうの夜、どんな状況で川辺さんと事を構えることになったんだ。きのうの夜、二人が言った状況でいい」

「うちがやってる『サブリナ』ってクラブ、御存知ないでしょうね。芳林会が表に出ないように気をつけていますから」

「あそこも、芳林会か」

私は苦笑した。クラブ『パセオ』と並ぶ、高級店だ。そんなふうに、芳林会は街のあちこちに食いこんでいるのかもしれない。

「上品に、経営をやっております。営業時間だけは、午前二時までですが」

「知らなかったな。十一時半に、看板を消してるだろう」

「ドアも、錠を降ろします。十二時半には」

どういう商売をやっているのか、およその見当はついた。十二時半から二時までは、女を売る時間なのだろう。

「きのうの夜、大橋さんが見えましてね。ちょっと遅れて、川辺さんも。実は、客を装って、うちの者がいつも二人詰めております」

「大橋の親父さんと川辺さんが、もめたんだな?」

「正直に言います。これが借りを返したことになる、と思っていただけますか?」

「貸し借りはなかったと思うがな」

「川辺氏に、断られたくありませんので」

私は笑った。林は、眼鏡を持ちあげる仕草をしただけだった。

「大橋さんは、うちでガードすることになってます。大橋さんが、川辺氏を排除しろと耳打ちされたようです。もっとも、昨夜二人が報告したことによるとですが。大橋さんには、確認をとっていませんので」

「なんで、大橋の親父が？」

「そういうふうに、上の方で決まりました。S市に行かれた時は、本部の方でガードしているんでしょう。詳しい事情は、よくわからないんです」

それだけ言って、林は頭を下げ、道路の方へ歩いて行った。

部屋へ戻ってきても、私はしばらく大橋のことを考えていた。

私の部屋からは、地上にいる時より波の音がずっとよく聞えた。台風の時は、風も強い。私の部屋は2LDKで、ひとりで暮すには広すぎるほどだった。一日おきに家政婦も入っているから、身ぎれいに暮していると言ってよかった。

時々、群秋生が不意討ちをかけてくることがある。今夜こそ、女がいると思ったんだがな、という科白(せりふ)はいつも決まっていた。ほんとうに女がいたら、驚くだろう。群秋生は、私に関心を持っている。小説家に関心を持たれる程度に、私は複雑な人格なのかもしれないと、時々自分でも思う。

シャワーを使い、バスローブを羽織ると、私はテラスに出てしばらく風に当たった。ちょっとしたルーフテラスになっていて、テーブルと椅子ぐらいは置ける。

部屋に置いてあるスコッチは、ノッカンドーだった。気に入っているわけではない。はじめて飲んだ酒が、それだった。

林は、なぜ大橋のことを喋ったのか。話の成行を思い返してみると、大橋の名を出さなくても済んだはずだ。

大橋に、なにか感じている。それはあるのかもしれない。私にそれを知らせることで、別の展開がある、と読んでいる可能性もある。

曲者ってやつだ、あいつは。声に出して呟き、私はウイスキーを呷った。

暗い海に、明りがいくつか見えた。眼をこらさなければ見えないほどの、小さな点だ。漁火だろう、と私は思った。

12 船上

船尾から、二本ルアーを流した。

鰹などはよくあがっていた。鮪も、あがりそうな予感がある。今年に入って、潮流の関係なのか、魚がよく釣れるようになった。

川辺がコックピットに昇ってきて、前方の海上に眼をやった。

「こんなに荒れていると、低速でもルアーが海面を跳ねてるね」

「その方がいいんですよ。狙う魚にもよりますが、海面を跳ねるぐらいが一番食いつきやすい」

「メキシコの西海岸で同じことをやったことがあるが、カジキ鮪ってのが釣れたね」

「アカプルコ？」

「もうちょっと、南だった」

「あのあたりは、トローリングのメッカですからね。日本でカジキ鮪が釣れりゃ、これは幸運ってことですよ」

「操船というのも、見ていて面白い」

「大物がかかった時は、船の動かし方で決まることもあります」

川辺は、これから会う林については、大して気にしているようには見えなかった。

今朝、川辺のコテッジを訪ねると、きのうと同じ恰好で朝食をとっていた。林と会うことに関しては、理由も訊かずに承諾したのだった。

きのうは、午後から出かけ、夜の七時過ぎには戻ってきた、と忍は言っていた。街の中をうろついていたという気配はなく、車でどこかへ行ったようだ。

「君は、この街の生まれだそうだね」

「そうです」

「いくつまで、いたんだ？」

「十八歳まで。六年前に戻ってきましてね。村がこんな街になってるなんて、ちょっと眼を疑いましたね」

「大変な資本が入ったんだろうね」

「多分ね。ホテルも、大手のチェーンがいくつか入ってますし。だけど、わけのわからないものが、ずいぶん入ってきている、という感じもします。特に、店舗ではね。レストランとかブティックとか喫茶店とか。俺だって、その気になれば、寿司屋ぐらいは開けたかもしれない」

「つまり、そのための融資のシステムが、この街にはあるということか」

「どうなんでしょう。銀行は三つ入ってます。信用金庫もひとつあるから、条件は整ってるんでしょうがね」

「この船は、君のものだよな」

「家と、取り替えたんです。リスボン通りに面したところにあったんで、ホテルで高く買いあげてくれましてね」

「ホテルで？」

「リスボン通りが、この街の中心街なんで、土地があれば、用途はいくらでもあったんでしょう。六年前はもう、通りに面した土地には、ほとんど空きはありませんでしたから」

「船が好きかね？」

「なんとなくでした。船舶免許を持っていましたし」

「普通なら、満たされるはずだが」

「俺は、満たされてますよ。野心なんてものは持ってませんから、満たされているんだろうと思います」

「そうかな」

「川辺さんも、満たされてるでしょう。事業は成功しておられるようだし」

川辺が煙草をくわえた。私はジッポの火を出した。

「トラブルが、好きなようだね」

「おかしな噂が流れてるな、まったく。俺は、早いとこ死んじまおうと思っただけなんです」

「しかし、死ねなかった」

「死んじまうのは、卑怯かもしれない、という気がしてきましてね。誰かが、耳もとで生きろって囁くんですよ。もっと苦しめとね。そうだ、と自分でも思う。片方じゃ、死んじまおうかと思ってる」

「そのせめぎ合いの中で、危険なトラブルに惹きつけられていくわけか」

「そうだということは、自分で考えたわけじゃなく、群先生に指摘されたことです。いつもいつもそう指摘されてるうちに、自分でもそうなのかという気分になってます」

私は笑ったが、川辺は表情も変えず煙を吐いていた。

「林ってのは、まず乱暴なことをする心配はないと思います」

私は話題を変えた。

「肚は据っていますがね。力よりも頭でのしあがってきたタイプです。この街のナンバー・ツーで、芳林会本部じゃ下の方でしょうが、すぐにあがりますね、あれは」

「いくつなんだ？」

「二十九。この街に来たのが三年前で、沼田というのは、それからなんとなく林に頼るようになりましたよ」

川辺が、丁寧に灰皿で煙草を消した。

「理由も気にしないんですか、やくざが会いたいと言ってるのに」

「会ってみるまで、ほんとうの理由なんてわからんものさ」

「林は、曲者ですよ。食わせものとはちょっと違いますがね」

「そのあたりは、会ってから私が判断することにしよう」

「須田さんとは、長いみたいですね」

大橋とはどういう関係なのだ、と出かかった言葉を呑みこんで、私は言った。

「この街へ来たら、昔のことは忘れるんじゃないのかね」

「忘れたふりをする。それだけのことです。忘れたふりをしながら、須田さんは花屋なんかやってるんですよ」

「君も、そうか」

「俺にゃ、忘れたと思いこまなきゃならないようなことは、なにもありません。むしろ、忘れまいと思ってます」

「花屋ね。『エミリー』なんて名をつけてた」

「フォークナーの『エミリーの薔薇』からとったんじゃないかと、これは群先生の説なんですがね」

「あり得るな、須田なら」

「御存知ですか、その小説？」

「知ってるよ」

あんなものを読んでいる人間が、そういるとは思えなかった。群秋生が本を貸してくれなければ、恋愛小説のようなものだと私は思いこんだだろう。

リールが鳴った。

竿がしなっている。そこそこの大きさだろう、と私はそれを見て思った。

「魚が、かかりました。あげますか？」

「そのために、流してたんだろう？」

身軽に、川辺は後甲板に降り、竿を立ててファイティングチェアのところまで持ってきた。

私は速度を落とした。川辺は、竿を立ててホールドしたまま、まだ巻きあげようとはしていない。リールのドラッグの抵抗をものともせず、魚はまだ時々テグスを引き出している。その音が、ジッ、ジッと聞えた。

やがて、音が聞えなくなった。ピンと張ったテグスが、緊張でふるえているだけだ。私はゆるやかに、船を旋回させた。

川辺が、立てていた竿を倒しながら、数回巻きとり、竿を立てた。魚はちょっと抵抗して、またほんのわずかリールを引き出したが、それだけだった。

竿が倒れ、立てられる。それがくり返され、テグスはかなり巻きとられた。心得があるらしく、巻きとるところのテグスを指で押さえ、巻きとったテグスが片側にだけ寄らないようにしている。

「川辺さん、ラッキーですよ。こりゃ鰹じゃない。鮪だ」

「らしいな」

川辺の声は落ち着いていた。魚が旋回する方向に回りはじめたので、私は舵輪(だりん)を逆に切った。遠くの魚は、テグスの方向で動きを見きわめるしかない。魚影が見えてくるのは、もうすぐだろう。そうなると、ずっと扱いやすくなる。

近づいてきた。一メートルぐらいの鮪だ。

川辺は、竿の弾力を使ってうまくやり取りしながら、テグスを巻きとっていた。一度魚は潜りかけたが、ほんとうに潜ってしまう力は、もう残っていないようだった。

ほとんど船の真下まで魚が引き寄せられた時、私は舵輪を固定し、後甲板に飛び降りた。左手でテグスを摑み、右手に持ったギャフを近づける。海面から頭だけ出し、鮪は躰をのたうたせていた。

ギャフをかけ、鮪を引きあげた。頭に棍棒を叩きつける。ほとんどの魚は、二発か三発で、痙攣して死ぬ。

「まあまあの鮪ですね。でも、これぐらいのやつが、一番うまいと言われてます」

ルアーを鮪の口からはずした。ロープのついたバケツを海に放りこみ、海水を汲んで甲板の血を流す。二杯できれいになった。三杯目は、鮪にかけた。

ルアーをもう一度流し、私はコックピットに昇った。

ゆっくりと前進させる。川辺も、昇ってきて私のそばに腰を降ろし、レイバンのミラーをかけた。ミラーには、海と空だけが映っている。わずかに、風の匂いでも嗅ぐように、川辺は顔を上にむけていた。

「よっぽど腹が減ってたんだな」

「なに？」

「鮪ですよ。鮪にかぎらず、こんな日中には、いくら流しても食わないものなんですよ。

大抵、朝に餌を食っちまってますから。腹が減った魚が、たまたまそばにいた。まるで、この街に来た川辺さんと、俺が出会ったみたいにね」

「どっちが、腹を減らしていたんだね？」

「これから、わかりますよ」

約束の時間には、まだ三十分ほどあった。私は根気よくルアーを流し続け、十分前になって、ようやく竿を収った。

鮪は、甲板の端で躰を硬直させている。尾の方がピンと上に反って、まるで芯棒でも入れたように見える。

「魚は、どうしましょう。二、三日寝かせたところが、食べごろだと思いますが」

コックピットに昇り、全速に加速して私は言った。風が、私の言葉を吹き飛ばしていく。

「じゃ、そうすればいい。君らで、食えばいいさ」

「できることなら、川辺さんと一緒に食いたいですね」

「そうだな」

街が近づいてきた。背後は山で、街の中にも緑が多い。わずかに、私の住むマンションがあるあたりにだけ、高層の建物が集中している。せいぜいが、七、八階だ。

街の手前に、岩礁群があった。そこだけ、海面が白く泡立ったように見える。岩礁をかわすと、神前川の河口まで一直線だった。ヨットハーバーは、河口にある。

モーターボートが、海面をバウンドするように近づいてきた。私は大きく旋回して、船首を沖にむけ、スピードを落とした。

「時間通りです」

川辺が頷き、サングラスをはずした。船足をスローに落とす。並んできたモーターボートが、船尾に近づいてきた。スローのまま、私は舵輪を固定した。接舷したモーターボートから、林を引きあげる。モーターボートは、野中が運転していた。すぐに離れ、並走しようとする。ひと回りしてこいと、私は手で合図した。

「キャビンを使ってくれ。俺は上にいる。はじめに断っておくがな、この船の上では、どんなことも俺が許さん。話をするだけだ」

「人に見られない場所を作っていただいて、感謝しますよ、若月さん」

「おまえのためじゃない。話は、三十分で終るか、林？」

「多分、十五分ぐらいで」

「遠慮することはないさ」

川辺が、コックピットから降りてきた。入れ替りに、私はコックピットに昇った。林です、と言っているのが、小さく聞えた。

スピードをあげた。その方が、横揺れは絶対的に少ない。荒れた海では、特にそうだ。波の角度によっては、スピードをあげられないこともある。船酔いをする人間にとっては、そういう時は地獄だった。

ハーバーから、レディ・Xが出てくるのが見えた。女の子たちばかりで借りた、サンセットクルージング・アンド・パーティで、よせばいいのに野中が勧めて貸してしまったのだ。蒼竜の児玉が船長だった。野中は、モーターボートやカリーナを動かす免許しか持っていないし、私はカリーナに乗っているからだ。

客の女の子たちは、船酔いでひどい目に遭うだろう。夏の終りの、折角の愉しみが台無しというわけだ。

私は双眼鏡でレディ・Xの船上を見た。ハーバーから出て五分というところだが、もうぐったりしている女の子もいる。全部で十四、五人というところか。船上パーティといっても、ハーバーに戻ってからやるしかなさそうだ。

児玉も、双眼鏡で私の方を見ていた。ホーンを一度鳴らす。ホーンが返ってくる。そうやって、レディ・Xと行き違った。

野中は、あまり離れすぎないところを走っていた。土曜日のせいか、ハーバーのクルーザーも何隻か出ていて、海の上も結構賑やかだった。

二十分ほどして、林ひとりが後甲板に出てきた。私にむかって、頭を下げる。

私は、モーターボートの野中に合図を送った。白く波を蹴立てながら、モーターボートが加速して近づいてくる。

「どうも。助かりましたよ」

モーターボートに乗り移る時、林はもう一度頭を下げた。

川辺がキャビンから出てきたのは、モーターボートが離れてからだ。コックピットに昇ってくると、何事もなかったように私の隣りに腰を降ろした。

「あの鮪だがね」

サングラスをかけながら、川辺が言う。

「三日後ぐらいがうまいのか。なんとなく、それは食えそうな気がする」

「そうですか。じゃ、ホテルの料理人に預けておきます。本鮪じゃありませんから、それほど脂はないですが、結構いけますよ。総支配人も呼ぶと喜びます。鮪が好きとかいうのじゃなくて、釣った魚をみんなで食う、というようなのが、あの人は好きなんです」

「鮪パーティか。悪くないね」

私は、沖に船首をむけた。三十分ほど走ってからハーバーに戻れば、三時間のチャーターにぴったりだ。

船の上で林と会うと言ったのは、川辺の考えだった。

13　スパナ

ロックだった。

土曜日の『てまり』は、ロックが流れていて、時には和子と志津子が客と踊っていることもある。そんな時は、照明など地味なディスコという感じだ。

私はカウンターに腰を降ろした。すぐに、宇津木がウイスキーのボトルを出す。

「この街には、そういえばディスコがないよな」

「そうなんですよ。『エミリー』を改造してディスコにすればいいのに、とマスターに言ったことがあります。団体をとるホテルも増えて、若い客が多くなってるのに。あそこは奥が倉庫になってて、店と一緒にしちまえば、結構広いんですよ」

「それで、須田さんはなんと言った？」

「なにも」

それ以上、宇津木が言えなかったのは、よくわかる。

「飲むか？」

「一杯だけ、いただきます」

「ロックってやつは、なんか心の底をムズムズさせるな。結局俺は、ムズムズで終りで、踊り出したりはしないがね」

「俺は、踊ってますよ。日曜にゃ、よくS市のディスコへ行きますよ」

奥のブースにいる和子と志津子は、どことなくいつもよりはしゃいでいる。

宇津木が、ウイスキーを口に放りこむようにして飲み、一度顔を顰めると、私に頭を下げた。

ドアが開き、群秋生と小野玲子が入ってきた。

「ロックの日なんで、小野を連れてきたぞ。なんでも飲むし、なんでも食う。宇津木、おまえの得意なカクテルと料理を出してみろ」

宇津木の表情は、小野玲子を見た時から、妙によそよそしくなっていた。気持を表面に出すまいとする時、宇津木はいつもそうなる。玲子と同じ歳のはずだが、宇津木にとっては高嶺の花なのだろう。

宇津木は、よそ行きの表情のまま、シェーカーに手をのばし、何種類かの酒を入れると、鮮やかな手つきで振りはじめた。

カクテルグラスに満たされたのは、玲子のワンピースと同じブルーだった。

「やるじゃないか、おい」

群秋生は、すでにかなり飲んでいるようだった。土日はアルコールを断つと言っていたのが、いまは日曜だけだ。放っておけば、アルコール依存症だろう。

「秋の海、と名づけた当店のカクテルです」

「名前がよくないな。青い血。そうしろよ、宇津木。どうせ須田と相談してつけたんだろうが、平凡すぎる」

「次の新しいカクテルは、先生に命名していただきますよ」

「とても口にできないような名前を、つけてやるからな」

ブースとブースの狭い場所で、和子が踊りはじめた。客も乗っている。

「おまえも踊ってこいよ、小野」

「見てます」

「若いやつは、ロックには乗るもんさ。ソルティみたいな、半端な歳のやつが、照れたりするんだよ」

「あたしは、照れてるわけじゃありません」

「観察をするのが作家の立場だと思ったら、大間違いだぜ。くだらんよ。立場なんてことを考えないのが、作家の立場だ」

「先生が飲みすぎないように、あたしはそばにいるんです。席を離れている間に、思いきり飲んじゃいそうだから」

「俺はいま、酒で内なる野性を閉じこめているところなんだぜ」

私は、黙って飲んでいた。群秋生の酒は、どこか見ていてつらい時がある。木刀でも振っている姿を見る方が、ずっと好きだった。

「若月さん、今度また、ビリヤードをやりに来てください。若月さんと試合するとなると、先生は一滴も飲みませんから」

「この間は、アルコールが入っていたので不覚をとった、とおっしゃってましたけどね」

「嘘。前日から、一滴もお飲みになってないわ」

群秋生は、壁の方を見て煙草を喫っている。

ドアが開いた。音楽だけそのままで、店の動きがすべて止まった。それほど、ドアの開け方は乱暴だった。蹴って開けた、としか思えない。

入ってきたのは、三人だった。見たことのない顔だが、ひとりだけ上着を着た男の襟には、芳林会のバッジがついていた。

気づいた時、宇津木はカウンターを飛び出し、三人の前に立ち塞がっていた。

「なんだね、兄さん。俺たちは客だよ。酒を飲んで金を払う。そんなおっかねえ顔で、睨むこたあねえだろう」

「お帰りを」

「なんだと」

「私も、一緒に外へ出ますから」

「面白え。外で話をつけるなんてこたあ、できねえからな。外でやることは、相場が決まってんのよ」

舌打ちして、私は腰をあげた。

「宇津木、退がってろ」

「それは困ります、若月さん。ここは俺がちゃんとしないと、マスターに叱られますから」

「相手が、人間の時に言う科白さ、それは」

三人は、私の方をじっと見ていた。宇津木が名前を呼んだ。だからだろう。つまり、私の名前は知っているということだ。

「殺虫剤があったな、宇津木。あれを持ってこい。こいつらには、それがちょうどいい」

三人が、出ていった。私が言ったことに、腹を立てたからというようには見えなかった。ドアを閉め、宇津木がカウンターの中に戻った。店内には、ロックが流れ続けている。須田がいたらどうなっただろう、と私は思った。この二年ほど、須田が暴れる姿は見ていない。

「申し訳ありませんでした」

誰にともなく、宇津木が頭を下げる。

「S市から来た連中だな、多分」

「そうですよ。ガキ集めて、トルエンなんか売らせてるやつらです。チンピラが、やっとバッジをつけたってとこでしょう」

「沼田の指図とは思えんな」

「確かに、変ですよ。この街じゃ、やくざもなんとか普通の人間に紛れこもうとしているのに」

　私は、ウイスキーを自分で注いだ。

「なぜ、かっとしたんだ、ソルティ。まるでガキみたいに」

「ガキです、俺は」

「いつもと違うよ。ましてここには、俺だけじゃなく小野もいた。なんとか丸く収めようとするのが、おまえのやり方だろう」

「それでもかっとしちまう。だからガキなんです」

「閉じこめておけよ」

「なにをです？」

「なにかをさ。おまえが、心の中に飼っているなにかだ」

「もういいですよ。飲みましょう。小野さんが、すっかり怯えちまった」

「大丈夫だ、こいつは。まるでアクション小説みたいなことが起きそうだと、ワクワクしてたに違いない」

　小野玲子が、私の方を見て笑った。

「あたし、平気ですの。男たちが傷つけ合っても、決してあたしには及んでこない、という自信がありますわ」

「それはそれは」

私は煙草に火をつけた。

気を取り直して、和子と志津子が踊りはじめた。ロックはあまり好きではない。だからムズムズで終ってしまう。なんとなく、私はそう考えていた。

小野玲子が腰をあげ、トイレに立った。

「おまえ、あの女をひき剝いて、強姦してやりたいと思ったろう」

群秋生が、肩を寄せてきて言う。

「まあね」

「若いな、ソルティも」

「そうですか」

「いま、吐いてるよ、トイレで。恐怖を懸命にこらえると、そんなふうになっちまう。金切声を、出せない女なんだ」

「子供ですね。真剣にこらえちまうんだ」

「子供のころどうだったか、俺は忘れちまってね」

群秋生が、私のグラスに手をのばし、ウイスキーを口に放りこんだ。二杯目も、自分で注いで放りこむ。

「若いと言ったのは、間違いか」

腰をあげた私にむかって、群秋生が言う。

「我慢ってやつができない。ガキだな。妙に男なんて言って肩肘(かたひじ)を張らない、おまえのガキのところが俺は好きだがね」

群秋生が、突っ立った私を見て、ほほえみを投げかけてきた。やりきれないようなやさしさが、不意に私の全身を包みこんだ。

「俺、このあたりで」

「またな、ガキのソルティ」

頷(うなず)き、私は外へ出た。小野玲子はまだトイレで、宇津木が外へ追ってきた。

「待ってくれませんか、若月さん」

「なにを？」

「俺が、仕事をあがるのを」

「よせよ。須田さんに、どやされるぞ」

「待ってくれますよね」

「先生が言ってたろう、俺はガキだって。ガキってやつは、いつだって待てないんだ」

宇津木が、じっと私を見つめてきた。そんな眼(め)をするな、と言おうとした時、宇津木の視線は不意にそれた。じゃ、これ。低くそう言うのが聞え、宇津木の手が私の腰のあたりにのびてきた。

　そのまま、私は歩きはじめた。腰のあたりに、ずっしりと重い感じがある。宇津木が私のベルトに差したのは、三十センチほどのモンキースパナだった。私はそれを、腰の後ろに移動させた。その方が歩きやすい。

　しばらく歩いて須佐街道に出、『ケイナ』を避けて川沿いの道に入った。そのまま行けば駐車場で、その先は中央広場と海だった。

　後ろから、ついてきた。三人。どこかで待っていたのだろう。一度部屋へ戻り、新しいシャツを着てきていた。それを、私はしばらく気にした。

　人通りはない。三人の歩調が速くなった。私はすでに、駐車場の隅まで歩いてきていた。立ち止まり、煙草に火をつける。海からの風で、ジッポの炎が大きく揺れた。

　追いついてきた。私は煙を吐いた。三人が、均等に距離をとって私を囲んだ。私は上着を脱いだ。せめて、上着ぐらいは汚したくなかった。

「てめえが、若月ってんだな」

　私は煙を吐き続けた。

「二度ばかり、うちともめたよな。この街にゃ、上品なのしか出張してなくてね。うちのやり方じゃなく、決着(ケリ)がついちまった。S市じゃ、そんなの許されねえんだよ」

やはり、芳林会は分裂している。そして、反主流派が、この街にも人を送りこんできている。

「ここで、詫び入れて貰おうか」

男は喋りすぎていた。私は二歩、前へ出た。不意に、切なさに似た気分がこみあげてきた。閉じこめておけるわけはない。そう声に出して呟いた。

「そんな詫びじゃ、聞えねえよ」

私は、さらに一歩出た。

「近づきゃ、聞えるってもんでもねえだろう」

男の手が、私の胸を押し返そうとした。その手の甲に、私は煙草を押しつけた。

男が声をあげる。私が蹴りあげる。同時だった。低くなった姿勢を起こしながら、私は腰の後ろに手をのばした。スパナ。男の顔に叩きつけた。男がのけ反り、倒れて転げ回る。二人が、びっくりしたように立ち尽していた。叫び声。踏みこんできた男ののどに、私は肘を打ちこんだ。崩れそうになった躰を、蹴りあげる。背中。そのまま、薙ぐようにスパナを振った。かわした男の、股間を蹴りつける。男がうずくまった。路面についた右手に、私はスパナを叩きつけた。三度。骨が砕ける感触が、私を覚醒に引き戻した。

二人は、それぞれ眼と手を押さえ、呻き続けている。もうひとりが、腰だけ抜かしてふるえていた。

「なんで『てまり』へ来た?」

「言われた」

「誰に、なぜ?」

「小坂の兄貴に。『てまり』の須田は、誰かの友達らしい」

川辺と繋がっているから、須田をゆさぶってみようとしたわけなのか。

「飲んで帰ってくるだけでいい、と言われた。あんたがいるとは思わなかった」

「俺は、いつもあの店だよ」

私は言い、煙草をくわえた。

三人に、もう関心はなかった。大したことを知りはしない。

歩きはじめた。須佐街道に出、『ケイナ』の前を通ったが、私は扉を押さなかった。女が欲しい、となんとなく思った。買いに行こうという気は起きなかった。ハーバーの近くだ。カリーナの甲板で寝ようと思ったが、それも一瞬だった。

私はタクシーを停め、マンションの名を言った。

14 水平線

日曜には、人の姿が多くなった。街の中のことだ。ホテル・カルタヘーナに、日曜も祭日もほとんど変らない。ただ、私のオフィスは別だった。宿泊客以外にも、船を貸す。それで、三隻の船はフル稼働になってしまうのだ。

私はレディ・Xを二回転させて三十人の客を乗せ、児玉は蒼竜で早朝からのセイルクルージングに出、野中はカリーナで四度もトローリングに出た。

オフィスに戻ってきた時、私の躰は白い塩の結晶にまみれていた。

五時に、山崎有子を帰した。月曜は休みで、火曜の朝、船の掃除をする。夏でも冬でも、それは変りなかった。

塩にまみれたまま、私はホテルへ回す書類を作った。週一度集計して、ホテルの宿泊客の分の支払いを受ける。宿泊客以外は、キャッシュだ。

ドアがノックされた。

入ってきたのは、須田だった。須田が、このホテルに姿を見せるのは、めずらしい。忍が『てまり』で飲んでいるのと同じだ。

「どうしたんですか？」

「暇潰(ひまつぶ)しだ」

「ここは、須田さんが暇潰しをする場所じゃないでしょう」

「気紛(きまぐ)れってやつはある」

私は、まだ捨てていないコーヒーメーカーのコーヒーを出した。煮つまって、ひどい味になっている。

「きのう、芳林会が三人、うちを覗いたそうだな」

「チンピラでしたよ」

「おまえが一番嫌ってるやつらじゃないか、ソルティ」

「すぐに帰りました。一杯も飲まずに」

須田は、コーヒーに手を出そうとしなかった。以前にも、煮つまったコーヒーを出したことを、私は思い出した。

あの時須田は、いなくなってしまった群秋生を捜していたのだった。私と須田は煮つまったコーヒーを飲みながらしばらく話し合い、二人で心当たりを捜し回って、S市のホテルで女と一緒の群秋生を見つけたのだ。

五十を超えているとしか思えない、萎んだような売春婦は、私たちが部屋へ入っていくと、ひどく怯えてバッグから札束を出した。そして泣きはじめた。私たちは女にも金にも構わず、酔い潰れた群秋生を担ぎ出した。いなくなってから、五日目のことだ。

「救急車で、二人病院に運ばれた。ひとりは眼球が破裂する重傷で、もうひとりは右手を叩き潰されていた」

「二人でしょう？」

「二人だ。三人じゃない」

「店に来たのは、チンピラでしたよ」

「チンピラだって、失明もすりゃ手も潰れるさ」

「心までは、潰せないでしょう」

「いくつになった、ソルティ？」

「三十三です」

「俺が三十三の時より、おまえはずっとましさ」

「そうですか」

「三人は、俺の店へ来たんだ。おまえの店じゃない。俺がどう料理しようと勝手だが、おまえに手を出して貰いたくはない」

宇津木が喋ったのだろう。須田に対しては、恐怖に近い感情を持っている。そのくせ、いつまでも『てまり』をやめようとしないのだ。

「俺も、チンピラでしょう、須田さん？」

「自分でチンピラだと思った時は、もうチンピラを卒業してる。そういうもんさ」

須田は煙草に火をつけただけで、やはりコーヒーに手をのばそうとしなかった。あの時のコーヒーが、よほど胃にこたえたに違いない。

ホテルから連れ出した群秋生は、私の車の中で泣きじゃくっていた。なぜ泣いているかはわからず、酒を欲しがるわけでもなかった。それは、自宅へ連れ戻っても変らなかった。

あのころいた秘書も、山瀬夫婦も、ほとんど怯えていた。怯えていなかったのは黄金丸だけで、旅から戻った主人を出迎えるように、嬉しそうに跳ね回っていた。

酒を完全に抜かせ、そして新しく飲みはじめたりしないように、私が何日か群の家に寝泊りすることになった。そんなことは必要なかったのだと、やってみてわかった。

群秋生は、連れ戻したその日から、黄金丸を連れて、植物園の裏の山を走りはじめた。足はもつれ、ひどい熟柿のような匂いを全身からたちのぼらせていた。百メートル走っては呼吸を整える、ということを何度もくり返した。最後には、それが五十メートルになったが、走ると言ったところまで三時間以上かけて行き着いた。黄金丸は、終始心配そうに、先に駈けては、ふり返っていた。

酒はまったく欲しがらなかった。翌日には、四度休んだだけで目的地に着き、翌々日には一度も休まなかった。

五日経つと、完全に元の群秋生に戻っていた。軽妙な洒落を言い、皮肉で人を斬り、時々人を包みこむようなやさしさも見せる。そして驚いたことに、いつも自宅で飲んでいるオタール・XOを飲みはじめたのだ。朝から飲むわけではなく、夕方書斎から出てくると、海を眺めながら、チビチビとやる。いつもの飲み方だった。

あの時の群秋生がなんだったのか、私は須田と語り合うことはなかった。須田が、一切触れようとしなかったからだ。萎びたような売春婦のことを知っているのも、私と須田だけだった。

　須田が、短くなった煙草を消した。外は、もう薄暗くなりはじめている。陽が落ちるのが、ずいぶんと早くなった。

「男ってのは、どうしてこうなんだ、と言われたことがある」

「誰にですか？」

「昔、一緒に暮した女さ」

　須田はいま、美知代という三十過ぎの平凡な印象の女と暮している。子供はいない。

　美知代は、時々『エミリー』にいるが、ありきたりのことしか、私は喋ったことがなかった。

「あのころ、俺は川辺とよくつるんでいた。大橋も、まだ東京にいたな」

「大橋を、そのころから知ってるんですか」

「川辺は、もっとガキのころから知ってるさ」

「それじゃ」

「川辺のことは、どうでもいい。俺は、男ってのは、こうなんだ、と女に言い返したよ」

「つまり、女が止めようというようなことを、やろうとしてたんですか？」

「金にはならん。人にはほめられん。命は賭けなきゃならん。そんなことをやる時、女は決して理解はしてくれないもんだ」

「そうですよね。わかるような気がします」

「男は、こうなんだ。俺はそう言い続けたよ」

「どうしたんです、その人？」

「出ていった。男は、こうなんだ、というのが三度目になった時にな。待つのが耐えられない、と言ってた」

「わかるな、それも」

なにをやったのか、須田は言おうとしなかった。

「川辺が俺に、同じことを言いやがった」

「男は、こうなんだとですか？」

「そう、自分が男だということを忘れたくないとな」

「そうですか」

「そうなんだ。男なんだとよ」

私は煙草に火をつけた。コーヒーを口に入れる。煮つまったものは、煮つまった味がする。私は嫌いではなかった。

「川辺さんが、なにをやろうとしてるのか、須田さんは知ってるんでしょう？」

「知ってる。もうはじめてるさ」

「邪魔するんですか、それを？」

須田は、答えようとしなかった。私はもうひと口、コーヒーを飲んだ。唇に塩がついていたらしく、かすかに塩の味が入り混じった。

不意に、須田の躰から音がした。

須田は、上着の内ポケットから携帯電話を取り出し、耳に押し当てた。低い声で、ただ相槌を打っている。

私はデスクに戻り、火曜日に副総支配人に提出する書類を抽出に押しこんだ。金に関することは、すべて伊達が眼を通し、経理に回る。

「ここは広いからな。Ａ４ってのがどこか、おまえ知ってるか、ソルティ」

「川辺さんなら外出中でしたよ。俺が戻った時は、そうでした」

「いま、帰ってきたところさ。救急箱があったら、貸してくれないか」

「御案内しましょう」

私は言い、船に載せるために置いてある、予備の救急箱をロッカーから出した。意外に需要があるので、予備は二箱置いてある。

カートに乗った。なにがあったのか、須田は言おうとしなかった。

コテッジの入口にカートを停めると、ドアの脇の小さな窓から、川辺の顔が覗いた。戻ったばかりのところらしい。

「救急隊の到着だ、川辺」

ドアを入ると、須田が言った。川辺が肩を竦めた。左腕が、赤く染っている。それを上着で隠して、川辺は戻ってきたようだ。

広いリビングは、空調が入っていて、快適な状態になっていた。

「贅沢な部屋だ。奥がベッドルームかね。家具も凝ってる」

私は、川辺の腕の傷を見た。五センチほど斬られているが、深くはない。

「汗をかいた。シャワーを使ってくる。それから、君の治療でいいかね？」

「大丈夫でしょう。大した傷じゃない。泥にまみれてるとか、そんなこともないようだ」

頷き、川辺はベッドルームへ入っていった。

大きなジャグジーのバスタブがあり、大理石が貼りつめられている。私は一度、それを使ったことがあった。

「こんなホテルに、いつも客が一杯だってことが、どうも信じられんな」

「二百室ですよ、須田さん。フルに稼働して、四百人なんです」

「それぐらいの金持ちは、いるということか」

須田が、煙草をくわえ、卓上ライターで火をつけた。

「芳林会ですか？」

「多分な。複雑な動きになっているようだが、このところ川辺は毎日S市へ出かけていてな」

「よく、無事でいられたもんだ」

「自分の身の護り方ぐらいは、心得ちゃいるさ」

「尾行させていたんでしょう。宇津木ですか？」

須田は、答えようとしなかった。

海側が、全面窓になっていて、暗くなりかかった海で水平線が妙にくっきりと見えた。あれでも、結構うねりは大きいのだ。

須田は灰皿を持って窓際に立ち、私に背をむける恰好でじっと海を見ていた。

バスローブの袖に片腕だけ通して、川辺が入ってきた。

左腕の血はきれいに洗われていて、傷口が水平線のようにくっきりしていた。ぷつぷつと、新しい出血が起きようとしている。

私は、消毒液に浸したガーゼを当てた。

「自分で、止血したんですか？」

「肘の上を、ベルトで巻いただけさ。出血は、それほど激しくはなかった」

「匕首ですね」

「斬れ味は、上々だったようだよ。錆びた刃物ででもやられていたら、汚い傷口になっただろうが」

「一センチ。そんなもんかな。病院に行けば、縫うかもしれません。その方が、傷口は開きにくいし」

「ガーゼを当てて、テープで固定してくれ。その上から、繃帯を巻けばいい」

私は頷いた。

新しいガーゼにも点々と血が滲んできたが、大して拡がりはしなかった。

「最初だから、繃帯をちょっときつくしておきます」

須田は、私が手当てしている間、ずっと外を見ていた。繃帯を巻き終えると、川辺はバスローブの袖を通した。贅肉のない、引き緊った躰をしている。

筋肉は、ボディビルなどでつけたものではなさそうだ。つまり、無駄がない。それは、肉体労働者のものでもなかった。ずいぶんと、着痩せして見えるタイプだ。

「匕首を、左腕で受けたのか、川辺?」

「斬りつけてきたからな」

「覚醒剤か、やはり」

「こんな大袈裟なことになるとは、思っていなかった。微妙なところに、俺は飛びこんだみたいだよ」

「言ったろう、レストランの親父が相手じゃないって」

「人は、変るもんだな」

「おまえ、ほんとに変ったと思ってるのか。本性は、はじめからわかっていただろう」

大橋のことが語られているのだろう、と私は漠然と考えた。

川辺が煙草をくわえた。左手をライターにのばそうとし、ちょっと顔を顰めた。眼が合うと、川辺はかすかに笑みを洩らした。

「止められないだろうな、川辺」

「はじめちまったんだよ、須田」

「わかってる」

「勝手に、首を突っこんじまったな、やっぱり。いまも、俺はひとりでやるつもりだがね」

「よせよ。俺どころか、ソルティも巻きこまれてる」

「ソルティ？」

「若月のことさ。俺は、そう呼んでる」

「ソルティか。俺に近づくなよ、ソルティ」

黙って、私は救急箱を片付けた。

それ以上、須田も川辺も、なにを喋るでもなかった。くっきり見えていた水平線が、闇に呑みこまれようとしている。

昼と夜が、入れ替る時間だった。

15　撞球

群秋生は、酒を飲まずに待っていた。

ビリヤード台のある家。実は、贅沢なのだ。キューを引き、ストロークを完璧にやるには、台よりもかなり広いスペースが必要になる。

群秋生の家には、ポケットとスリークッションの二台が置いてあった。そのくせ、腕はあまりよくない。特にマッセーときたら、いつラシャを破るのかと、見ていてはらはらするほどだ。

「酒は入ってませんね、先生」

「日曜は休肝日だ」

「俺との試合前に、気持を落ち着かせるためとか、理由はいろいろありますからね」

山瀬の女房が、コーヒーを運んできた。ビリヤード室のちょうど前に、黄金丸の小屋があって、いまは姿がない。山瀬が敷地の中を見回る時間で、それの先導をしているのだ。

私が車で入ってきた時は、いつものように門のところで出迎えた。

どんなにかわいがっても、群秋生は黄金丸を家の中で飼おうとはしなかった。群秋生にとっては、別に家を持っている友人のようなものなのだ。

私は、部屋の壁際のカウンターで、コーヒーを飲んだ。

「酒を飲んでもいいんだぞ、ソルティ」

「やめておきましょう。たとえ飲まなくても、小野さんに疑われることはわかってますが」

「俺のことなら、気にするな」

群秋生は、新しいハンドメイドのキューを、ラシャの上で転がしていた。バランスウェイトも、これまでとは変えたらしい。

「俺はな、ソルティ。精神的なアル中なんだよ。アル中が精神的なものだと言ってしまえば、すべてそうだが、もっと直接的な意味なんだ。心に、アルコールをぶっかけていなきゃ、死んじまうと思うことがある。それは肉体にではなく、心になんだ。心の禁断症状は、自殺だな」

「勘弁してくださいよ、俺との勝負に負けたから死んだなんて」

「わからん。自信はないな」

「フェイントですね」

「もう、勝負ははじまってるのさ。ただ、俺が精神的なアル中だってことは、ほんとだ。心の状態がいい時は、飲まずにいられる。心にアルコールをぶっかけていても、もういいと思ったら、簡単にやめられる」

「知ってます」

私はコーヒーを飲み干し、キューを選んだ。こんなものは、道具なのだ。それにビリヤード屋の粗末なものとは較べものにならない、上等のキューが十五、六本、壁には並んでいる。一本とって、タップの具合を調べた。

「ひそかに練習を重ねているんじゃあるまいな、ソルティ」

「知らなかったんですか。蒼竜には、ポケットの台を入れたんですよ。いま、人気が出てます」

「後部キャビンにか?」

一瞬だけ私の言ったことを信じ、それから群秋生は舌打ちをした。揺れる船に、ビリヤード台など置けるわけがなかった。

群秋生は、カリーナよりひと回り大きなクルーザーを所有していた。年に数度は、艇置場から降ろして走らせている。しかし蒼竜のような大型ヨットは、ひとりで動かすわけにもいかず、手間もかかる。時々、蒼竜をチャーターしたりするのだ。海の上で、エンジン音がうるさかったら、セイリングしかない。

三角形の枠に入れて十五個の玉を盤面に並べ、私はタップにチョークを擦りつけた。

群秋生が、ケネディ・コインを投げてくる。私はそれを宙に抛り、左手の甲に伏せた。

裏、と群秋生が言う。裏だった。ブレイクショットは、群秋生だ。

盤面に玉が散った。勝負がはじまった。そうなると、群秋生は寡黙になる。軽口を叩いているのは、もっぱら私の方だ。

二ゲームを私がとり、三ゲーム目をようやく群秋生がとった。私の感じるところでは、実力は同じくらいだが、堅実さで私の方がやや上回っていた。群秋生は、冒険をやる。思いきったストロークをやり、結果として盤面の玉の配置が私の有利になる局面が多かった。群秋生の冒険が成功した時は、一方的な展開で押しきられてしまう。

七ゲームという約束で、先に四ゲームとった方が勝ちだ。三ゲームを私がとった。ようやく、群が二ゲームをとる。群の冒険が成功するかどうかの確率が、二人のゲーム差に出ていた。

群が、三ゲームとった。そこまでだった。私が四ゲームとり、勝負が決まった。

気づくと、窓のむこうで、黄金丸がじっと中を見ている。

私は窓をちょっと開けた。波の音。それに混じって、黄金丸の息を吐く音が聞える。手を出し、耳のそばをちょっと摑んでやった。群秋生は、失敗したストロークを、何度も盤面でやり直している。くやしさを鎮める時間が、多少は必要なのだ。

「コー、おまえ彼女とは会ってるか？」

血統については保証のある黄金丸を、父親にと求められたのは、一年ほど前だった。この街の、ホテルの経営者のところで飼われている犬だ。

見事にその役を果して、仔犬が一匹群秋生のところに来た。そういう決まりになっているらしい。仔犬と面会した黄金丸は、ちょっと戸惑って、どう扱えばいいかわからない様子だった。じゃれつかれると、迷惑そうに逃げ回ってもいた。

「おまえ、まるで騙されたとでもいうような顔をしてたもんな」

黄金丸が、後肢で立ち、私の腕に絡みついてくる。

「でも、器量も血統もいい彼女だって話じゃないか。時々、会いたくなるんじゃないか」

黄金丸が、私の手を甘く噛む。

群秋生は、ようやく負けを認める気分になったらしい。私は窓を閉め、キューを壁に戻した。

「ソルティ、行くぞ」

私も、それほどいい腕というわけではない。街のビリヤード屋では、よく児玉や野中にやられる。特に児玉は、ストロークに年季と風格を感じさせた。私がビリヤードを覚えたのはこの街に戻ってきてからで、ほとんどの技は児玉に教えられた。

群秋生は児玉ともやりたがっているが、まだ勝負にはなりそうもない。

私たちはバーを通り抜け、居間に行った。平日の勝負なら、バーで一杯やりながら、さらにダーツの勝負をするところだ。ダーツでは、勝負にならなかった。群秋生は、オーバースローやアンダースローどころか、的に背をむけてバックスローの曲芸までやるのだ。

自分が圧倒的だと思うと、あまり勝負の意欲は湧いてこないらしい。

私が、コーヒーを淹れた。コーヒーミルとフィルターペーパーとお湯は、退がる前に山瀬の女房が用意していっていた。

カッシーナの革張りのソファに腰を降ろし、群秋生はテーブルのシガーボックスから出した葉巻をくわえた。

「街の中が、結構騒々しくなったんじゃないのか、ソルティ」

「日曜ですからね、今日は」

「きのう、俺は『ケイナ』で、いろいろ噂を聞いたよ」

私の冗談には取り合わず、群は言った。

「駐車場の方へ、救急車が行ったそうだ。喧嘩でやられた二人を、運びに来たらしいんだな。それがどうも、『てまり』へ来た連中なんだよ」

「小野さんも、一緒だったんですか?」

「ああ。なんとなく、酔いたがっていたようだ。運ばれていく怪我人を見たやつが話しはじめて、またぞろ気分を悪くしちまったが」

「まったく、小野さんにはついてない夜でしたね」

「女ってのは、血に強いはずなんだがな。眼から血を流した男が喚いていたという話で、トイレ行きさ。『ケイナ』は混んでたのに、なかなか出てこない。外で立小便をしたやつがいたぐらいだ」

「じゃ、みんながついてなかったんだな」

私は、いい香りをあげるコーヒーを、群秋生の前に運んだ。

「杉下というのは、おかしな男だよ」

「なにか言いましたか？」

「おまえを、繋いでおけと言ってた。今度ばかりは、ちょっと危ないかもしれないと」

「俺を、黄金丸みたいに繋ぐんですか」

「黄金丸は、自分の立場をよく理解している。人間との関係もな。おまえは、自分とこの街の関係すら、よくわかってない」

私は、シガーボックスから、葉巻を一本とった。コイーバという高級品だ。吸口を嚙み切る。シガーカッターというものがあるが、私は嚙み切る方が好きだった。

「俺を繋ぐなら、総支配人にでも言った方がいいのに」

「そう言ったさ。忍さんじゃ駄目だそうだ。鎖を持ってない。鞭しか持ってないってな。おまえを大人しくさせるための鞭じゃなく、走らせるための鞭だそうだ」

「そう言えば、総支配人からなにか言われると、躰に食いこんでくるような気がしますよ。それが鞭なのかな」

「冗談を言ってるみたいだったが、杉下の眼は本気だった」

「それで、先生は俺を繋いじまおうと考えてるんですか？」

「俺はな、ソルティ」

群秋生は、濃い煙を吹きあげた。ハバナ産の葉巻を教えられたのは、この部屋だ。こんなに強烈な煙がとはじめは思ったが、いまは香りが快い。

「おまえとはじめて会った時、こいつは三年以内に死ぬだろう、と思ったよ。それが、もう五年だ。俺の感じたことと較べると、二年も生きすぎてるんだよ」

「御期待に添えずに、どうも」

「はじめのままのおまえだったら、やっぱりとうに死んでたろう。突っ走ってくる車に、自分からぶつかっていくようなところがあったからな。死ななかったのは、運がよかったのさ。幸運が身を護っている間に、おまえは死なない方法を身につけたんだよ。自分でも意識しないまま、テクニックのようなものを身につけて、それで五年も生きのびることになったんだ」

「そろそろ、運は尽きますか？」

「運は、尽きてるさ。ただ、いろいろテクニックを身につけた。それが、おまえを死なせないんだ。そのテクニックはますます完成され、おまえはますます死ねなくなる。考えてみたら、同情に値することだ」

私は、眼の前に立ちこめた煙を、掌で払った。なんとなくだが、群秋生の言っていることは理解できる。納得もできる。なにかあった時、まず道を捜しているのだ。死なずに通り抜けられる道。そういうものだろう、といままで思ってきた。

「考えてみれば、当然だな。生身なんだ。痛いと感じる、肉体があるんだ」

「もし俺がくたばったら、先生の小説に、ちょこっと登場させてくださいよ。馬鹿な男の役でもいいですから」

「くたばったやつは、いつも俺のものさ。同時に、とんでもないお荷物でもある。俺はもう、お荷物は沢山だ、という心境でね」

私は、コーヒーを飲み干した。コーヒーは、熱いうちに飲む方がいい、となんとなく考えていた。

「おまえは、自分を分析するということをしないな、ソルティ。だからといって、俺が代りにやるというのも変だが、おまえは五年前のおまえとは、ずいぶん違ってきてるぞ」

「五年分、大人になったってことですか」

「違う。いろいろなものを、持ったということだ」

「大して、持ち物は増えちゃいませんよ」

「五年前俺と会った時、おまえにとって大事なものは、カリーナというクルーザーと、忍さんと須田ぐらいのものだった」

私はこの街に戻ってきて、そのままにしてあった家の処分のために、忍に会った。簡単には処分できず、須田ともめた。殺してやろう、と私は無感動に考えた。しかし、殺されかかったのは、私の方だった。須田は私を殺してしまわず、姫島の爺さんのところへ連れていった。須田は、爺さんから私の土地を借りていたのだ。

返して貰った土地を売った金のすべてで、私はカリーナを買った。

「そのうち、おまえは蒼竜やレディ・Xを大事にするようになった。ホテル・カルタヘーナや『てまり』や『ケイナ』も大事になった。宇津木という弟分みたいなやつが『てまり』のカウンターの中にいるし、野中というクルーも見つけた。当然蒼竜の船長の児玉さんもだ。つまりこの街そのものが、おまえにとって大事になってきたんだ。生まれた場所というのとは、また違う意味を持ちはじめた」

「言われれば、そうかもしれません」

「おまえが、利害で動いたのを、俺は見たことがない。友情のようなものが、いつもおまえを動かしてた。そしてそれは、いつの間にか街に対する愛情のようなものにもなっているのさ」

「俺は、頭が悪いから」

「おまえは、頭がいいさ。ソルティって名前の通りな。そして、塩辛いものばかりを舐めようとする。利害で動かないというのは、そういうことなんだ。いつも、塩辛いものを選んで舐めてしまう、ということだ」

私は、喫いはじめた葉巻を持て余していた。いつまで経っても、短くならない。友情のようなもの。あまり考えたことはなかった。しかし思い返すと、いつもそれしか心の中になかった。生きるということに意味があるのなら、私にとっては友情という言葉が存在することに大きく関るだろう。

「帰りますよ、先生。もう遅い」

「わかった。ひとつだけ、忘れずにいろよ。俺が繋がなくても、おまえはすでに繋がれている。友情という鎖にな。そしてそれは、男にとっては悪いことではないんだ」

「ありがとう、先生。先生がこの街にいてくれてよかった、と俺は思いますよ」

ちょっと照れたように、群秋生が笑った。

「今日の借りは、返すぜ」

「ダーツじゃ、いつも俺から巻きあげるじゃないですか。ビリヤードぐらい、俺に勝たせてくださいよ」

「ダーツは、飽きた。ひとりでやる」

「俺は構いませんがね。いくらキューを作ったりしても、意味はないと思いますね。勝敗は、もっと別のところにあります」

「その科白は、忘れるな」

「じゃね、先生。明日から、また飲みましょう。黄金丸にも、おやすみを言って帰りますから」

群秋生が頷き、私は葉巻をくわえたまま腰をあげた。

16 夜の女豹

ヘッドライトが三つ、並んで突っこんできた。その後ろにひとつ。そして、車が一台続いている。

私が、須佐街道に出ようとしている時だった。

三台のオートバイと一台の車に挟まれた恰好のオートバイだけ、戸惑ったような走り方をしている。眼の前を通りすぎた。明らかに、進路を塞がれ、後ろから煽られている。

私は、右に曲がるところを左に曲がり、一団を追った。

須佐街道は、海際を走っている狭い道で、以前は、隣街やS市へ通じるちゃんとした道路はこれ一本しかなかった。あとは、林道のような山道ばかりだった。S市と二車線のトンネルで繋がって、交通の便はずいぶんとよくなった。S市には、鉄道も通っていれば、東京へ二時間で行ける高速道路のインターもある。

対向車が来た。ちょっと怯えたような走り方をしているのは、三台のオートバイに進路を塞がれかかったからだろう。

私はスピードをあげた。

街を出ると、須佐街道はコーナーが多くなる。海岸線のかたちのまま、道路が作られているのだ。アップダウンはあまりないが、ほとんどのコーナーはブラインドだった。

この道が面白くて、よくオートバイが好きな連中が走っている。時には、暴走族が賑やかに走ることもある。いま前方にいる一団は、そのどちらの走り方でもなかった。

コーナー。ブレーキ。シフトダウン。私は、三速と四速を使いわけながら走った。ハイビームにして、前方の一団を照らし出す。車に乗っているのは二人。つまり五人が、ひとりをいたぶり続けるような恰好で走っている。

私のハイビームには、とうに気づいているはずだった。また対向車が来た。その時だけ、私はロービームに切り替え、すぐにまたハイビームに戻した。車の助手席の男が、ふり返って私の方を見ている。まだ若い男だ。

距離を詰めた。コーナーで後輪が滑る。カウンターを当てる。そんな走り方をすれば、コーナーごとに距離はすぐ縮まった。

一団のスピードが落ちた。

私をやり過すというのではなく、停めようというのだろう。もう街からかなり離れ、遠くに隣街の灯が見えている。

車が停った。前の三台が進路を塞いだので、いたぶられていたオートバイも停った。真中のオートバイに乗っているのは、女だ。

「なんのつもりだ、この野郎」

　車からひとりが降りてきて叫んだ。私は回転をあげて、クラッチを繋いだ。ホイルスピンとともに急発進した車を見て、男は道路脇に飛びこんだ。車の、一メートル後方で停める。

　ドアを開け、道路に降りた。ハイビームもそのままだ。

「穏やかじゃないな。女をどこかへ連れていこうって走り方じゃないか」

「なんのつもりだよ、てめえは」

　運転席から、男が降りてきた。オートバイからも、ひとりだけ残して駈け寄ってくる。

「消えろ」

「なんだと」

　車を避けた男も、這いあがってきて、ガードレールを跨ぎ、路上に立った。四人を、私は見据えた。見ない顔だ。

「消えろ。おかしな走り方はするな」

「てめえこそ、消えろ。ただ、このまま消えられるとは思うなよ」

　四人。ボスは誰なのか。二人はヘルメットを被ったままだ。

　ヘルメットのひとりが一歩退がり、残る三人を指図するように、かすかに頭を動かした。

三人が身構える。

私は、車の方に身を翻そうとし、それから路面を蹴った。追おうとした三人が、私の動きに眩惑されていた。摑まえた。指図した男。次の瞬間、私は膝で男の股間を突きあげ、ヘルメットに手をのばすと、力まかせに横にひねった。ヘルメットが持ちあがり、男の視界を塞いだのを眼の端に捉えながら、私は肘で男の胸の真中を打った。動きが止まる。膝。突きあげながら、男の片腕をとり、抱くようにして路面に倒れこんだ。充分に体重がかかった。肘のあたりから、男の腕は反対に折れ曲がった。

男の叫びが、三人の動きを止めた。私は、蹴りつけて男のヘルメットを飛ばした。籠ったような叫びが、不意になまなましくなった。若い男だ。みんな若い。顔を蹴りつけた。二度、三度と蹴りつけた。蹴りながら、私は立ち尽している三人を見ていた。

「連れていけ。これ以上やるというなら、ナイフの勝負になるぜ。その時は、腕の一本ぐらいじゃ済まないからな。覚悟してこいよ」

私は、路上に丸太のように投げ出された、男の腕を踏みつけた。男が悲鳴をあげる。ひとりが、姿勢を低くした。私は右手をズボンのポケットに突っこんだ。左手で、来いと手招きをする。右手がポケットの中で握りこんでいるのは、ジッポだ。

「助けてくれ」

喘ぐように、男が言った。

三人が、戦意を捨てるのがわかった。

「連れていけ。さっきみたいな走り方は、二度とするな」

男から離れた。右手は、ズボンのポケットに突っこんだままだ。

抱え起こされようとして、男はまた悲鳴をあげた。男は車に乗せられ、助手席にいた男がオートバイに跨った。

走り去っていく。

路上に残ったのは、女ひとりだけだ。黒いジーンズに黒いトレーナー。ヘルメットから尻尾（しっぽ）のように垂れ下がった束ねた髪で、女だとわかったのだ。

「助かったよ、若月さん」

くぐもった声だった。車に戻ろうとしていた私は、名を呼ばれてふり返った。

女が、ヘルメットを取った。

「あんたか」

『スコーピオン』の永井牧子だった。車のハイビームが、汗にまみれた顔を照らし出した。キラキラと輝いて、汗は別のもののように見えた。

「絡んでるって感じじゃなかった。もっとはっきりとした目的を持って、前後を挟んでいるという感じだった。だから追ってきたんだが、余計なことをしちまったかな」

「助かったよ」

太い声だ。それでも女の声だった。

私は車に戻り、ライトを消した。エンジンも切っておく。

不意に闇になり、すぐそばの波の音が大きくなった。

「煙草、持ってる?」

「キャメルだぜ」

私は一本差し出し、自分もくわえた。ジッポで火をつけてやる。

「どこかいっちまったな」

「なに?」

「車を降りる時は、葉巻をくわえてた。連中とやり合った時に、落としたらしい」

「葉巻をくわえたまま、あんなことができりゃ、大したものよ。尊敬するな」

低い声で、永井牧子が笑った。

「よくバイクの連中が店に集まってくるって話だが、さっきのもそうか?」

「まさか。みんなが集まってくるのは土曜日で、日曜はいつもあたしひとりで走ることにしてる。バイクを出して、須佐街道に出たところで、いきなり挟まれたわ」

「じゃ、待ち伏せられてたんじゃないか。やっぱり、日曜に君がひとりで走るってことを知ってる人間だぜ」

「そうね」

「でも、仲間じゃないんだな」

「仲間に、そんなのはいないよ。仲間だったら走り方を見ただけでわかるよ。バイクに乗ってりゃ、みんな族だって言うけど、バイクがただ好きだって人間だっているんだからね」

「わかったよ」

苦笑して、私は海の方を見た。漁火(いさりび)が、いくつか見えた。隣街には、漁港があり、かなりの規模の市場もある。

「だけど助かった。どうなるかと思った」

「どうするつもりだったんだ、連中」

「さあね。いずれにしても、あたしを脅す気じゃあったわね。下手すると、突っこまれていたかもしんないいな」

私は、また苦笑した。突っこむとは、強姦のことだろう。暴走族などが使いたがりそうな言葉だ。牧子が、煙草を海の方に弾(はじ)き飛ばした。それも、どこでも見れるという仕草ではなかった。

「おまえも、族やってたろう」

「昔ね。あたし、もう二十五よ。もう七年も八年も前の話ね」

「どうするつもりだった、襲われたら？」

「どうしようもないだろう、五人もいたんだから。輪姦(まわ)されたね。ひとりぐらい、ひっかいてやれただろうけど」

「そんな、物騒な街じゃないはずだがな」

「なんとなく、思い当たることはある」

「ほう」

「つまり、昔の仲間が現われたのよ。そして、おかしな話を持ちかけてきた」

「覚醒剤(シャブ)か？」

「知ってるの？」

「そんな気がしただけだ」

「断ったけどね。昔はそれなりだった男が、老けて惨めになってるの、あんまり見たくなかった。なんとなく、曖昧(あいまい)な断り方したんだよ。そしたらまたやってきて、今日で三回目よ。言うことも、段々脅しに近くなってきてさ。いやな感じがしてたとこだった」

この街に、覚醒剤が入っている、という噂は聞かなかった。扱っている人間から見れば、魅力的な市場なのかもしれない。

「それにしてもおまえ、店と外じゃずいぶんと違うな。同じなのは、その迫力のある声だけだ」

「ごめんなさい。若月さん、お客様でもあるんですよね」

「伝法な方が似合うな。かえって、女らしい感じがする」

「女らしいって、言われたことあまりありませんよ」

「これからどうする。まだ走るのか？」

「一杯、奢らせてください。そんなので、お礼にはならないだろうけど」

「日曜だぜ」

「あの、『ケイナ』がやってます。来る途中、あそこで停めちまえばよかったんだけど、後ろから煽られて」

「わかった。『ケイナ』で一杯奢ってもらうよ。先に行け。俺は車を回して、すぐに追いつく」

「了解」

はじめて、牧子が笑ったようだった。ヘルメットを被ってオートバイに跨ると、一度大きく空ぶかしをし、クイックターンで引き返していった。

私は車に戻り、二度切り返して、牧子のテイルランプを追った。かなり飛ばしている。差を詰めると、むきになったように走りはじめた。コーナーでは後輪を滑らせながら、私もむきになって追った。

ほとんど並ぶようにして、私と牧子はゴールに飛びこんだ。並んだだけで、抜けはしなかった。

「立派なもんね、四駆でこれだけ走れりゃ」

「これでも、加減をして走ったさ。普通の車だったら、抜いていた」

車高が高い分、コーナーでは慎重になる。

私が先に立って、『ケイナ』に入った。

客が四人、カウンターからこちらをむいた。私はカウンターの中の杉下に片眼をつぶり、端に腰を降ろした。

杉下が、私たちの前に氷とウイスキーのボトルを置いた。ネームタグには牧子の名前がある。あとは勝手にやれということだろう。音楽談議が続いていたようだ。

「俺の知り合いが二人、オートバイに乗ってる。そいつらとやり合って、まだ負けたことはないな」

「もしかするとそれ、野中君と宇津木君？」

「おまえの仲間に入ってるのか、やつら」

「仲間ってほどじゃないけど、なんとなく一緒に走ることはある。二人とも、なかなかのもんよ」

「おまえにほめられてりゃ、世話ないさ」

「二人とも、若月さんのことを兄貴みたいに思ってるね」

「いいやつらだ。しかし、兄貴になったつもりもない。特に野中は、うちの会社にいるわけだし」

「あたし、若月さんは海の上にしかいないのかと思ってた。船の運転しかしない人だってね。だから、車から降りてきた時は、ちょっとびっくりした。残酷な喧嘩をするね。まるでやくざみたい」

「助けられたやつの言うことか、それが。相手は五人いたんだぜ」

「それはわかるけど、馴(な)れてないとあんなことできないと思う。折った腕を、踏んづけちまうなんて」

「チンピラは嫌いなんだ」

「チンピラだったよね、やつら。若月さんひとりに怯えて、逃げちまったんだから」

喋りながら、牧子は手際よく水割りを作った。黒ずくめの恰好は、牧子をいくらか年齢以上に見せていた。悪い女ではない。どこかに、けもののような印象もある。オートバイで、どうやってコーナーに切りこんでいくか、後ろから見ていたからだろうか。なかなか果敢なライディングをする。

グラスをとり、お互いにちょっと触れ合わせて、口に運んだ。

「断っておくが、俺がチンピラを嫌いなのは、自分がそうだからだ。俺はチンピラみたいなもんさ」

「大人の喧嘩だよ、若月さんの。それにチンピラって齢(とし)でもない」

私は苦笑した。確かに、チンピラという齢ではない。

「おい、ソルティ」

杉下が、私たちの前へ来て言った。

「おまえのとこに、でかい帆船があったな」

「帆船というより、ヨットだね。二本マストで、蒼竜という名だ」

「ヨットってのは、エンジンはついてないんだろう?」

「補助機関はついてるよ」

「じゃ、走る時はエンジン音はするのか」

「帆走中は、風と波とステイの軋(きし)る音だけだね。出入港の時とか、緊急の時に、エンジンを使うだけだよ」

「ふむ。海の上で演奏会をやりたい、という話をしていたところだ。山岳民族の音楽を、海の上でやるのさ。それぐらいの広さは、甲板にあるだろう?」

「ヨットの中じゃ、でかい方だよ。しかし、無茶な話だね」

「どこが?」

「揺れるよ」

「大丈夫だ。俺はどんなに揺れてもケイナは吹ける。座りこんでいたっていいんだから。脚なんかとっちまってな」

義足では立っていられない。そう言ったわけではなかった。揺れれば、酔う。楽器どころではなくなる。そう言ったつもりだった。

「借りられないかな、ソルティ?」

「払うものを払ってくれれば」

「よし、わかった。二十人ぐらいは乗れるんだろう」

「三十人でも、四十人でも」

杉下は、四人の客のところへ戻り、また小声で喋りはじめた。BGMにミュージックテープがかかっていた。どういう音楽なのか、私には見当がつかなかった。

「ソルティ?」

「ニックネームさ、俺の。群秋生先生につけて貰った。いつも、塩辛い思いばかりをする人生なんだそうだ」

「ソルティ。恰好いいよ。渋くて、大人っぽくて、ちょっと気障で」

「自分じゃ、わからん」

「あたしも、そう呼んでいい、ソルティ?」

「もう呼んでるじゃないか。名前なんてものは、所詮記号だと俺は思ってる」

「そんなことないよ。名前で好きになるということも、人間にはあるに違いない」

「勝手にしろ。それからひとつ言っておくが、酒を作ってくれるなら、こっちの好みを訊いてからにしろ。俺は、大抵はストレートを飲んでる」

「なら、作りかけた時に言えばいい」

「そうだな」

「あっさりしてるのね」

「大した文句じゃないから」

牧子が笑い、私のキャメルに手をのばした。自分の煙草は持ち歩かないらしい。

「おまえ、『スカンピー』に行くと言ってたな」

「たまによ」

「今度、そこで一緒に食事をしないか?」

「誘ってるの?」

「食事にな」

牧子が、声をあげて笑った。私は水割りを飲み干した。ボトルを摑んだ牧子が、私のグラスになみなみと注いだ。

「ほら、飲みな。ストレートの兄さん」

「ありがとうよ」

「めしの話、乗った」

「明日だぞ。月曜が休みなんだ、俺は」

「勝手なところは、チンピラね」

言って牧子は、私のジッポで煙草に火をつけた。

17　ドーベルマン

電話が鳴った。

朝の十時半だった。月曜だが、私にとっては日曜だった。

「自宅まで電話して申し訳ないが」

川辺の声だった。

「オフィスは閉ってたんでね。月曜が休みだとは知らなかった」

「いいですよ。ここの電話番号は、誰に？」

「忍さんだ」

「それで、御用件は？」

「姫島に行って貰いたいんだ。船で行くしかないし」

「また、追い返されますよ」

「アポイントは取った」

姫島の爺さんは、滅多に人に会おうとしなかった。須田とは気が合うらしく、時々会っているようだが、大抵は、何度も面会を申しこんで、やっと会えるのだ。

「どうやって、アポイントを？」

「忍さんを通してだ」

忍も、姫島の爺さんと、いいわけではなかった。一年以上は会っていないはずだ。私の知るかぎり、須田のほかに最近会ったのは、群秋生だけだ。群秋生は、どこへでも行きたがる。そして、拒まれることがあまりない。

「わかりました」

「ホテルで昼めしを食ってから、出かけようか」

「怪我の方、どうですか？」

「大丈夫だ。化膿せずに済みそうだよ」

「そうですか。でもまだ、動かさない方がいいですよ」

「動かすと、ちょっと痛くてね。水村とかいうあの男も、怪我人を殴ったりはしないだろう」

「ビーチレストランでいいですか？」

「ああ、十二時に待ってる。せっかくの休日に、呼び出して済まないが」

電話が切れた。

私はベッドから這い出し、煙草を一本喫ってから、シャワーを使った。外は晴れていて、やはり暑そうだった。

私のマンションは、須佐街道に面した斜面にあり、海との間には、二列にわたってホテルがある。ホテルはなぜか三階建までに押さえられているので、窓からは海が一望のもとに見渡せた。斜面にあるマンションや保養所などは、建物の高さの制限はなく、このあたりだけがのっぽのビルが集中していた。

私はしばらく空手の型をやり、汗をかいた。汗をかいてからシャワーを使えばよかったと思ったが、どうせ海へ出れば塩まみれになる。

空手は、ちょっと習っただけだった。ボクシングも拳法（けんぽう）も、ちょっとだけ習った。あとは、自己流だ。船も車も、ちょっとだけ習ったあとは自己流だった。

それでいいのだ。最後は自己流に行くしかないのだ。そう自分に言い聞かせるが、児玉の操船などを見ていると、やはり甲種船長の免許は伊達（だて）ではないのだとも思えてくる。

トレーニングは、いつもホテルの庭でやっていた。カートロードが、走るのにちょうどいいし、スロープになっているので、その分の効果もある。年齢よりも若々しい体力を、私は多分持っている。

十一時半に、部屋を出た。

ビーチレストランにカートで乗りつけたのは、十二時十分前だった。

ビーチには、人の姿がまだあった。土用波が立っていて、泳ぐのはちょっと危険だが、日光に当たるだけでいいという人種がかなりいるらしい。

カートがやってきて、川辺が降りてきた。

左腕が、それほど不自由なようには見えない。

「申し訳ないな、休日に」

川辺は、釣りにでも行くような恰好をしていた。

ボーイが註文を取りにきた。川辺はクラブハウスサンドイッチとサラダを頼み、私はビーチレストランの特製ランチを頼んだ。

「総支配人が、姫島と連絡を取ったんですか。姫島の爺さん、よく受けたな」

「君は、あの島が嫌いか、ソルティ」

私は、ちょっと肩を竦めた。ニックネームで呼ばれるほど親しいとは、私は思っていなかった。

「嫌っている、という口調だな」

「別に。どうでもいいんですよ。ただ眼障りでしてね。俺は海に出るから、上陸できない島があるってのは、眼障りなんです」

「なるほどね」

「なにか、海を独占されてるような気分になっちまって」

「昔から、あそこには上陸できなかったのかね?」

「知りません。でも多分そうなんでしょう。こんなに新しい街でも、ほんの少しですが昔が残っていて、それはまったく変ってないみたいですから」

「姫島の久納老人は、神前亭の前のオーナーなんだそうだね」

「俺が子供のころは、神前亭があっただけです。広くて、大きな森にしか見えませんでしたね。ある日、ここにあった畠が潰されて、ホテル・カルタヘーナができたんです。そして、あっという間にここは街になったんです。ホテルのオーナーも、久納というんですよ。姫島の爺さんとどういう間柄か、俺は知りませんがね」

ランチが運ばれてきた。

魚介のスープだった。ブイヤベースと言った方がいいかもしれない。スープよりも、具の方が多い。バターもたっぷりだ。

川辺は、サンドイッチを口に入れていた。食べる時は喋らない習慣なのか、質問は途切れた。

食事を終え、私の車でハーバーへ着いたのが、ぴったり一時だった。

私はすぐにカリーナの燃料を点検してエンジンをかけ、計器類のチェックをし、舫いを解いた。

ハーバーを出ると、私は岩礁群の手前から針路を東にとった。岸沿いに東へ進み、それから沖に出て潮流に乗るのが、姫島への一番の早道だった。

「コースが違うな、この間とは」

「上陸すると決まってれば、このコースで流れを利用するんです」

「潮は、東から西へ流れていたね」

「よく見てますね。姫島へ真直ぐ進めば、途中で潮流を突っ切ることになります」

川辺は、ミラーグラスを沖にむけたまま、かすかに頷いた。

小魚の群れがいるのか、海鳥が十羽ほど舞っていた。東へ少し進むと、ビーチはなくなり、海岸線は崖になるのだ。海鳥にとっては、人間に邪魔されることが少ない海域だった。

「姫島の爺さんは、街が開けるのが面白くないらしくて、なにかあると必ず邪魔をしますよ」

「いま、なにがあるのかね？」

「川辺さんが、来てます」

「ほかには？」

「川辺さんが来たことによって、この街でひそかに進行しようとしていたことが、底の方から浮かびあがってきましたよ」

「俺が、なにをやろうとしているか、君に訊いたことがないな」

「関心ありません」

「そうとも見えないが」

「俺は、この街で起きることに、引き寄せられちまうんですよ。自分から近づいていくのとは、どこか違う。それだけなんです」

「どういうことなんだ、それは？」

「自分でも、わかりませんね」

私は煙草に火をつけた。海鳥の姿は、いつの間にか消えている。

「姫島の爺さんは、須田さんとは気が合うみたいなんですがね」

「らしいね」

「須田さんを使って、会おうとはしなかったんですね」

「須田は、関係ない」

「味方になれば、心強いのに」

「なあ、ソルティ。俺はすべてを、ひとりでやりたいんだよ。須田は俺に尾行をつけたりしたが、結局のところ俺はひとりでやってる。それを変えるつもりもないね」

「まあ、死なないようにやってください。これは、俺がよく言われることですが」

川辺が、ちょっと笑ったようだった。

さらに、東へ進んだ。船底が、持ちあげられては海面を打つ。横にも揺れる。長い時間こうやっていると、船ではなく、まわりの景色が揺れたり振動したりしているように見えることがある。それが、船酔いのはじまる兆候だと児玉は言ったが、そうなっても、私は何時間も同じ状態でいられるのだった。いまはまだ、十五分ほどしか走っていない。

児玉の、船乗りとしての唯一の弱点は、船酔いだった。もっとも、酔ったからどうなるというものでもない。判断力も、鈍ったりはしない。客がいない時は船縁（ふなべり）で、客がいる時はトイレで、二、三度吐くだけのことだった。児玉が船酔いをするという、信じられないような事実を、私がいつも面白がっているだけだ。

舵（かじ）を切った。

舳先（へさき）を沖にむける。横揺れはなくなった。私はスピードをあげた。同じ海でも、波の方向によっては、スピードをあげられないのだ。

漁船が、数隻出ていた。姫島の漁船ではなく、S市のもののようだ。

「土曜日に釣った、鮪（まぐろ）はどうなったかな？」

「明日あたりからですかね、うまくなるのは。調理場でおろして、塊にして、紙で包んでありますよ。そうすると、鮪の水気が徐々に抜けてくるらしい。まあ、プロに任せてありますからね。心配はいりません」

「紙で包むのか」

「牛肉なんかは、晒（さらし）で巻くみたいですよ。ホテルの洋食部の方じゃ、和牛をそうやって熟（な）れさせていますね」

「それは、俺も聞いたことがある。エイジングというそうだ」

料理には、ほとんど関心を持ったことがなかった。朝食だけは、トーストとミルクとベーコンエッグという感じだが、抜くことも多い。

「明日あたり、パーティをやりますか？」

「どうかな、明日は」

「須田さんと総支配人が、あまり仲がよくなくてね。俺が、街に戻ってきたのがきっかけなんです。それと、姫島の爺さんが絡んでる」

「人間嫌いで、だから島からあまり出ないというんじゃないのか？」

「人間臭いですよ。それは間違いなく人間臭い」

「君は、何度会った」

「一度か二度か、そんなもんです」

「よくわかるな、それで」

「群先生が、よく行くんです、あの島へ。クルーザーのいいのを、ハーバーにお持ちですからね。その気になれば、いつでも行ける。群先生が行くということは、人間臭いということですね。あの先生は、仙人には関心ありませんから」

「そういう理屈か」

川辺が、声を出して笑った。

島が近づいてくると、川辺はあまり喋らなくなった。ヘリコプターが、島から舞いあがるのが見えた。爺さん専用のやつだ。それは、あっという間にS市の方へ飛んで行った。爺さんは島にいないのではないか、と私は思った。しかし、ヘリコプターは十分もすると戻ってきて、島に降りていった。

船が近づいてくるのを見張っていて、爺さんを迎えに行ったのかもしれない。防潮堤をかわし、島の桟橋に近づいた。ドックにでも入っているのか、爺さんの船は見えなかった。

接岸すると、私は素速く舫いをとった。

桟橋の付け根のところに、黒く古いベンツが一台待っていた。爺さんの迎えだ。この島には、あとは四駆が一台と軽トラックが数台あるだけだ。

水村が、ドーベルマンを連れて現われた。

「どうぞ」

この間のことはなにもなかったような口調で、水村が言った。川辺と一緒に歩き出そうとした私は、ドーベルマンに道を塞がれた。川辺だけが、ベンツに乗りこんでいく。周囲がせいぜい五、六キロという小さな島で、ベンツとは笑わせてくれる。

川辺を見送った水村が、戻ってくる。私は煙草をくわえた。

「御機嫌斜めだな、若月」

「こんな犬に睨まれてたんじゃな」

「なんか、荒れそうな雲行きじゃないか」

「晴れてるよ」

「街がさ」

「そうかな。どちらにしても、泳いでここまで来て、暴れるやつはいない」

私は、煙草を消した。吸殻はポケットに放りこむ。水村が、ひどくいやがるからだ。繋船柱(ビット)に腰を降ろした水村が、片手でドーベルマンの頭を撫(な)でながら、カリーナを舐めるように見回した。

「そろそろ、ドックへ入れた方がいいな。船底を完全に削って、塗装をし直すんだ。でなけりゃ、船がかわいそうだぜ」

「夏が終ったら、やるつもりだよ。台風の季節を狙(ねら)ってね。蒼竜もレディ・Xもやる」

余計なお世話だ、と出かかった言葉を呑みこんで、私は言った。

水村は、私に用事があるわけではなさそうだった。川辺が戻ってくるのを、ただ待っているのだ。ドーベルマンは、水村の足もとに伏せ、長い舌を垂らして呼吸している。

三十分ほど待った。

黒いベンツが戻ってきて、川辺が降りてきた。

私は船のエンジンをかけた。川辺が乗りこむと、水村が舫いを解いた。岸壁を離れ、方向を変えた時、水村の姿はもうなかった。

ミラーグラスをかけた川辺の表情は、よくわからなかった。来る時と違うのは、ひと言も喋ろうとしないことだけだ。

私は潮流を突っ切り、真直ぐ街の方へむかった。

18 血の色

牧子は奥の席にいて、私が入っていくと待っていたというように立ちあがった。黒い、胸の開いたドレスを着ている。

「すぐに行くのかい？」

「ずっと、お待ちしてましたから」

この店から『スカンピー』まで、リスボン通りを歩いて七、八分くらいのものだ。七時で、すでに陽(ひ)は落ち、涼しくなっていた。

「黒が好きなのか？」

「子供のころから、なぜか黒と白が好きだった。大人によく笑われた」

「こんな時は、下着も黒か？」

「そんなこと、訊(き)かないで自分で確かめればいい。ベッドの上でね。誤解するなよ。誘ってるわけじゃないんだから。関係を持った女の下着の色だけ、男は知ってもいいということ」

「面倒そうな女だな」

「なにが？」

「押し倒せばいいってもんでもなさそうだ。つべこべ、面倒なことを並べるんだろうと思った」

通りのむかい側の、ちょっと路地を入ったところに、芳林会の事務所がある。若い連中の姿は見当たらなかった。

ブティックの多い場所へさしかかった。結構なブランド品が、ウインドの中に並んでいる。牧子は、それにはあまり関心を示さなかった。

「バイクで走るのが、趣味か？」

「それも、趣味」

「ほかには？」

「話題が月並みね。趣味はなんですかなんて、見合いした男と女みたい」

「今日は、覚醒剤（シャブ）を売れと、誰も言いに来なかったか？」

「誰も。あたしには怕（こわ）い男がついてるって、あいつらにわかったんだ」

「また来るぜ、多分」

「また腕を折ってやってくれ、来たら」

「ああいうやつら、眼をつけるとしつこいと思う」

「夜、ひとりで走ったりはしないことにする」

「あの方法は、もうないな。別のやり方でくるだろう」

牧子は、怯えている様子ではなかったが、私の腕に回してきた手が冷たかった。

「警察に駈けこむ、という手があるんだがな。それで、一発で片がつく」

「警察に駈けこめないと知ってて、言ってきてるんじゃない、やつら」

「そういうことか。なにをやった？」

「強盗、強姦」

「じゃ、諦めて覚醒剤を売れ」

「それも、いやだな」

私は、左の二の腕にある牧子の手に、指さきでちょっと触れた。やはり冷たい手だった。暖めるように、私は掌で包んだ。

「冷え性なんだ」

「怕いんだろう？」

「店をぶっ毀すって。火炎瓶を投げて燃やしてやるって。電話で、そう言われたよ」

「いつ？」

「何時間か前。三時ごろだったかな」

「まあ、待ってみよう」

「気軽に言うな。あたしのただひとつの生活の手段が、灰になったら困る。警察に行ったら、絶対にそうするって」

「覚醒剤を売らなきゃじゃなく、警察へ行ったらか。まあ、脅しだろうと俺は思うがね。やられてから、ほんとだったんだと言ってみても、もう遅いしな」

警察にパトロールを頼んだとしても、いつまでも続けられるわけではない。いずれは無防備になり、そこを狙われるのだ。

「二、三日だと思うがな」
二、三日経てば、騒ぎは表面に出てきて、販売ルートを作るどころではなくなる。そうなれば、『スコーピオン』も永井牧子も、忘れられるはずだ。
「ほんとにいやだな、虫けらみたいなやつらって」

牧子の手が、いくらか暖かくなっていた。

店に入ると、顔見知りのマネージャーが、笑顔を浮かべて近づいてきた。奥の席に導かれていく。店内はかなり広く、テーブルごとにローソクが燃えていた。

「今夜は、スペインふうにいこうか」

私が言うと、牧子が頷いた。

魚介の料理を頼み、食前酒はシェリーにした。

「ワイン、あたしが選んでもいい?」

「ああ。だがスペインだぞ」

「それは、知らないな」

「マルケス・デ・リスカル。リオハのワインだ」

「じゃ、それ」

　ワインに詳しいわけではなかった。フランスとドイツとイタリアとスペイン。銘柄をひとつずつ、群秋生に教えて貰ったのだ。ほんとうは、もっと多く教えられ、ヴィンテージなどということも言われたが、各国ひとつだけ憶えることにした。

「心配はするな。野中が、仲間三、四人と、いまおまえの店にいるよ」

「ほんとに?」

「落ち着いて、めしぐらい食って貰いたいからな」

　店の中には、五組の客がいた。なかなか繁盛はしている店なのだ。二度ほど、私はここで食事をしたことがある。この店にもやはり、群秋生は出入りしているのだ。

　食前酒が運ばれてきた。グラスを触れ合わせ、口に運んだ。

「あたし、本気で対策を考えなくちゃなんないな」

「だから、あと二、三日だ」

「どうしてよ?」

「やつら、そのうちいぶし出される」

「だといいんだけど、二、三日で済むとは思えないな。この街、やくざさんいるけど、大人しかったよね。そのやくざさんが、元締めなの？」

「どうだろうな。対策は、めしが終ってから考えることにしないか」

「そうね。ほんとに野中君が来てくれてるのなら、一応安心だけど」

私は携帯電話を出し、『スコーピオン』の番号をプッシュした。

「野中を」

言うと、すぐに野中の声が出た。電話を牧子に渡す。

「野中君。ほんとに来てくれてるんだ。時には役に立つこともあるんだ」

野中が、なにか言っている気配がある。

「違うよ、妬くな。たまたまこういうことになったんで、恋人なんかじゃない。ソルティって、舐めるといかにも塩辛そうじゃない。あたしは甘い口づけが好きなの」

他愛ないやり取りが、しばらく続いていた。それから牧子は、電話を切り、二つに折り畳んで私に返した。

「これからしばらく、やつらにからかわれそうだ。だけど、いてくれて嬉しかった」

牧子が笑った。白い歯並みが、はっとするほどきれいだった。

「あたしのニックネームを、ハニーにするって。それで中和されるって」

「野中も、センスが知れてるな。おまえは、ブラウン・シュガーだ。髪が、ちょっと茶色っぽいしな」

「ブラウン・シュガーって、黒砂糖のことじゃない」

「子供のころから、黒が好きなんだろう」

「あんたのセンスも、高が知れててよ、ソルティ」

「群秋生のようには、いかないな」

前菜が運ばれてきた。

その皿のおまけのように、見知った顔が近づいてきた。

「そうそう、こんなふうに、若い女性と食事をしなきゃな、艇長(スキッパー)」

大橋は、ダークスーツに地味なネクタイを締めていた。

私はちょっと腰をあげ、母親が亡くなった悔みを言った。葬式の時は、挨拶(あいさつ)するところがどこにもなかったのだ。

「いやいや、暑いところを来て貰って」

「大橋さん、川辺さんとはお知り合いなんですか？」

「川辺？」

「葬式で会いましたよ。いまは、ホテル・カルタヘーナに泊っています。二度、船をチャーターされましたよ」

「知らないな」

「しかし、葬式で会ったけどな」

「教会の葬式がものめずらしくて、見に来た人が何人かいたようだ」

「じゃ、その口かな」

「もう一本、ワインをこっちで用意させて貰ったんだがね。永井さんも、ワインをお好きだし」

ちょっと驚いたように、牧子が私の顔を見た。

マルケス・デ・リスカルと並んで、ブルゴーニュが一本置かれた。シャンベルタンという字だけを、私は読みとった。

「赤が好きだったよな、スキッパーは。永井さんも、女性にはめずらしく、赤がお好きでね」

「申し訳ないな、これは」

私は、大橋良雄の顔を見つめた。肌に浮かべた笑み以外、ほかのどんな表情も読みとれなかった。

「今度、君だけのポイントへ連れていってくれればいい」

「大橋さんも、船を買われるんですな」

「とても。群先生のようにはいかんよ」

「似合いますよ、大型のクルーザーが。葉巻でもくわえりゃ、マフィアのボスって感じになります。いや、ファミリーのゴッド・ファーザーってとこかな」

大橋の顔からは、笑みが消えなかった。

「私は、漁師をやってたいんだよ。釣ってきた魚は、シェフが捌いてくれるし」

「大物があがるポイントに、今度お連れします。ただし、よほど覚悟を決めていただかないと、竿ごと海に引きこまれます」

「釣師の夢だね、それは」

大橋は、さらに愛想よく牧子に笑いかけると、ほかの席に挨拶に行った。

「ねえ、スキッパーってなによ?」

「艇長ってことさ。小さな船の船長を、そう呼んだりする」

「なんだ、新しいニックネームだと思ったのに」

客とにこやかに喋っている大橋の顔を、私は見ていた。私の席で浮かべたのと同じ笑みを、大橋は浮かべている。

邪悪、と言った群秋生の言葉を、私は思い出していた。私には、そういうふうには感じられなかった。

ボーイがワインの栓を抜いた。

軽くテイスティングして、私は頷いた。もともと、酒の味などわかりはしない。

「飲んじまおうか、この血の色をした酒を」

「気障は言うな、ソルティ」

「じゃ、バラ色の酒」

「得しちゃったね。前にも、あたしここで得をした。グラスワイン一杯だったけど」

大袈裟に大きなグラスを、私たちは触れ合わせた。グラスの中で血の色が揺れ、過去に誘うような澄んだ音がした。

19　男

夏の終りを愉しむのがどういう人種なのか、私はこのところ毎年考える。

夏の盛りを愉しめない、あるいは愉しみそこなった人間が多い。職業による事情だけでなく、学生などゼミとか合宿とかが夏の盛りに集中していて、遊ぶのは夏の終りということにもなるようだ。

ただ、ホテル・カルタヘーナの客は、いくぶん違っていた。夏は愉しみたいが、人の多いシーズンは避けたい。そういう人々が、このホテルには集まってくるようだ。つまり、時間にも金にも余裕がある、ということだろうか。

年配の客が多い。それに、正体の定かではない人間が、いくらか混じっている。川辺など、正体のわからない客のうちに入っていた。

どんな客でも共通しているのが、金銭的信用があるということだった。といって、金さえ積めば、誰でも泊めるというわけでもない。そのあたりは、総支配人の忍の裁量によるのだろうが、私には大して関心はなかった。

泊り客でなくとも、本館までは入ってきて、コーヒーラウンジでコーヒーぐらいは飲める。船遊びをしたいために、私のオフィスを訪ねることもできる。本館から先へ進めるのは、ホテル関係者と客だけということになっていた。

その男も、どう見ても泊り客とは思えなかった。どこかくたびれたようで、髭は二日ほどは当たっておらず、着ているものもどこか野暮ったかった。

それでも、船を借りたいというからには、オフィスの客であることには違いなかった。

「モーターボートは、三十分か一時間の貸出しということになっていて、半日というのはお受けできません。ここでは水上スキーとかパラセイリングとかはやっていなくて、海からこの街を見てみるとか、波とたわむれていただくとか、そんなことしかできませんわ」

「だけど、大きな船だと、金がかかるでしょう。俺は船酔いは平気だから」

「どちらへいらっしゃりたいんですの？」

「沖の方に島があるらしいんで、そのあたりまで行ってみようかと思って」

沖の島といえば、姫島だけである。

応対していた山崎有子が、ふり返って私の方を見た。

私はデスクから腰をあげた。

「姫島へは、行けませんよ。個人所有の島でしてね。上陸しようとしても、拒絶されるだけです」

「行ってみたいんだ」

「それは、無理というものです。他人の家に入ってみたいと言われて、それを引き受けるなんてことはできませんね」

「できるさ」

妙に粘っこい言い方だった。遊びではなさそうだ。

「仕事ですか？」

「まあね」

「じゃ、許可を取るんですね。S市に、所有者の事務所があります。目的がはっきりしないかぎり、許可は難しいと思いますが」

「目的がはっきりしていたら、もっと許可が出ないかもしれないじゃないか」

「無断で行こうというなら、泳いでください。うちの船じゃ、お連れできません」

「ほう、泳いでね。思い切ったことを言うじゃないの、あんた」

「たとえば、の話ですよ。どうしても行きたいんなら、それしか方法はないってことです」

「あんた、誰かをあの島へ連れていったんじゃなかったの？」

私は、男の顔を見つめ直した。三十そこそこというところか。眼には険がある。こめかみのところから、汗がひと筋流れ落ちていた。

「ここじゃ、話しにくいね」

男が、山崎有子の方に眼をやった。廊下でもコーヒーラウンジでも、話しにくいのは同じだろう。私は手で、山崎有子にしばらくはずしてくれと合図した。

「あんたが、社長だよな、若月さん」

出て行く有子の姿を見送ってから、男が言った。

「通常のチャーター料の、十倍出すよ」

男の財布が、それほどぶ厚いとは思えなかった。

「百倍。それも即刻現金で」

「おいおい、それじゃよ」

「つまり、行きたくないってことでね。うちの船は出さない。社長の俺がそう言ってるんだ。船が欲しけりゃ、ほかを当たってくれ」

「客にむかって、そんな言い方はないんじゃないの。それに、百倍なんて、まるでやくざの言い草だね」

「あんたを島へ連れて行く。そこで百倍払わなきゃ海に放りこむと言う。それがやくざのやり方ってもんだ」

「なるほど」

男が煙草をくわえた。マッチで火をつける。『かもめ』のマッチだった。

「とにかく、俺は島へ行きたい」

「くどいね」

「行ってくれるね」

粘っこさは、私の不快感を募らせるだけだった。わざとそうしている、ということがなんとなく見えてきた。

「行ってもいいよ」

私が言うと、男の表情がちょっと動いた。

「島へ行く目的を、俺に喋ってくれ。それに納得できたら、規定料金で行こう」

「観光さ。行けないとなると、行きたくなるのが俺の欠点でね」

「欠点を直してから、来なよ」

「行ってくれ」

「ほんとの目的は？」

「なにを喋っても、はじめから納得しようって気はないんだろう。目的だけ喋らされるってことになるじゃないか」

「つまり、目的はあるんだね」

「おい、おかしな駈け引きはやめときな。俺を甘く見るんじゃねえ。俺はいま、穏やかに頼んでるんだからね」

「俺も、穏やかに断ってるよ。それに、人を甘く見る癖もない」

「行ってくれるよね」

「目的は？」

　男の手が、私の胸ぐらにのびてきた。シャツを摑まれた。私は男がくわえていた煙草に手をのばし、取った。それを押し当てようとした瞬間、男は手を引いた。

「鈴木って者だ」

「若月だよ」

「また、会うな」

「釣りにならら、いつでも連れてってやるよ。あんたみたいなのが船に弱くて、すぐに無様なことになる」

　鈴木は、口もとだけでちょっと笑うと、オフィスを出ていった。私は自分の席に戻り、鈴木がくわえていた煙草を、灰皿でもみ消した。

　電話が鳴った。

パーティ用に、蒼竜を借り出せるか、という問い合わせだった。言われた日は、クルージングで塞がっていた。人数は十五名。レディ・Xの方にしたらどうかと私は勧めたが、帆船でなければ意味がないと切られた。

　帆走する船がどれほど揺れるものか、考える人間はあまりいない。機走よりずっと揺れるのは、推力が一定のものでないからだ。風には、必ず強弱がある。揺れれば、船に弱い人間にとっては、地獄のようなものだ。ハーバーに戻るまで、船は停れない。

　有子が戻ってきたのは、しばらくしてからだった。島に行きたがっていた客については、なにも訊こうとしない。

「夏休みがやっと終るんで、ほっとしてます。男の子が二人も部屋でゴロゴロしてると、ほんとにうっとうしくて」

　有子には、中学生と小学生の息子がいた。といっても、有子に夏の間は休暇がないから、暇を持て余しているのは息子たちの方だろう。職員の関係者が、ホテル・カルタヘーナのプライベートビーチで遊ぶことを、忍は許していない。

　有子が離婚した事情は知らないし、その亭主だったという男も知らない。忍の紹介で、三年前から私の事務所に勤めていた。

「人が休みの時は、忙しい商売だからな、まったく」

「いいんですよ、その方が。子供たちは、あたしが忙しく働いてると思えるみたいだし」

三十九にしては、若く見えた。再婚の話はいくつも舞いこんできているようだが、一向にその気配はなかった。個人的な事情については、私は相手が言わないかぎり、こちらから訊いたりはしない。

「それより社長、またボロ雑巾みたいにならないでくださいよ」

私がボロ雑巾になったのは、八カ月も前の話だった。それも、ヨットハーバーを基地にしていた、密漁者のグループとのつまらないトラブルだ。真冬の艇置場で、私は七人の密漁者に襲われ、殺されかけた。殺すつもりだったのだろう。殺されなかったのは、野中が懸命に私を捜し、きわどいところで見つけたからだ。蒼竜のクルーや、アルバイトで雇う船好きの青年まで連れていた。

密漁者は姿を消し、私は二日入院し、三日目には海に出た。その間も、血の小便を流し続けていたのだった。

「あれ、やっぱりボロ雑巾に見えたか？」

「そりゃ、もう。どこを触っても、破れてしまいそうな感じでしたわ。それを、すぐ船に乗ったりして」

「四月まで、鮑は禁漁なんだよ」

「この街には漁師はいないし、漁業組合もありません」

「S市の組合の監視船を避けるために、ヨットハーバーを使ってたんだぜ」

「そうなんですよね、いつも。社長はなにか理由を見つけて、勝手に動きはじめるんですよね。その理由というの、あたしから見れば、余計なお世話としか思えないのに。この三年で、社長は何回ボロ雑巾になりました？」

「二回ぐらいかな」

「四回ですよ。入院したのが二回」

そろそろ、私がまたボロ雑巾になるころだと、有子は考えているのかもしれない。

ボロ雑巾に、なりたいわけではなかった。この街のヨットハーバーは、私が抱えている船の母港なのだ。それを盗みの基地に利用した。

私自身が、汚されているようなものだ。

「息子だけは、こんな男にするなよな」

「わかりません。血が血ですから」

有子が、自分の亭主について喋ったことはない。殺人犯だ、という噂を聞いたことがあるだけだ。私はそれを、信じも疑いもしなかった。噂は、ただ噂だ。

私は話を打ち切り、会社の経営状態を示す帳簿に眼をやった。どこから見ても、私の会社は健全そのものだった。もともと、一文の借金もなしにはじめたのだ。途中から蒼竜とレディ・Xも預かることになったが、正式な社員はクルー関係が五名と有子だけだ。当初予想したより、船の稼働率は三割から四割はいい。足りないクルーは、船好きの青年のアルバイトで補えた。S市も含めれば、十二、三人はそういう当てがある。

商売だけを熱心にやっていればいい、と有子は思うのだろう。そういう意味のことを、何度か言ったこともある。

電話が入っていた。グループで、レディ・Xを借りたいという話のようだ。有子が、ノートに書込みをしているので、また予定表が半日から一日塗り潰されるのだろう。

「そろそろ、台風のことも考えた方がいいですわね」

電話を切って、有子が呟いた。

私は、壁に貼ってある天気図に眼をやった。毎日の気象情報を、それに書きこんでいく。等圧線まで、綿密に書きこまれているのだ。私や野中が、それをやる。ハーバーにある事務所にも同じものがあり、クルーの誰かが書きこんでいる。

「そろそろ、一発目が来そうな気がするよ」

台風だと当然船は出せないが、仕事が休みというわけではなかった。繋留中の船の保全に気を遣わなければならず、場合によっては夜間の勤務になることもある。モーターボートやレディ・Xやカリーナは揚陸機で揚げてしまうが、蒼竜まで揚げるのは無理だった。

私は、答案に解答を書きあぐねた学生のように鉛筆をくわえ、さっき来た男のことを思い出していた。

このところ、姫島の人気が高い。爺さんが、活発に動いているということなのか。しかし、なにに動いているのか。

鈴木という男が、ほんとうに姫島へ行きたがっているのかどうかは、まだわからなかった。私に対する牽制だったことは、充分に考えられる。

それにしても、嫌な感じがいつまでも尾を曳くようなタイプの男だった、と私は思った。

20　暴力傾向

携帯電話をポケットに放りこんで、私は車を転がし、『スコーピオン』へ行った。

三隻の船が全部出払い、手持無沙汰だという理由をつけていた。

牧子は、奥のカウンターの中にいた。長い髪を束ね、サイフォンを並べてコーヒーを淹れている。やはり、黒いワンピース姿だった。

「いらっしゃいませ」

店では店の言葉遣いがあって、それを変える気はないらしい。

「昼めしは？」

「一時からですわ」

女の子を二人雇っていて、昼食は順番があるらしい。

「コーヒーを一杯飲んだら、ちょうど一時ってとこかな」

私は、近所のスパゲティ専門店の名をあげ、そこで待っていると言った。下をむいたまま、牧子は頷いた。

コーヒーを淹れるのに、ネルの布を使う。きのうの夕食の時、そんな話をしたような気がした。コーヒーがうまいかまずいかはいつも気になるが、自分でうまいコーヒーを淹れようと思ったことはなかった。

牧子の淹れるコーヒーは、確かにうまかった。どうやって淹れるのか、知ろうとは思わない。ここに『スコーピオン』があればいいのだ。

コーヒーを飲み干すと、裏の通りのスパゲティ屋へ行った。表通りとは違って、ラーメン屋やそば屋やお茶漬屋などが並んでいる。

私はビールを一本頼んだ。それを飲み終える前に、牧子が入ってきた。

「キノコのスパゲティ」

牧子が、カウンターの中に声をかける。同じもの、と私も言った。

「なにか、あったか?」

「それを、訊きに来たの?」

「顔を見に来た。声も聞きに来た。君の瞳(ひとみ)に見つめられにも来た」

「気障(きざ)な科白(せりふ)、似合わないね、まったく」

「群秋生の、悪影響だな」

「海の匂いでもさせてりゃ、それでいい」

「黙ってろってことか」

「時々、喋ればいいんだ。塩辛そうな声でね。そうすりゃ、ちょっとはサマになる男だ」

「喋るのが、好きなんだ。沈黙の塩漬けだけはごめんでね」

「それも、下手」

「俺に、喋らせてくれないのか？」

「そう、そんなふうに、思ったことをそのまま言えばいい」

　牧子が、髪を掻きあげて言った。私は、ビールを飲み干した。二本目を頼むのは、やめにした。牧子に飲みそうな気配はない。

　スパゲティが運ばれてきた。私は、タバスコをたっぷりとふりかけた。

「電話があったよ、あんたと手を切れって」

　スパゲティをフォークに巻きつけながら、牧子が言う。

「また火炎瓶か？」

「ほかの手段を知らないやつららしい」

「俺と、手を切るか？」

「そしたら、覚醒剤を捌かなきゃ、火炎瓶だそうだよ。言うこと全部を聞かなきゃ、火炎瓶なんだから」

「おまえの昔の仲間ってのは、どこの手先なんだ」

「芳林会でしょう、多分」

「まあ、そうだよな」

「この街に、覚醒剤が入ってるなんて話は聞かないよ。あいつら、なんとかトンネルを潜らせたいと思ってるに違いないよ」

芳林会には、正式な構成員が五十人はいる。その周囲にいる連中も含めれば、二百人は下らないだろう。ただ、内部分裂を抱えていることも、間違いはなさそうだ。

「食えよ、フォークに巻きつけてばかりいないで」

「放っとけ。猫舌なんだ。こうやって冷ましてるんだから」

「しばらく、我慢しろ。しばらくでいい。状況が、変りそうな感じはあるんだ」

「といって我慢してるうちに、この街に覚醒剤が、溢れてるってことにならない？」

「おまえが、捌くなんて言い出さなきゃな」

「あたしは、やらないよ、そんなこと。やっていいことと悪いことがあるって、ずっと言われてきたし」

「誰に？」

「ママよ」

「そんな道徳的なママが、なんでこんな娘を育てちまったんだ。おまえ、フォークはスパゲティを巻きつけて遊ぶもんじゃなくて、口に入れるもんだぞ」

　ちょっと照れたような顔をして、牧子はスパゲティを口に入れた。食欲は、あまりないらしい。店に火炎瓶を放りこむと言われれば、牧子でなくてもそうなるだろう。

「ねえ、若月さん」

「ソルティと呼べ。それか、最初に言ったように、あんただ」

「抱かれてもいないのに」

「いずれ、そうなる」

「いつもなら、ビール瓶で頭を叩き割ってるとこだね」

「いまは、いつもじゃない。俺は、いままでおまえの前に現われた、恰好だけの男とも違う。なんの保証もできないが、俺に任せろ」

「そんな言い方って、あり？　保証もないのに、任せろなんて」

「人生ってのは、そんなもんだ。明日の保証はないのに、みんな生きてる。保証もあると思ってる」

「そうだよね」

「任せるか？」

「でも、なぜ？」

「なにが？」

「あたしを、助けてくれようとしてる。理由もないのに。かなり危険なことよ、これは。遊びじゃないんだから」

「理由はある。どういう理由かは、訊かれたくない」

「変な男だ。言っておくけど、あたしは暴力的傾向のある男は駄目よ。正直言うと、怕(こわ)くなるんだ。あたしにまで、暴力を振るわれるんじゃないかって気になる」

「俺のは、傾向じゃない。衝動だよ。ある特定の人間たちに対するな」

「それでも、怕いものは怕い」

「仕方ないな。俺にとっても、簡単に直せるようなもんじゃないし」

「親父(おやじ)に、暴力的な傾向があったんだ。十七の時に、亡くなったけど」

「そういう意味の傾向は、俺にはない」

スパゲティを平らげ、私は煙草に火をつけた。牧子の皿には、まだ半分以上残っている。

「それでもおまえ、族に入ったんだろう?」

「逆療法ってやつよ。親父の傾向は傾向として、嫌いじゃなくて、死んだのはショックだったし、半分はヤケだな」

「そんなもんか」

「族とも言えないぐらいだった。走り屋が多くてさ。コーナーを何速で曲がれるかなんてことを、競ってばかりだった。時々、私刑(リンチ)まがいのこともやってたけど、そんな激しいのはなかった」

「まあ、ガキの喧嘩（けんか）だ。どうした、食わないのか？」

牧子が、かすかに首を振った。火炎瓶の脅しが、やはりこたえているのだろう。

「しばらくは、夜の外出はするな。男の誘いにも乗らないこと。大橋が食事をなんて言ってきても、乗るなよ」

「よくわかるのね。あたし、大橋さんの好みとは思えないんだけどな」

「とにかく、どんな誘いにも乗るな。二、三日でいい」

「わかった。でも、あたしがいようといまいと、関係なく火炎瓶は飛んでこないかな」

「危険は、半分になる。やつらの狙いは、『スコーピオン』を焼くことじゃなく、覚醒剤（シャブ）を捌くことだからな。おまえに承知させるのが、第一の狙いなんだ」

「まったくいい迷惑だ。どうして、あたしが狙われるの」

「昔、族だったからさ」

「それだけで？」

「多分、やつらにはほかのとっかかりがないんだろう。この街に住んでいる、ちゃんとした人間のとっかかりがな」

「あたし、ちゃんとした人間なのか」

「やつらが、そう見てるってだけのことだ。それも、覚醒剤（シャブ）を捌きそうな程度に、ちゃんとした人間だってな」

　肩を竦め、牧子が煙草に火をつけた。一時を過ぎたからなのか、客は一番奥の席にひと組いるだけだ。カウンターの中では、皿洗いをはじめている。

「この街は、観光客が多いが、リスボン通りにはずいぶんとオフィスも増えた。昼間の人口が、夜の人口の二倍近くになってる」

「だから？」

「金になりそうな街、というふうに見えるんだろう」

「ほんとは、違うの？」

「違うね。大きな金は、あまり動いてない。人口でいうと、せいぜい一万七、八千。昼間はもっと多くなるがね」

「毎日、観光客が入れ替ってる。それをのべ人数にすると、ひと桁多くなるよ」

　この街に流れる金の大半は、ホテル・カルタヘーナと神前亭のオーナーのところに吸いこまれているはずだ。私は、街の仕組みそのものが、そうなっていると思っていた。ホテル・カルタヘーナも神前亭も、久納一族のものだ。総支配人の忍も、神前亭の社長も、どこかで久納一族と繋がっている。

「新しそうで、古い街さ」

「わかんないな、あたしには」

「おまえ、ここの生まれじゃないだろう」

「S市。ここには、祖父母の家があった。父方の祖父母ね。二人とも亡くなった時、相続するのはあたししかいなかった」

「そういうことか」

「東京にいたのよ、三年ばかり」

それでどんなことがあったのか、牧子は喋りたそうな気配を見せた。私は聞きたくなかった。腰をあげる。

「どこか、冷たい男ね」

「感傷的ではない、というだけのことだ」

「だから、ソルティ？」

「いいね。群秋生は言わなかったことだ」

「あたし、あんたのことを、ソルティと呼びたくないわ」

「好きなように呼べよ」

スパゲティ屋を出、『スコーピオン』まで牧子と一緒に歩いた。

それから車を転がし、ハーバーへ行った。

クラブハウスとは別の、船具倉庫と同じ棟に、私の会社のハーバーオフィスがある。そこにあるのは、無線機や海図台や、クルーのロッカーなどだった。

午後三時に、野中がクルージングから戻ることになっている。カリーナに、女子大生六人を乗せて、午前十時に出港したのだ。

海は秋のもので、波はかなり立っていた。晴れていても、海は荒れる。そんな日がいい、と私はこの季節になるとよく思う。ただ、女子大生六人のお供は、ごめんだった。船が汚れていないことを、祈るだけだ。

私はホテルのオフィスに電話を入れ、ハーバーオフィスで無線を取る、と有子に伝えた。同型の無線機が、両方に置いてある。

すぐに、十五分後に入港する、という無線が野中から入った。

21 蟬（せみ）

グリーンのベントレー・ターボが突っ走っていた。リスボン通りを、真直（まっす）ぐにトンネルにむかっている。運転しているのが忍なのかどうか、私は確かめようとしてアクセルを踏みこんだ。信号ひとつの距離がある。私のディーゼルのパジェロでは、その距離を詰められないまま、トンネルに入った。

ベントレーのスピードが落ちたのは、トンネルを出てからだ。両側が林のところで、ベントレーはハザードを点滅させながら路肩に寄った。

私は、後ろに並んで停めて、降りていった。

「なんだ、どういう気だ？」

ウインドを降ろし、忍が顔を出して言う。

「たまたま、後ろを走ってただけですよ。追いつこうとはしましたが」

「S市か、おまえも」

言われなくても、もうS市に入っていた。私は煙草をくわえ、ジッポで火をつけた。まだ通勤時間にはかなりあって、車は時々走り過ぎていくだけだ。朝夕の一時間ばかり、二車線のこの道は、ほとんど切れ目がなくなるのだ。

「うちに関係あることか？」

「直接には、なにも」

「間接的にはあるが、俺に言う必要はないと考えているわけか」

「総支配人は？」

「爺さんに呼ばれた。事務所の方にだ。いい話じゃないいな」

姫島の爺さんの事務所は、S市の中央通りの、二十八階建のビルの最上階にあった。ほかに、屋上にヘリポートのあるビルがひとつあり、そこには爺さんがオーナーの建設会社が入っていた。

「そりゃまあ、災難ですね」

「やめときますよ。後ろのゴミはなんだ、と言われるのが落ちですから」

「来るか、おまえも」

「そうか。じゃ、俺は行くぞ」

ウインドをあげ、ベントレーは走り去った。私はパジェロに戻った。ショートホイールベースのこのパジェロを、私は気に入っていたが、どうしてもスピードが出ない。本気で飛ばしたい時は、群秋生のマセラーティ・スパイダーを借りる。車庫に眠らせてばかりでなく、時には思いきりエンジンを回してやった方がいい、という理由をつけてだ。群秋生もそう思っているらしく、私が乗りに来るのを当てにしているふしもあった。

あのマセラーティなら、ベントレーも軽くいなせる。

直進すると高速道路で、途中で右折すると街の中央通りに出るが、私は左折した。そちらには、アパートや小さな工場などがあるだけだった。

アパートの五十メートルほど手前で車を停め、私は歩いていった。

階段の下に、シートをかけたオートバイが、大事そうに置いてあった。それに眼をくれ、私は階段を昇っていった。ちょうどいい時間だろう。夜の仕事に出るには、まだ早すぎる。

ノックすると、男の声で返事があり、ドアが開いた。

「なんだよ、あんた」

開いたドアに足を突っこんだ私に、男が驚いたような声で言う。

「吉成さんだろう？」

「だったら、なんだってんだよ？」

「俺、若月って者だけど、名前ぐらいは知ってるよな」

閉まろうとしたドアを、逆に私は引いた。吉成が退がる。その時私はドアの中に躰を滑りこませていて、後手で閉めた。

「なんだってんだよ。なんの用だよ」

「Ｓ市まで、こっちから出向いてくるとは思ってなかったらしいな」

「俺が、どこにいるかわかってて、言ってんだろうな、おまえ」

「弱いやつほど、組織の名前を出したりしたがる。どんな組織にいようと、俺には関係ないんだよ」

喋りながら、私は靴のままで部屋に踏みこんでいた。ダイニング・キッチンと六畳間。女と暮している様子はない。野中が教えてくれた通りだ。

「あんまり、荒っぽいことは得意じゃないんだってな。俺は、荒っぽいことしか知らない人間でね。おまえを刻んじまおうと思って、わざわざやってきたんだ」

吉成は、明らかに怯えていた。退がりながら、眼が何度か押入れの方へ動いた。

跳ぼうとした吉成の顎の先に、私は軽く一発打ちこんだ。吉成が、呆気なく腰を落とす。私は押入れを開けた。蒲団の間に匕首が一本差しこんであった。

「チンピラだからな。こんなものしか持たせて貰えないのか。それとも、人でも脅す気で、自分で買ってきたのか」

大した匕首ではなかった。安物の登山ナイフに、毛の生えたような代物だ。

吉成は、まだ尻を落としたままだった。私は、そばにしゃがみこんだ。夕方の光が、窓から射しこんでいる。まともに西陽が当たる部屋のようだ。この街は古い建物が入り組んでいて、トンネルを潜ると別の国に入ったような気がするほど、風景が違う。

「頼みたいことがあるんだよ、吉成」

「俺は」

「なに、簡単な話さ。小坂に言われたチンピラが、トンネルのむこうへ行ってるよな。それが誰だか、教えてくれ」

「知るわけないだろう」

言った吉成の口に、私は匕首をゆっくりと差し入れた。吉成の躰が、硬直したように動かなくなった。

「俺は、遊びに来たんじゃないんだよ、吉成。おまえを刻んでやる、と言わなかったかな。ほんとに刻むのは、大したことじゃないんだぜ。ここに匕首もあることだしな」

首を摑み、のど仏を親指で何度か押した。のどを動かそうとするが、そのたびに口の中に匕首が突っ張って、どうにもならないようだ。吉成の額に汗が噴き出してくる。私は、またのど仏を押した。

「唾を呑みこんでも、匕首が一緒に入っていくぞ。のどの奥にこいつが突き刺さると、そりゃ面倒なことになるよ」

私は、匕首をちょっと上に持ちあげた。吉成の首が伸びたようになり、かすかな呻きに
似た声が洩れた。汗が眼に入るらしく、何度も瞬きをくり返している。

匕首を口から抜いた。吉成は、しばらく荒い息を吐き続けた。

「いいな、吉成。小坂の息のかかったやつらの名前だ。早くした方がおまえのためだぜ。

別に俺は急いじゃいないがね」

「誰だよ、小坂ってのは？」

喘ぐような言い方だった。

「いいか、芳林会の親分はもう歳で、あがっちまったようなもんだ。ナンバーワンが佐藤
でツーが小坂、スリーが古い幹部で、フォーとファイブが沼田と林ってことになる」

「だから、なんだよ」

「佐藤ってのが古いタイプで、小坂がのしあがろうとしてる。おまえは、その小坂に使わ
れてるわけだ。だから、小坂を知らないなんて言い方は、して貰っちゃ困るんだよ」

「知らねえものは」

私はもう一度、吉成の口に匕首を差しこんだ。刃を舌の上に立てる。大して斬れそうな

匕首ではなかったが、それでも舌を大きく動かせば切れるだろう。

「口が裂けても言えないってことなら、ここで裂いてみるか」

吉成の口からは、唾液が流れ出し、顎の先から垂れさがりはじめていた。

「時間はたっぷりあるが、俺は我慢強い方じゃないんだよ、吉成。そろそろ、刻むことにするぞ」

匕首を抜いた。吉成は喘ぎながら、それでも口のまわりの唾液を拭った。

「名前を、言いな」

吉成が大きく息をつき、四人の名前を続けざまに言った。全員が、チンピラという連中ばかりだった。利巧な男ではない。その上にひとりいる、ということを教えているようなものだ。

「俺が訊きたい名前だけ、言う気はないようだな」

「それ以外は、知らねえ」

「おまえははじめ、その四人の名前も知らないと言ったんだ。つまり、おまえが知らないということは、信用できないんだよ。指を一本ずつ貰うぞ。両手で十本。その間によく考えろ」

私は吉成の左手の小指を摑み、逆に反らせて力をこめた。人の躰だと思うと、どうしてもためらいが出てくる。小枝でも折る、というつもりになることだ。

掌の中で、小指の骨が折れた。音が、感触として掌の中にある。そういう感じだった。吉成が呻きをあげたのはしばらくしてからで、その時私は、畳に放り出してあった吉成の靴下を口に突っこんでいた。呻きは籠ったように低く、人間のものではないように聞えた。暴れようとする。その前に、顎の先端に一発叩きこんだ。瘦せた細長い顔で、いかにも顎が弱そうだった。私は躰を離した。吉成は立ちあがろうとしたが、足をもつれさせ、うつぶせに倒れた。顎の先端を打つと、頭蓋骨の中で脳がゆさぶられ、それで運動機能が一時的に麻痺する、という話を聞いたことがある。実際に、私はそれを何度も確かめてみた。顎の先端の、ほんの狭い場所。そこだと軽い力でも、簡単に足に来る。急所。相手を殺さなくても済むし、痕跡も残さない急所だった。

吉成の眼が、ひどく怯えたものになった。痛みより、自分の躰がままならないという方が、心にはこたえることがある。

左手の薬指を摑んだ時、吉成は激しく頭を振った。口の中の靴下を抜いてやる。

「水口」

吉成が言った。沼田、林に次ぐ三番目の男。S市の佐藤の直系と言われている。小坂が、その男をどうやって寝返らせたかはわからない。しかし、小坂が狙うとしたら、そこが一番効果的だということは、客観的に見てみるとわかる。

「おまえの仕事は?」

「トンネルのむこうに、覚醒剤の拠点を作れと言われてる」

「それで？」

「俺は、拠点を二つ作るだけです」

「小坂に、直接言われたのか？」

「そうです。佐藤さんが覚醒剤にあまり積極的じゃないんで、内密に進めろと言われてます。俺は、小坂さんが芳林会のトップになった時、若い衆になることになってます」

吉成は喘いでいた。額にびっしりと脂汗を浮かべ、落ち着きなく眼を動かし、時々大きな息を吐いた。

「でたらめを言っちゃいないだろうな」

確かめるまでもなかった。ほんとうのことを喋っているのかどうか、吉成を見ていればわかる。

「おまえは、この街から消えた方がいいな。喋ったことは、いずれわかる。どういう目に遭うかは、考えてみればわかるだろう」

「俺は」

「消されるよ。それも、おまえが連れてる族あがりのチンピラの見せしめになるように、時間をかけてゆっくりとな」

「俺が喋ったって」

「わかるさ。いつ姿を消すかは、自分で決めろよ。できるだけ早い方がいい、と俺は思うがね」

　私は、摑んでいた吉成の薬指を、力まかせに反らした。掌の中に、やはり小枝が折れるような感触があった。一瞬、頭をのけ反らせた吉成が、畳に倒れ、左手を股に挟むようにして躰をのたうたせた。

　私はアパートの部屋を出、車に戻った。なんの変化もない、夕暮の街があるだけだった。蟬が鳴いている。街の中にでも、蟬は多くいて、鳴声が周囲を奇妙に静かなものに感じさせた。

　私は運転席に腰を降ろし、携帯電話のスイッチを入れた。

　二度のコールで、出た。

「林さんを、頼む」

　私は、夕方の光を浴びて歩いている、母子連れの姿に眼をやった。相手は、私が誰だか確かめようとしたが、私はもう一度林の名前だけを言った。露骨な舌打ちが聞えてくる。それでも数秒後に、林の声が出た。

「若月だよ」

　戸惑ったように、林は黙りこんだ。そばに沼田もいるのだろう。

「いま、S市にいるんだがね」

「それで?」

「おたくに、水口ってのがいるよな」

「なんですか、いきなり」

「なんでもないさ。教えてるだけだよ、水口って野郎がいるだろうと」

林が、また黙りこんだ。そばで、別の電話に出ている気配があった。演歌も流れている。

私は煙草に火をつけた。

「なぜ、私に?」

「恩を売る気はないよ。教えてるだけだ」

「わかりましたが、こんな電話はもうされない方がいいと思いますよ」

「ありがとうよ。俺だって、かけたくてかけてるわけじゃない」

それだけ言って、私は電話を切った。

母子連れの姿は、もう見えなかった。車内は陽に晒(さら)されて暑く、私はウインドを降ろしてからエンジンをかけた。

蟬の鳴声が遠くなった。

22 フォークナー

シャンソンの日だった。

エディット・ピアフがかかっている。

私は、カウンターの端に腰を降ろし、どこか暗い熱情のこもった唄声に耳を傾けていた。まだ客は私ひとりだけで、和子や志津子も出てきていない。宇津木は、烏賊と大根を煮つけたものの味見をしていた。

「吉成って男、知ってるか？」

「はあ」

「おまえも、オートバイに乗るもんな」

「あんまり、相手にしない方がいいですよ、若月さん。昔から、いい評判はなかったですが、このところチンピラを集めて、なにかやらかそうって感じです。いい歳して、族でもないだろう、と俺は思うんですが。なぜ相手にしない方がいいかというと、やり方が暗いんですよ。陰湿というのかな」

「暗いやつには」

暗いやり方がある、という言葉は途中で呑みこんだ。

「平気で、人を裏切ったりするし、弱いやつに対しては、とことん強くなる。あんなのがのしあがると、陰湿なやくざになるんでしょうね」

のしあがる前に、芽を摘んだ。吉成がよほど肚の据った男でないかぎり、遠からずS市からは姿を消すはずだ。

「俺も不良で、族の仲間がいたりしたこともありますから、噂は聞きます。最近じゃ、よく見かけますしね。あいつを見てると、男ってのはほんとはこんなものなんじゃないか、と思うことがありますよ。ウジウジしてて、弱くて、卑怯で、恨みだけは忘れない。そうなるまいと気を張るんで、なんとかみっともなくならなくて済んでますが」

「なるほどね」

「だけど、うちのマスターや若月さんを見てると、また違って思えてくるんだよな」

「同じさ。少なくとも俺は、みっともなくなるまいと気張ってるよ。いつも、そうさ」

「見えないですよ」

「おまえ、まだ二十三だろう。俺より十歳も若い」

「つまり、十年はかかるってことですか?」

「人によるだろう」

「ですよね」

「それより、烏賊と大根の煮つけ、俺にもくれないか」

「このところ、うちのマスター、こんなのを出すのに凝ってましてね。どこで習ってくるのか、最初は自分で作って、俺に同じものを作れって言うんですよ」

須田は、美知代という十歳以上も下の女と暮していた。平凡な印象の女だが、須田に家庭の匂いをつけつつあることを考えれば、ほんとうはしたたかなのかもしれない。須田が、ほかで料理を習うなど、ちょっと考えられないことだった。

　烏賊と大根の煮つけは、悪い味ではなかった。

　和子と志津子が一緒に出勤してきて、店の中は急に賑(にぎ)やかになった。エディット・ピアフは、まだ続いている。

　ドアが開いた。入ってきたのは、ひとりだった。鈴木という男だ。

「よう」

　カウンターの端の私を見つけ、鈴木が気やすく腰を降ろす。宇津木は、私の連れだと思ったようだ。水割りという註文(ちゅうもん)を聞いて、私のボトルに手をのばそうとする。私は、ボトルの頭を押さえた。

「いいじゃないの、一杯ぐらい」

「俺は、自分じゃケチのつもりはない。ただ、奢(おご)る相手は決めていてね」

「その名簿に、俺も載せてくれないかな」

　私は黙っていた。

「俺は、この街で仕事を見つけなきゃならなくて、それができたらあんたにお返しをするからさ。これでも、ホテルマンの経験は積んでいてね。姫島の久納という人は、この街でかなり手広く事業をやってるそうじゃないか。あんたが連れて行ってくれりゃ、いまごろどこかに就職が決まって、俺の方が奢っていたかもしれない」

「あんた、島へ就職を頼みに行くつもりだったのかい？」

「トップに当たってみる。これが俺のやり方でね」

姫島の爺さんが、トップなのかどうかは、私にもよくわからない。たとえばホテル・カルタヘーナのトップは総支配人の忍で、その上にオーナーがいるというだけの話だ。オーナーが、経営や人事に口を出したという話は聞かない。

「トップに直接当たることで、俺は自分の実力に見合ったポジションを、いつも獲得してきたのよ」

宇津木は、黙って突っ立って、鈴木の註文を待っていた。

「水割りと言っただろう」

「銘柄は、なんにいたしましょうか？」

「このボトルで、作ってくれればいいの」

「これは、若月さんのボトルですし」

「俺は、これで飲みたいんだよ」

宇津木が、私の顔を見る。私は表情を動かさなかった。

「申し訳ございませんが、なにか銘柄を指定していただけますか」

「そのボトル」

「同じものを、キープなさいますか？」

「そのネームタグがぶらさがって、半分ほどに減っているボトルから、水割り一杯分を恵んでいただきたいわけよ」

「若月さんの、お許しが必要ですが」

「俺が、いいと言ってるのよ」

鈴木は、私に絡むつもりのようだった。私は、黙り続けていた。鈴木が、私のボトルに手をのばしてくる。私はその手を、ジッポの角で叩こうとした。私の手が動くのと、鈴木の手が引かれるのが同時だった。私はジッポの角で、カウンターを叩いていた。

私を見て、鈴木がにやりと笑う。

「この店で、一番安いボトル」

鈴木の註文に、宇津木が頷いてボトルを出した。

「若月さん、どこかに酷薄な暴力を好む性質があるね」

「暴力ってのは、いつも酷薄なものだろう」

「あんたのは、特別だね。俺の手に煙草の火を押しつけようとしたり、ライターで叩こうとしたり」

「あんたには、コソ泥の傾向があるな。そして、自分のしたことを忘れちまう、都合のいい癖もあるみたいだ」

宇津木が、水割りを出した。私と鈴木は、グラスを軽く触れ合わせた。

「いい就職口を知らんかね？」

「あんたのような男を、雇いそうなクラブがあるよ。ボーイでよかったら、そこで雇ってくれる。『かもめ』って店だ」

「名前からして、安っぽいな」

「中身は、もっと安っぽい。俺の紹介なんかいらんよ。いかがわしい人間なら、大抵は雇ってくれる」

私と鈴木の会話の中に、和子も志津子も入ってこようとはしなかった。店の奥のブースで、ボソボソとなにか話をしている。

シャンソンはまだ続いていた。火曜日がなぜシャンソンの日なのか、私は知らない。須田が言ったことはないので、宇津木も知りはしないだろう。

「ボトルをキープすると、俺はここの常連ということになるのかね？」

鈴木が、宇津木にむかって言った。

「常連という言葉では、ちょっと」

「おっ、生意気だね。客にむかって言う科白じゃないだろう」

「今度は、バーテンに絡むのか。面白いね。こいつは半端な野郎じゃない。あんたの腕を見るのに、ちょうどいいね」

「ふん、喧嘩が得意なバーテンか」

鈴木が、横をむいた。

こんな調子で、絡んで歩いているのだろうか。だとしたら、なんのためだ。私には、鈴木がそういうタイプの人間には見えなかった。なにをやっていても、眼が動かないのだ。どこかで、なにか別のものを見ようとしている眼だった。

「まあいいや。三日も続けて来れば、常連ってやつにもなれるだろう」

鈴木が、水割りを呷る。

客が二人入ってきた。S市から勤めに来ている様子らしく、帰る前に一杯やっていこうというのだろう。和子と志津子が、ほっとした様子で奥のブースに迎えた。

ようやく、酒場らしくなった。烏賊と大根の煮つけも、温め直されている。

「変な街だよな、ここは。でかいホテルばかりで、俺はついつい、いろんなところで逆らっちまう。つまり、圧倒されまいとしてるのさ。ホテル・カルタヘーナの駐車場に駐めてある車を見てみろよ。庶民の家一軒分の車ばかりだぜ」

「来たい人だけが来る街なんだ、ここは。それがわかったら、早いとこ出てゆくんだね」

「ところが、俺はこの街へ来なけりゃならない用事があってね。人を捜してるんだよ。女だ。この街に圧倒されてるようじゃ、捜せないし、連れ戻せない」

ほんとうの話とは思えなかった。ほんとうなのは、この街にいなければならない用事がある、ということだけだろう。

　私の煙草に、鈴木が手をのばしてきた。ほかの客もいるので、私はライターで叩くような真似はしなかった。ジッポの火を出し、顔を近づけてきたところで、まだ火のついていない煙草をつかみ、掌の中で二つに折って灰皿に捨てた。

「俺は、キャメルが好きなんだよ」

「俺もさ」

「くわえさせてから取りあげるなんて、どこかの警察みたいな真似をするね」

「どこかで譲ると、あんたは際限なくこちらへ食いこんでくる、という気がするんでね」

「この店で飲んでるのは？」

「金を払えば、お客様ってわけさ」

「金がない、と言ったら？」

「そのバーテンにぶちのめされる、というだけのことだ。なに、二、三日寝てれば、立って歩けるようになる」

「金はある。俺は仕事をやめたんで、退職金というやつが入ってね。いまのところ、懐は寒かないのよ」

　鈴木が何者なのか、私は考えるのをやめにした。そのうち、正体は見えてくる。どこかの組織から、この街の様子を探りに来た男であれ、犯人を追っている刑事であれ、いつまでも隠し通すことはできない。

「シャンソン、好きかね？」

「嫌いじゃないよ。この店は、シャンソンの店なのか？」

「今夜はな」

ドアが開いた。群秋生だった。大して酔っているようには見えない。やあ、と誰にともなく声をかけ、鈴木の隣りのスツールに腰を降ろした。

「新参者でね、常連さん」

鈴木が言った。私は煙草に火をつけ、自分でウイスキーを注いだ。

「小野さんは？」

「この新参者とかいう名前の刑事さんが怕くて、入ってこれなかった」

鈴木の表情が、ちょっと動いた。

「自分が刑事だと、どうしてわかりました？」

「匂いだよ。胸が悪くなりそうな匂いをさせてる」

「ほう。自分は刑事ですがね。胸が悪くなると言われたことは、はじめてだよ」

「この街の警察署に赴任して来られた、というわけではなさそうですな。つまり、刑事という身分を隠している。だから、匂いが胸を衝いてくるんですよ」

「刑事です」

「手帳を拝見」

「必要な時には、出しますがね」

群秋生の手が、いきなり鈴木の顔にのびた。頬(ほお)を張り飛ばす音がして、奥の席も一瞬しんとなった。鈴木が、笑い声をあげる。

「これで、私を逮捕しなければならん。暴行の現行犯だ。ただし、手帳を見せてからだよ、逮捕は」

「必要ないですね」

「ふうん。刑事じゃなかったのか。俺の勘は、大抵当たるんだがね」

「残念ながら、刑事ですが、頭脳犯を相手にするのが仕事でしてね、群先生」

「俺を知ってるのか。なんだ、つまらん。しかし、刑事じゃないね。何者だか、深く追及するのはやめておくが」

群秋生は、不意に鈴木に関心を失ったように、シャンソンを口ずさみはじめた。

鈴木は、額に汗を浮かべていた。私は、キャメルを一本出してやった。鈴木は、刑事ではないだろう。しかし似たようなものだ。

電話が鳴った。

コードレスホーンをとった宇津木が、すぐに黙って私に差し出した。

「林と水口が、二人で出かけました」

野中の声は、低く囁くようだった。

「来れないだと。約束はどうなる。俺はめしも食わずに待ってるんだぜ」

「尾行るのは、危険すぎます。馬場の方へ行きましたんでね。『スコーピオン』には、俺の友達が二人行ってて、いまのところなにもないようです」

「言い訳はいい。わかったよ。俺はここで飲み続けることにする」

「沼田の方は、『かもめ』から動いてません。どうしますか?」

野中は、低い声で笑っているようだった。

「いやだよ。おまえはおまえで、勝手にどこかで飲めばいいだろう」

私は電話を切った。私が内容を悟られたくないのは、鈴木ひとりだ。群秋生は、私が違う内容の会話を交わしていると、すぐに気づいただろう。

いきなり鋭さを見せる。鈴木に対しては、そうだった。ちょっと見ただけで、刑事と似た類いの職業だと当ててしまうのは、大した芸当だった。もっとも、群秋生の芸当には、時々裏がある。

「群先生、一緒に飲みましょうか」

「女に振られたソルティには、関心はないな。一緒に飲みたくもない。帰って、フォークナーでも読めよ。あれは、落ちこんだ時に読めば、もっと落ちこんで自殺したくなる」

「いやですよ。帰りたくありませんね」

「勝手にするさ。同時代のアメリカの作家でも、フォークナーを読んで自殺したやつがいるというのに」

フォークナーは『エミリーの薔薇』で、つまり須田ということになる。同時代の自殺した作家とは、ヘミングウェイのことか。ならば海。ヨット。釣り。

須田が、ハーバーで待っている、と群秋生は言おうとしているのだろう。それも、鈴木には知られずにだ。

「一緒に飲みましょう」

「振られたおまえは、俺に愚痴るに決まってる。愚痴なんてもんは、ひとりで酒瓶の中に吐き出すもんさ。俺は、しばらくこの新参者と話をしたい」

「光栄だな、群秋生先生と話せるとは。それとも、刑事として取材されるのかな?」

「この街と、それを牛耳っているやつらについて、話してやろう。実は俺も、最終的な調査にまでは到っていないんだが」

「ほう」

「久納一族についてさ」

私が聞きたいような話だった。しかし、群秋生は私を無視している。私は、何杯目かのウイスキーを口に放りこむと、スツールを降りた。

さすがに、鈴木は出ていく私を気にしたような素ぶりは見せなかった。

23　リボルバー

カリーナの後甲板のファイティングチェアに、須田は腰を降ろしていた。

「尾行(つけ)られちゃいないようだな、ソルティ」

「わかりませんよ」

「あの麻薬取締官は、群先生が止めてくれているようだ。俺はずっと見ていたが、おまえのほかには、誰もハーバーに入ってきちゃいない」

「そうですか」

私は、カリーナに跳び乗った。反動で、船体がゆるやかに揺れる。

「やはり、覚醒剤(シャブ)が動くんですか?」

「多分な。厚生省も眼をつけてきてるんだ。芳林会でも、小坂は急進的な方だからな」

かなりのところまで、須田は知っているようだった。

須田が煙草をくわえたが、風でうまく火がつかなかった。私は、ジッポの火を出してやった。

「まったく、いやな話だよ。芳林会の稼ぎ場も、この街にちゃんと与えられてるってのにな。もっとも、動いているのは小坂の一派だが、あそこが一番元気がいいことも確かだ。

若い衆を、かなり抱きこんでるし」

「須田さん、それにどう関係してるんですか。川辺さんの線からですね？」

「まったく、そこからだけだ」

「それで、川辺さんは？」

「いなくなった。ホテルも引き払ってる。今朝からだ。いまのところ、わかっているのはそれだけでね」

「すべてから手を引いて、この街を出たということは？」

「それはない。あり得ないんだ。俺は、川辺という男をよく知っているよ、ソルティ」

須田の声は、どこか苦渋に満ちていた。煙草の赤い点が、闇の中で動いている。煙は見えない。

須田が、ファイティングチェアを、ちょっと横に回した。金属が触れ合うような、かすかな音がした。私は、コックピットへ昇る梯子に手をかけていた。

「川辺さんは、芳林会とやり合おうというんですか？」

「いや」

「そうだろうな、やっぱり」

「わかったふうなことは言うな。川辺がやり合おうとしている相手は、もっと始末が悪いさ」

「かもしれませんね」

　川辺が誰とやり合おうとしているのか、私は知っているわけではなかった。誰であろうと、行き着くところへ行き着く。そこだけは、いくらか具体的に私も感じはじめている。

「それで、須田さんが俺をここに呼んだ理由は？」

「こいつを、渡しておこうと思ってな、ソルティ」

　須田が、油紙で包んだものを、私に差し出した。新品のリボルバーと、弾丸が三十発ほどだ。銃把を握ってみた。悪い感じではない。なにより、他人の癖がついていないだろう、という気がする。

「俺は持ってますよ、須田さん」

「それは、消毒というより、まだどこでも使われたことがない、安全な拳銃さ」

「なぜ、これを俺に？」

「必要になる。その時おまえは、自分のものを使うだろう、ソルティ」

　私が持っているのは、消毒済みのコルト・パイソンだった。つまり銃身の中のライフリングを切り直してあり、発射された弾丸の条痕検査からは足がつかない。

「須田さんが、俺にこんなものを使え、と言うんですか？」

「使いたくなけりゃ、使わなくていい。ただ、おまえは使いそうな気がする。同じものが、二挺手に入ったんだ。それで一挺はおまえに渡しておこうと思った」

「二挺ですか」

もう一挺を、須田は自分で持っている。自分で使うつもりなのだろう。

「芳林会と、まともにやり合おうなんて、俺は考えていませんよ」

「やるさ、おまえなら」

「まともに、やりはしないということです。もうちょっと、待ってくれませんか」

「なにをやった、ソルティ？」

「ちょっとだけ、いじりましたよ。それがどうなるか、明日まで見てみたいんです。川辺さんにも、そう伝えてくれませんか」

「川辺がどこへ行ったか、ほんとうに俺は知らんのだ」

「やれやれ、須田さんも、ひとりでなにかやる気なんですね」

「笑ってしまうな、お互いの馬鹿さ加減に」

須田が、ファイティングチェアに据えつけた灰皿で、煙草を消した。

「これ、預かっておきますよ」

私は、新品のリボルバーを、上着のポケットに突っこんだ。

「どうも、姫島の爺さんが絡んでるぞ、ソルティ」

「やっぱり」

今日、忍がS市の事務所に呼ばれたのも、宿泊客の川辺についてのことだったのかもしれない。川辺は、朝から姿を消しているのだ。

「爺さんの心の底には、この街の発展に対する、不快感がある、と俺は思ってる。嫌悪感と言ってもいいかもしれんな。昔は、神前亭だけが旅館で、こんな田舎になぜと思いたくなるような存在だった。それが、この状態だからな」

　この街は、日本では特殊な、超高級リゾート地だった。いまや、それが売り物になりつつある。ということは、必ずしも高級ではなくなってきたということでもあった。

　姫島の爺さんの頭の中には、落ちるところまで落としてしまえ、という考えがあるに違いない。S市とを結ぶトンネルを通すことに、爺さんは反対だったという。トンネル一本で、この街はこうなってしまったのだ。

「爺さんがどう絡んでいようと、俺には関係ありませんがね」

「そうだな。絡みたきゃ、絡めばいいってことか」

「川辺さんは、早くからそれを読んでましたね」

「徹底的に調べあげてから、川辺はこの街に来ている。そういうことだ」

「俺が、川辺さんに都合よく動くかどうか、約束はできません」

「おまえを、本気で縛ろうという気がある人間は、この街にはいないさ。誰にも手を出させない。この街にいながら、おまえはそういう生き方をしてきた」

「そんな、大袈裟なもんじゃありません。俺は海が好きなだけですよ」

「海を縛ることは、誰にもできんさ」

「俺が、海そのものだというような言い方ですね」

「ソルティってニックネーム、考えれば考えるほど、味がある。海だと思うこともできるわけだしな。まったく、絶妙な言葉を引っ張り出してくるもんだよ、小説家は」

「いきなり、麻薬取締官に平手打ちを食らわせましたよ、先生。さすがに、たじろいでたな、鈴木は。言葉で先生に突っこまれ、額に汗をかいてましたから」

「あの人は、修羅場をくぐってるのさ。それも、俺たちのようにむかい合う相手がいて、やるかやられるかなんて修羅場じゃない。自分ひとりで、孤独にむかい合わなきゃならないものがある。つまり、自分とむかい合うのさ。それがどんなものか、俺には想像がつかんがね」

　須田が、ファイティングチェアから腰をあげた。カリーナが、かすかに揺れる。

「もう、縁を切ろうと思っていた」

　須田の口調は、呟くように低く、波の音に消されてしまいそうだった。

「もうすぐ、四十五だ。静かに暮してもいいころだと思ってたよ。俺は、久納一族との関係を、どうしても断てないんだ。それで、荒事とも縁を切れん」

　須田が、久納一族とどういう関係かはわからない。姫島の爺さんも、ホテル・カルタヘーナのオーナーも、忍も、神前亭の社長も、久納一族だという。それがひとつにまとまっているわけではなく、複雑に対立をくり返していることは、私にもわかっていた。ただ、私には関係のないことだ。

「この街には、錆が出はじめた、と群先生が言ってました。移ってきたばかりの時は、ピカピカの街だったのに、そこここに錆が見えるようになったってね」

「錆びさせようとする人間もいれば、錆を落とそうとする人間もいる」

「俺など、錆そのものなんでしょうね」

「錆びるのは、いいさ。どんなふうに錆びさせるか、それぞれ違うことを考えている。この街の持主みたいな人たちがな」

「関係ありませんよ」

「そうだな。おまえはそうだ」

須田が、また煙草をくわえた。私はジッポの火を出した。

「何人か、死ぬぞ」

「でしょうね」

めずらしく、須田はよく喋った。

「俺はこのところ、そういう覚悟をするのがしんどくなってね。自分のことじゃなく、他人が死ぬのがやりきれん」

「でも、死にますよ」

騒ぎらしい騒ぎは、まだ起きていない。静かすぎる、という感じはある。海と同じだ。静けさのあとに、とんでもない時化が来る。

「おまえを見ていると、まったくいやになるよ」

自分が若かったころのことを思い出す。須田はそう言いたいのだろう。

「もう、帰ってくれ。しばらく、カリーナのファイティングチェアを借りるぞ」

頷き、私は桟橋に跳び移った。そのまま車にむかって歩いて行く。

どこへも寄らず、部屋に戻った。

見馴れた部屋があるだけだった。私はシャワーを使い、それから窓を開け放って、遠くの海に眼をやった。

電話が鳴った。ソファに脱ぎ捨てた、上着のポケットの中だ。

「野中です」

「なにがあった」

「芳林会の若いのがひとり、追い回されてます」

「誰に？」

「それが、芳林会の連中に」

「林は？」

「水口と、馬場の方へ行ったきりです」

「林と水口が馬場の方へ行った、と知ってるのは？」

「俺ひとりだろうと思います。ずいぶんと動き回ったあとで、馬場の方へむかいましたから」

「誰にも、喋ってないな」

「ええ」

「避けろ。追い回されてる若いのは、放っておいていい。それより、おまえが巻きこまれないように、注意しろ」

「わかりました。『スコーピオン』にでも行ってます」

　電話が切れた。

　私は、上着のもう一方のポケットにあった包みを摑み出し、ソファの上で開いた。

　ステンレスモデルの、リボルバー。SW製だった。私は弾倉をフレームアウトさせて動きを確かめ、また戻した。引金を引いてみる。ダブルアクションではかなり重く、空の弾倉がゆっくりと回り、撃鉄が落ちた。シングルアクションにすると、ずっと軽くなるが、新品特有のひっかかりがどこかにあった。

　私は、もう一度弾倉をフレームアウトさせ、六発装塡（そうてん）した。

　私がギリシャ船の船員から手に入れたコルト・パイソンは、キャビネットの鍵（かぎ）のかかる抽出（ひきだし）の中だ。手に入れたのは横浜で、人をひとり殺すために必要だったのだ。

24　展開

水口の射殺屍体が発見されたのは、私がホテル・カルタヘーナのオフィスに出た時だった。知らせてきたのは野中で、ハーバーのオフィスからだった。

それから一時間後ぐらいに、芳林会の若いチンピラがひとり、拳銃を持って自首した。同時に、芳林会の中が緊張状態に入った、という情報が流れた。

「なにがあった?」

オフィスを覗きこんで言ったのは、忍だった。

「芳林会の、水口が殺されたようですね」

「なぜ?」

「芳林会には、流れが二つあって、その内紛みたいですよ。自首したのも、芳林会の若い衆ですしね」

「佐藤と小坂の対立だろう。主流派と反主流派だ。このところ、反主流派の方が力をつけすぎて、バランスが崩れつつあった」

「やくざを嫌いにしちゃ、よく知ってますね」

オフィスにいるのは私ひとりで、忍は客用のカウンターを挟んで、私とむかい合った。

「この街の沼田と林は、主流派の中核で、ここがあるから、小坂をなんとか押さえていられた。そうだな？」

「俺より詳しいですよ、総支配人」

「水口は、沼田や林の下にいたやつだろう。この街に、小坂の息のかかった若いのが送りこまれていたようだが、内紛で殺すなら、水口じゃなくて沼田か林じゃないのか？」

「まあ、理屈から言えばそうですが。思った通りに、人なんか殺せませんよ」

「そうかな。いわば、内輪の鉄砲玉みたいなもんだろう。チャンスはいくらでもある。標的を間違えることもあり得ない」

「小坂派が入ってきて、沼田や林は警戒していたでしょうし」

「だから水口、というのはおかしいな」

忍が言っていることは、確かにすべて正しかった。状況分析に関しては、さすがというものを持っている。

「このホテルには、関係ないでしょう」

「そうでもないさ。どこかに、姫島の爺さんの顔もチラついてるしな」

「きのう、なにか言われたんですか？」

「いろいろとな。いつも言われることだったが、この街でなにか起きるかもしれないということも、遠回しに言ってた。この街は、人間的になる必要があるってな」

「つまり、もっと薄汚なく」

「そういうことだ」

「覚醒剤を入れる邪魔はするな、ということじゃないんですかね」

「やっぱり、覚醒剤か」

「このところ小坂がのしてきたのは、覚醒剤を扱っているからですよ。儲けも多いが危険も多いというので、主流派は手を出そうとしてませんが」

「この街は、やっぱり魅力のある市場なんだな」

「覚醒剤にかぎらずね」

「ソルティ、大した金は払ってないが、おまえはうちの仕事をしているはずだよな」

忍が煙草をくわえ、デュポンで火をつけた。こうなると、聞くことを聞くまでは退がらないという姿勢だ。私は、肩を竦めた。

「水口は、主流派ということになってましたが、実は小坂に抱きこまれていましてね。それを、沼田や林が知ったってことでしょう」

「なに、それじゃ、水口を消したのは主流派の方か？」

「多分。そして反主流派の若いのをひとり、脅して自首させた。つまり水口は表面上はまだ主流派で、それを反主流派が殺ったという恰好にしたんだろうと思います。この街は主流派の牙城で、そこに反主流派が若いのを送りこんできてました。それに対する反撃なんでしょうが、かなり痛烈でしたね」

「なるほどな。やり方も頭がいい。これから抗争になったとしても、被害者側だったという名目は立つ。同時に、相手側を二人この街から消したことにもなる」

　忍は、煙を吐きながらしばらく考えていた。

「沼田と林と、どちらが手強い？」

「さあね。こちらのやり方次第ってとこがありましてね」

「S市にいる、佐藤は？」

「下手すりゃ、親分と一緒にあがりってことになりかねませんね」

「複雑になってきてるな」

「単純になってきてますよ。主流と反主流が、この街とS市に分かれたって見方もできますから」

「そんなに単純にはいかんさ。S市に主流派は当然いるわけだし、この街の反主流派はいなくなったわけでもない」

「どちらにしろ、そのあたりはもう俺の仕事からははずれてます」

　忍が、灰皿で煙草をもみ消した。船上パーティの打合わせに行っている有子は、まだ帰ってこない。船からの無線も入らなかった。

「なあ、ソルティ。覚醒剤をばら撒こうと思ったら、やくざだけじゃ駄目だな」

「まあ、販売網というか流通網というか、そんなものは必要になってくるでしょうね」

「それは、どこだ?」

「知りません。わかれば、警察より先に、沼田や林が潰すでしょう。今度のことで、小坂との関係は決定的でしょうしね」

「わかったら、俺に知らせろ」

「そこまでは、仕事にしたくありません。自分でどこまでが仕事と、勝手に決めてもいい程度のものしか貰っていませんし」

「多く払えというわけはないよな、おまえが。つまり、もっと個人的にのめりこむかもしれないってことか」

「わかりませんよ。やっとはじまったばかりじゃないですか」

「そうだな」

「少なくとも、このホテルに覚醒剤が流れこんでくることはないでしょう」

「この街が、そんなもので汚染されているという噂が流れただけで、うちの客は敬遠するかもしれんよ」

「そうなったら、敷地のコテッジを五倍に増やして、客層をちょっとばかり落とせばいいじゃないですか。それでも、よそと較べたら余裕がありすぎるほどでしょう」

「それをやる気はない」

「まあ、俺が口出しすることでもないし。ホテルに関係ありそうなことがなにかわかったら、お知らせしますよ」

「もうはじまってるんだな」

「どうですかね」

「おまえの中では、もうはじまっているだろうが」

言い捨て、忍はオフィスを出て行った。

新しい情報は、なにも入ってこなかった。

私が気にしているのは、川辺と須田の動きだった。あの二人は、確実に動きはじめている。そしてそれは、どこへむくのか。

正午近くになって、ようやく有子が戻ってきた。

私は車を出し、ハーバーのオフィスへ行った。人がひとり射殺されても、街の表情はどこも変らなかった。もっとも、芳林会の事務所や店があるあたりでは、かなり違っているのかもしれない。

ハーバーオフィスでは、野中がひとりで昼寝をしていた。蒼竜もレディ・Xも出払っている。

「きのうのこと、なんとなく筋道を立てて考えてみたんですがね」

「それで?」

「なにもわからないんですよ。特に、林と水口が、なんで馬場の方に行ったのかということがね。林に弾が当たらず、水口に当たったってことなんですかね」

「あまり、考えるな」

「そうですね」

野中が、横たわっていた帆の袋から躰を起こした。

「これから、芳林会は内部分裂なんでしょうね」

「かなり、ひどいことになるかもな」

私は、無線で蒼竜の児玉を呼び出した。セイリングが好きな人間にとっては恰好の風だが、あまり経験のない人間にはつらいに違いなかった。

「全滅だな」

児玉の声が、無線に乗ってきた。

「女子供の相手も、楽じゃないぜ」

「同情するよ、キャプテン」

「とにかく縮帆して、補助的に機関も使っている。午後二時には、予定通り帰港だ」

「了解」

次に、レディ・Xを呼び出してみた。こちらは釣り好きの連中のトローリングで、酔った人間は出ていないらしい。釣果の中に、キハダという鮪も入っていた。

「秋になると、蒼竜は大変だな。海の上は、もう秋ですもんね」

「ハーバーにいる時、なまじロマンチックに見える船だからな」

「秋の海は荒れる、と言ってはみてるんですがね」

電話。野中のヨットパーカーのポケットだった。

短い受け答えで、野中はすぐに電話を切った。

「俺の使ってるやつからですが、S市の芳林会で、撃ち合いをやったみたいです。完全な内部分裂ですね」

「それで？」

「佐藤が、死んだみたいですよ」

小坂も、思い切りのいい男だった。水口を消されて、大人しくする代りに、主流派の頭を消した。沼田、林と小坂の対立。それがはっきりと見える恰好になってきた。

「どうしますか。S市からは、佐藤についてたのが、二十人ばかりこっちにむかっているそうですよ。当然、こっちで小坂に抱きこまれていた連中は、むこうに逃げるでしょうしね」

「はっきりして、いいじゃないか」

「しかし、この街でやくざの抗争ってのはね。似合いませんよ。両方とも、S市に戻ってやればいいのに」

「まあ、待てよ。見えるものが見えてくるまで、待とうじゃないか」

トンネルを挟んで、主流と反主流の対決ということになれば、この街で覚醒剤の流通網を作ろうとしていた連中は、丸裸にされるということになる。小坂が、無理に自分の息のかかった人間をこの街に押しこんできたのは、それを守りたいという意志が強かったからだろう。

丸裸になった時、そこになにか仕掛けるのは、川辺なのか。それとも須田が、その前になにかやるのか。

「ボスは、どんなふうに関(かかわ)っているんですか、この抗争と?」

「自分でも、よくわからん。いまのところ、俺を殺しには来そうもないな」

「これで、『スコーピオン』へのいやがらせなんか、どこかへ吹っ飛ぶと思いますよ。火炎瓶をぶん投げるなんてね。こんな時に、できっこありません」

野中は、また帆を包んだ袋に横たわった。無線機の前に、誰かはいる必要がある。船からどんな連絡が入るかもしれないのだ。

私は、煙草をくわえ、窓から船溜り(ふなだまり)の方に眼(め)をやった。小さなヨットが、前帆(ジブ)だけで戻ってくる姿が見えた。

25　黄色い薔薇（ばら）

夕方、『エミリー』へ行ってみたが、須田はいなかった。私は黄色い薔薇（ばら）を一本だけ買って、『スコーピオン』へ行った。

「ふうん。あんまり似合ってないな」

カウンターの中から、牧子が言った。口調はくだけて、店の外のものになっている。ほかに客はいなかった。

「どこが似合ってないんだ？」

「まず、色。それから持ち方。無理矢理持たされて、困ってる少年って感じよ」

「薔薇だってことは？」

「誰にも、薔薇は似合うの。若月さんだったら、白だな。それも、ホワイトマスターピースがいい。薔薇には、それぞれ世界共通の名前があるのだ」

「どこかに、挿しといてくれ」

「あら、直接手渡すものよ」

「薔薇一本貰ったぐらいで、俺の女になったと思われたら困る」

「薔薇一本で女が口説けるほどの男だと、自惚（うぬぼ）れてるとこは悪くないけど」

私は、水のグラスに薔薇を放りこんだ。

「電話は?」

「ないよ。なにやったの、若月さん?」

「なにも。諦めたか飽きたかだろう」

「いたずら電話じゃないんだぞ。かなり深刻な内容なんだから。簡単に諦められたら、じゃいままでのはなんだったんだ、とも思いたくなるじゃない」

「俺に言うなよ」

「若月さん、なにかしたでしょう」

「なにも」

「ほんとのこと、言ってよ」

牧子の視線が、一瞬だけ私を射抜いてきた。私は、グラスに挿した薔薇の、やわらかそうな葉に指さきで触れた。

「今朝から、芳林会じゃいろんなことが起きてるみたいだ。女を脅すのなんか、後回しだろう」

「じゃ、また電話があるのっ」

「ないよ。いいか、もう二人が死んじまった抗争が起きてるんだ。どっちかが潰れるまで続くだろう。やつらにとっちゃ、覚醒剤の拠点なんか全部御破算さ」

「やっぱり、芳林会が絡んでたわけね。だけど、この街の芳林会からは、なにも言ってきてなかったわ」

「どうなってるのか俺にはわからんが、抗争がはじまったら電話が来なくなったってことは、やっぱり関係あったんじゃないのかな」

「そうね」

サイフォンの、私のコーヒーができあがった。

牧子が、カウンターを出てきて、私の隣りに腰を降ろした。煙草に火をつける。メンソールの香りが流れてきた。

「ねえ、若月さん。なにかやったでしょう？」

「なにを？」

「つまり、話をつけるってことを」

「俺が、おまえのためになんでそんなに危険なことをやらなくちゃならないんだ？」

「やりそうな人よ」

「おまえを襲った、族の腕を折ったりしたからか？」

「そんなことじゃなく、いままでどんなことをやってきた人か、聞いたわ、須田さんに」

「それは、須田のホラさ。ああ見えて、人を担いだりするのが好きなんだ」

「そうは思えなかった」

「酒場と花屋をやってる。わかるか、この意味が。つまり、二重人格なんだ」

須田が、なぜ私のことを牧子に喋ったのか、見当はつかなかった。もともと、無駄口は利かない男だ。

客が五、六人入ってきて、窓際の席を占領した。女の子が註文を伝えに来て、牧子はカウンターの中に戻った。

「あたしは、暴力は好きじゃない。助けて貰ったのに言うことじゃないけど」

「俺が暴力を好きだと、須田さんは言ったんだな」

「そうじゃなく、どうしようもなく巻きこまれていくって。そうしなきゃ、自分が生きてることを確かめられないんだって。生きてることを確かめるために、そのうち死ぬだろうって言ってたわ」

「そりゃいい。死んだら、生きてたってことがはっきりわかるわけだ」

「死んだ時は、もうなにもわからないの。それとも若月さん、死後の世界を信じてるってわけ？」

「わからないものは、信じない。俺はいつもそうさ」

「あたしもよ」

牧子が、また射るような視線を私にむけた。見つめ返し、私はコーヒーを飲み干して腰をあげた。

「逢えない、今夜？」

「六時から、機関の修理をする。何時間かかるか、見当がつかないんだ」

「終ったら、電話をくれない？」

「憶えていたら、そうするよ」

店を出て、私はリスボン通りを一の辻にむかって歩いていった。一の辻のむこうは、もう駐車場や中央広場で、そのむこうは海だった。

抗争の気配は、まったく感じられない。トンネルを挟んで、完全に二つに分かれてしまっているのか。

私は一の辻を過ぎ、中央広場に入って行った。鳩の群れが、一斉に舞いあがる。中央広場にも、それほど人がいるわけではなかった。舞いあがった鳩の群れは、すぐにまた降りてきてひとかたまりになった。

海からの風。かすかな潮の匂い。陽が落ちきるまでには、まだ間がある。

ベンチのひとつに、私は腰を降ろした。歩いたので、全身に汗が吹き出している。

男がひとり、私にむかって歩いてきた。見知った顔ではなかった。

「若月さん？」

言った男の顔を見て、私は曖昧に頷いた。私に鉄砲玉が来る。あり得ないことではないが、男がそうだというようには見えなかった。鉄砲玉をやる歳でもない。

「村尾といいます。交差点のところで見かけたもので、そうじゃないかと思って」

もう一度、曖昧に私は頷いた。

「鈴木という、私の友人を捜しているんですが？」

「会ってないね、今日はまだ」

「昨夜から、連絡を絶ってましてね」

「それが、俺となんの関係がある？」

「鈴木が会いに行った、最後の相手があなただったんで」

「確かに昨夜会ったが、『てまり』という店で別れたね」

「そうらしいということも知ってますが、鈴木はそれ以後私と合流するはずだったんですよ。私は、S市にいましたが」

「S市の、内偵調査か。警察も大変だ」

「警察じゃありません。厚生省です」

「麻薬の専門家ね。どっちでもいいが、俺は関係ない。協力する気もない」

「今朝から、状況が激変しましてね。身分を明らかにして捜した方がいい、という結論に達しました。連絡が途絶えて、もうかなりの時間が経ちますし」

私は、ジッポで煙草に火をつけた。村尾は、私と並んでベンチに腰を降ろした。鈴木とは、またタイプが違う男らしい。

「刑事だか麻薬取締官だか知らないが、俺を張ったりするのは見当違いだよ。ほかを当たった方がいいな」

「鈴木は、危険です。この街での覚醒剤の流通ルートを、ひとつ解明しつつありましたから」

芳林会は、この街にまだ覚醒剤は持ちこんでいないはずだ。街で覚醒剤がばら撒かれている、という話も聞かない。

鈴木は、どういうルートを解明しつつあったのか。もっとも、村尾がほんとうのことを言っているとはかぎらない。

「めしでも食うかい?」

「えっ」

「俺は、夕めしはきちんと食うようにしていてね。この街にも、結構いろんなものを食わせてくれるところがある」

「時間がないんですよ、若月さん。それで身分を明らかにして、頼んでるんです。協力してください」

「俺に協力できるのは、夕めしを一緒に食って慰めてやることぐらいかな。ひとりになって、心細いんだろう?」

「警察へ協力を要請することも、できないわけじゃありません。ただ、捜査は継続中です。

あなたは、ルートに関係ない人間のひとりなんですよ。しかも、そのルートに近い」

「ほう、どんなルートだ」

「まだ、それは言えないんです」

「おかしな話だよな。まず、俺がルートに関係ないと、どうして決められる」

「鈴木の、結論です」

「いい加減な男だ」

「捜査を積み重ねて分析するタイプですが、その上で直感的に判断することはあります。当たることが多いんですよ」

鳩が数羽、足もとに近づいてきた。人に馴れきっている。この男と同じようなものか。

私は靴の底で音をたて、鳩を追った。

「私と一緒に、捜していただけませんか？」

「権力の手先になれってことかい？」

「そんな。ひとりの人間に、生命の危険があるかもしれない、という事態なんですよ」

「お仲間を頼ればいい」

「鈴木から、それは止められています。絶対にやってはならないことのひとつだと」

「じゃ、放っておけよ」

私は煙草を消し、ベンチのそばの灰皿に吸殻を放りこんだ。

村尾には、もう関心を失っていた。鈴木が消えてしまったということについては、大いに関心がある。

私は腰をあげ、神前川の河口にかかった橋を渡り、ヨットハーバーへ歩いていった。ハーバーオフィスの前に、私の四駆が停めてある。

児玉と二人のクルーが、まだ残っていた。蒼竜の、二基ある機関の片方に、不調が見つかり、その修理にかかるのだ。牧子に言ったことは、半分はほんとうだった。嘘は、私も機関の修理に加わるというところだけだ。

児玉は、船長というより、まるで父親のように蒼竜を見ていた。病気の時は、他人に触れさせたくはないのだ。

「明日動かせないようなら、ドックの手配をしようか、キャプテン？」

オフィスを覗きこんで、私は言った。

「心配ない。こいつのことは、俺が一番わかってる。早晩起きることが、起きただけのことだ。部品も、三カ月前に取り寄せてあってね」

「まあ、俺は車を取りに戻ってきただけで、心配はしちゃいないよ」

児玉は、黙って頷いた。

私は車に乗ろうとした。村尾が、車のそばに立っている。構わず無視して、私はエンジンをかけた。

26　スパイダー

黄金丸が、迎えに出てきた。

私は玄関ではなく、ガレージがある方へ車を回した。三台の車が、ガレージには並んでいる。ブリティッシュグリーンのダイムラー・ダブルシックスと赤いジープ・チェロキーとブルーのマセラーティ・スパイダー。群秋生が運転するのは週に二回程度で、車がかわいそうというものだった。昼間はほかに、S市から通ってくる小野玲子のシルビアが加わる。

「御主人様のところだ、コー」

言うと、黄金丸は尻尾を振りながら、私の前を駈けた。

群秋生は、ひとりで玉を突いていた。私を見ても勝負しようとは言い出さず、居間の方へ誘った。山瀬の女房が、すぐに氷と水を運んでくる。

「車を動かしてやった方がいいころじゃないか、と思いましてね」

「どれだ？」

「マセラーティ」

「速い車が必要になったわけか？」

「まだ。速いので助かった、ということがこれからあるかもしれません」

「どこまで、芳林会に絡んだんだ、ソルティ？」

「絡んじゃいませんよ」

「絡んでるさ、おまえは。いいか、この街じゃ、おまえはトラブルそのものなんだ。おまえがいるということが、トラブルなんだよ」

「ひどい言い方だ」

私は、オタール・XOを勝手にブランデーグラスに注いだ。酒の趣味だけは、どうもいただけない。

「まあ、人間が生きていることそのものが、トラブルという言い方もできる」

「つまり俺は、人間的ということじゃないですか」

「いい方に解釈するのが、おまえの楽天的なところだな」

外はもう、薄暗くなっていた。なにか見つけたのか、黄金丸が庭を走り回っている。

「きのうの夜、鈴木とはいつまで？」

「おまえが出ていったあと、一時間ぐらいかな。ずっと『てまり』にいた。あの男も肚を決めたらしくてね」

「消えたらしいんです」

「消されたってことか？」

「いえ、行方不明。同僚らしい男が、捜しています」

「なるほどな。消えたのと並行して、今朝の芳林会の騒ぎか。非常に興味深い事態になってきたということだな」

「いま芳林会と関っちゃいけませんよ、先生。やくざとの付き合いの限度を心得ているということは知ってますが、いまは駄目です。人間の姿をしていたら、撃ちかねないところがあります」

「わかってるさ。しかし、いい取材にはなりそうだ」

「先生の書く小説とは、あまり関係はないんじゃありませんか」

「いままでに書いたやつとはな。作家はいつも、先の方を見ているのさ」

「だけど」

「冗談だ。俺は高処の見物さ。鈴木が消えたことについても、それほどのヒントはやれん。一時間ばかり、俺は説教をしたという感じだったよ」

「気になることは、言いませんでしたか？」

「この街で、覚醒剤がひそかに流れている、というようなことを言っていたな。そんな噂を、俺も何度か耳にしたことがあるが」

「俺は聞いたことがないな。どこで流れてる噂ですか？」

「おまえが、出入りしないようなところでさ。S市にはかなりばら撒かれている。この街に入ってきても、不思議はない」

　この街で私が出入りするのは、ある程度限られていた。まず、芳林会系の店へは行かない。これまでにいろいろあって、愉快に飲めるとは思えないからだ。風紀上の問題がうるさく言われているところにも、行かない。これは、単に趣味の問題だった。

「覚醒剤に絡んだ犯罪は、起きてませんよね」

「時間の問題だっただろう。この街には錆が浮き出しはじめている、と前に言ったことがあっただろう。覚醒剤も、その錆の一種だったよ」

「なるほどね。錆といえば、こんな錆はないや」

　群秋生が、シガーボックスから葉巻を出して、カッターで吸口を切った。私も、横から手を出して一本失敬した。グロリア・クバーナというハバナ産だった。

「高いのを、心得てやがるな。わざわざジャマイカ産を混ぜておいたんだが」

「いつも、見てますからね」

「覚醒剤じゃなく、大麻ぐらいにしておいたらよかったのに」

「えっ？」

「鈴木が、そう言ってた。大麻が似合ってる連中だってな。いま思い出したよ」

「それだけですか？」

「ほかには、思い出せんな」

葉巻用の長いマッチで、群秋生は火をつけ、濃い煙を吐いた。

「危険なのか、やつは？」

「多分。非常に危険だと、同僚は思っているようです」

「それで、おまえに眼をつける。まったくそういう宿運だね」

「鈴木は、俺がその連中に非常に近いところにいるのに、覚醒剤には関っていない、と判断していたみたいです。同僚の村尾とかいうやつの言うことですが」

「ほんとに、やってないのか、ソルティ？」

「どういう意味です」

「おまえが、ビリヤードの勝負をする時の集中力は、異常だという気がする」

「言いがかりもはなはだしい」

私も、葉巻に火をつけた。居間の中が、いい香りで満ちた。

「思い出せんな。ほかに意味のあることは、言ってなかったと思う。宇津木にも、訊いてみるといい」

「そうします」

宇津木も、なにも聞いていないのはわかっていた。聞いていれば、私か須田に知らせるはずだ。

「遠いな」

「なにがです？」

「波の音」

「先生の言うことには、ほんとに前ふりってやつがありませんね」

「意表を衝く。それが小説のコツだ。ところで、マセラーティだったな。チェロキーも、時には使ってくれ」

　群秋生は、キャビネットからキーを出すと、私に放った。

「チェロキーなら、パジェロと同じようなものだしな」

「ダイムラーは、時々俺が乗っている。この間も、東京まで転がして行ったよ」

「くどいようですがね、いまの芳林会には関っちゃいけませんよ。これっぽっちもです」

「おまえは、俺の保護者か、ソルティ」

「時にはね」

「なにかわかったら、いや、すべてが終ったら、どういうことだったのか、俺に説明してくれ。人間の弱さがさせることに、俺はいつも関心がある」

「終ったらです。すべてが終ったら」

　私は、煙を吐きながら腰をあげた。

「スパイダーは、幌をあげて走れよ、ソルティ。幌は、傘みたいなものなんだ。雨の時だけかければいい」

「いつも、そうしてますよ」

私は片手をあげ、居間を出た。

玄関のポーチで、黄金丸がじゃれついてきた。この犬がこんなふうに馴れているのは、群秋生と私だけだ。山瀬の言うことは、時々聞かないことがあるという。

ガレージへ行き、私はマセラーティのエンジンをかけた。それから、幌をあげる。ベージュ色の内装で、オープンにすると派手になる。

黄金丸の頭を二、三度叩き、私はマセラーティに乗りこんだ。エンジン音を聞きつけるといつも出てくる山瀬は、姿を見せない。

私は山の方へ車を回し、植物園を突っきっている馬場通りから神前亭の前に出た。暗くなっている。それだけのことで、これからなにか起きるという感じは、街にはなかった。リスボン通りから街の中心部にはむかわず、トンネルに入った。

フルオープンの車は悪くないが、トンネルの中ではやたらに音が襲いかかってくる。

S市の方が、緊迫感が漂っていた。芳林会の本部は小坂が占拠し、親分は自宅に籠ってしまっているという。警察の車輛が出ていて、検問の態勢も敷かれていた。

私はゲームセンターを覗き、それから数軒先にある雀荘に入った。

「杉下さんは？」

受付にいる女の子に言った。

「帰りましたけど、どちら様ですか？」

女の子が杉下の娘に違いないと、顔を見て私は確信した。

「ケイナの仲間でね」

楽器の仲間なのか店の客なのか、判別できない言い方を私はした。

「約束、あったんですか？」

「なんとなくね。一緒に夕めしを食おうと思ってたし、買いたいものもあったんで」

「いまは、なにも売れないわよ。駄目よ」

娘の口調が、不意に変った。私は情報を買いたいという意味で言ったのだが、娘は違うことを考えたようだ。

「どこに行けば、会える？」

「いまは駄目よ。諦めて帰って」

やはり、おかしな言い方だった。

私は店の中をちょっと覗き、それから通りへ出た。

三十分ばかり、S市の中を走り回った。

車が一台付いてきた。それが二台になり、三台になった。すぐに襲ってくるという気配はない。距離を置いて付いてくるだけだ。

私はトンネルへはむかわず、海沿いの旧道の方へ出た。片側一車線である。トンネルより、ずっと交通量は少なく、カーブも多い。

一台が、距離を詰めてきた。抜いて、挟みこもうとでもしているのか。構わず、直線で抜かせた。思った通り、前へ出て減速しようとする。私は、右か左のどちらかを衝こうとでもするように、反対車線に出ては戻ることをくり返した。ブラインドの右コーナー。内側を衝こうとした。前の車も内側に寄ってくる。対向車。慌てて左車線に戻った。ブレーキランプ。無視して突っこんで行く。寸前で右へ出る。抜かれまいと、相手の車はスピードをあげてきた。並ぶ。コーナー。後ろへ付き、いつでも左へ戻れるようにした。コーナーの抜け際。私は、三つ先のコーナーまで見ていた。むかってくるライトはない。もう一度並んだ。若い男が二人。暗くてよくわからないが、知っている顔ではない、という気がした。三速に落とす。踏みこむ。相手も踏みこんできた。右のコーナー。ミラーには、後ろに迫ってくる二台が映っている。

さらに踏みこんだ。私の方が前へ出た。コーナーに突っこんでいく。左へ流れる後輪を、カウンターを当てて押さえこんだ。同じスピードで突っこんできた相手は、車全体が左へ振られ、右へ戻そうとハンドルを切った瞬間に、スピンした。後続の二台が、それに突っこむ、という恰好になった。

私は減速し、車を停め、ぶつかった三台の方を見た。六人、降りてきて、車ではなく私の方を見ている。私は動かなかった。ひとりが、いきなり拳銃を二発撃った。弾は大きくそれている。五十メートル以上あるのだ。よほどの偶然がないかぎり、当たるはずもない。ひとりが、興奮して駈け出した。迫ってくる。私はそれを、ミラーの中で見ていた。ローで発進し、ゆっくりと走る。百メートルほど追ってきて、その男は諦めた。

私はスパイダーを転がし、そのまま街まで走った。ケイナに寄ってみたが、ドアはロックされていて、定休日の札が出たままだった。ケイナの定休日は、月曜と火曜だ。

私は、中央広場の近くのハンバーガーショップで、チーズバーガーとコーヒーを買い、路肩に停めた車の中でそれを食った。

27　街のはずれ

動きがあったのは、九時過ぎだった。

パトカーが走り回っていた。『かもめ』のあたりでなにか起きたらしいことは、走って行く方向でわかった。小坂の方が、一気に決着をつける気になって、S市から押し寄せてきたのかもしれない。

やりたいように、やらせておくことだった。そんなところに首を突っこんでいたのでは、命がいくつあっても足りない。

一時間ほど、騒々しい状態が続いた。それで終りだった。私は、携帯電話で野中を呼び出した。

「どこにいる？」

「さっきまで、『スコーピオン』にいましたよ。なんにも起きちゃいません。『かもめ』に拳銃が撃ちこまれたってんで、見物に行ってきたとこです」

「それで？」

「どうってことないです。車で来て、三発ばかり撃ちこんだみたいですが、怪我人はいません。警察は大騒ぎをしてるみたいですが」

お互いの事務所のガラスを割ったりする段階は、とうに過ぎているはずだ。おかしなことをやる意味はなんだ、と私は考えた。

「本格的な抗争になる気配はないし、俺はそろそろ帰りますよ」

「おまえがかわいがってる、族の連中はどうしてる？」

「族なんて言わないでくださいよ。走り屋ですよ、走り屋。そりゃ、俺も含めて昔族だったというのはいますが、いまは一応はみんなまともなんです。こんな時は、走り回ったりせずに、ひっそりと息をひそめてますよ」

「おまえは、見物に行ったんだろう」

「つまり、俺なんかが一番まともじゃない方ですね。勤めてるとこが勤めてるとこだし」

「いま言ったこと、憶えてろよ」

「社長、どこなんですか?」

「ハーバーの近くさ」

「蒼竜、どうなりました?」

「部品が取り寄せてあった。ドックに入れるまでもなさそうだ。児玉さんが、俺にも触らせようとはしない」

「そりゃ、情婦みたいなもんだからな」

「なにかほかに変ったことは?」

「ありませんね。どうも、この街の芳林会は押されっ放しじゃないんですか?」

「そうかな」

「喧嘩だったら、殴り倒されて、いま蹴りつけられてるって感じのとこでしょう。もっとも、わざと倒れて、一発で相手を殺す隙を狙うやつなんかもいますがね」

「帰れよ、もう。スピードは出すな。酒も飲むな。多分、一度や二度は、警察に停められるぞ」

「S市のことも、それとなく調べてみますよ。どんな動きになってるのか。携帯電話でなけりゃ、自宅の電話でいいんですね」

「いいよ」

「永井さんに、なんでその番号を教えないんですか?」

牧子に電話してくれと言われた。私はそれを思い出した。

「女ってのは、うるさいもんさ」

「そうですね。まったくだ」

野中が先に切った。

私はまだ、しばらくじっとしていた。騒ぎは収まり、いつもと同じ夜になっていた。煙草を二本喫う。

「暢気じゃないか、若月」

不意に声をかけられた。水村だった。近づいてきたのさえ、私は気づかなかった。

「島じゃ、そんな歩き方をするのか。猫みたいな」

「島じゃ、オープンカーはすぐ潮っぽくなっちまうな」

「スパイダーと言えよ」

水村が、この街でなにをしているのか、私は考えた。姫島の爺さんに言われて、様子を見に来ている。それが一番ありそうなことだった。姫島の爺さんは、どこかで一連の動きに嚙んでいるはずだ。

「おまえが、こんな気障な外車に乗っているとは思わなかったよ」

「群先生のさ。ときどき、俺がこうして転がしてやる。その方が、亘のためにはいいからね。放っておけば、何週間も車庫に入れっ放しなんだ」

「なるほどね。小説家が好きそうな車だ」

「あんた、小説家が嫌いだったね」

「好きでも嫌いでもない。俺らにゃ、関係ない人種だよ。俺は、小説なんてもんはほとんど読んだこともないしな」

「あんたが関心があるのは、拳法(けんぽう)だけか」

「おまえだって、ボクシングを齧(かじ)り、空手をやり、それよりもっと喧嘩をしてる」

　私と水村は、何度かむかい合ったことがあった。水村の拳(こぶし)を避(よ)けるのが精一杯だったが、倒されたこともない。本気で、つまり死ぬ気でやり合えば、どこかに勝機もあるという感じは持っている。

「爺さんの用事かい？」

「うちの会長を、そんなふうに呼ぶな」

「爺さんは爺さんさ。枯れきってないところは嫌いじゃないが、妙なところに顔を出しすぎる。それに、犬を飼ってるのが気に食わないんだ」

「かわいいもんだぜ」

　水村のことを犬と言った私の皮肉は、通じなかったようだ。姫島のドーベルマンを、嫌いだと思ったことは一度もなかった。

「ところで、あの川辺って人を捜してるんだがな」

「ホテル・カルタヘーナは、チェック・アウトしたんだろう。それでも、この街から出て行く気はなさそうだし。そうなると、言っておかなくちゃならんことがある」

「あんたがか、それとも爺さんがか？」

「俺の言うことは、すべて会長が言うことなんだよ」

「権力を持った人間のまわりには、大抵そんなやつがいるらしいね。なんと言うか、あんた知ってるか？」

「虎の威を借る、というやつか」

水村が笑ったようだった。笑うと顔の皺が深くなる。

「俺は、川辺さんを二度、姫島へ連れて行っただけだ」

「それだけか？」

「ほかになにかあっても、あんたに言おうとは思わないが、ほんとにそれだけだ」

「なにが起きてるか、はっきりとは知らんらしいな」

「すべてを知ると、反吐が出る。そんなもんだと思ってる。知らないんじゃなく、知ろうとしないんだ」

「一番危険なタイプだよ、おまえは」

私は、煙草に火をつけた。

「知らないな」

「すべてを知っている、と思う方がずっと危険なんだよ。俺は、そう思うね」

「まあいい。たまたまおまえを見かけた。こんなところでな。ちょっとばかり、挨拶しておこうと思っただけだ」

　水村は、軽く車のボディを叩くと、通りのむこうに歩いて行った。私は、煙を吐きながら、水村の後姿を見ていた。決してがっしりした体格ではない。柔らかそうな躰で、背を丸めたようにして歩く。

　通りのむこうにいた車に、水村が乗りこんだ。

　川辺を、姫島の爺さんが捜している。それも、水村を直接寄越してだ。

　私は電話をとり、『スコーピオン』の番号をプッシュした。二度のコールで、牧子が出た。

「電話、くれたのね」

「ああ」

「野中くんがいたんだけど、銃声がしたとかいう騒ぎで、飛び出して行ったきりよ」

「帰ったよ、やつは」

「怕い」

「なにが?」

「だって、いつ火炎瓶が飛んでくるかわからないし」

「ないわ、もう。そしたら、逆に怕くなってきた。いきなり飛んでくるんじゃないかって
ね」

「ねえ、うちへ来てくれないかな」

また、人が近づいてくるのが見えた。水村ではなかった。

「十二時まで、店は開いてる」

「そっちへ行くと、決めてるような言い方じゃないか」

近づいてきた人影は、車の四、五メートル手前で立ち止まった。

「でも怕い。薔薇を贈った女を、ひとりで怕がらせておく気か？」

「男と女の間では、重大な意味があるんだぞ」


「脅迫電話は？」

「考えたら、きりがないさ」

「暇があったらな」

「約束はできないよ」

「それより遅くなる時は、電話を入れて」

「決めてるよ」

「なんにも起きないと思う」

「薔薇一本か」

「おまえにとっちゃ、そうらしいな」

「何時に来る？」

「約束はできない。船の修理がうまく行かなくてな」

「蒼竜って船を修理してるって、野中くんは確かに言ってたけど」

野中も、うまく気を回したのだろう。私は、立ち止まっている人影を見つめた。林だ。眼鏡をはずして、ハンカチで拭（ぬぐ）っている。

「船とあたしとどっちが大事、なんて言う女になるなよ」

「馬鹿にしないでよ」

「じゃ、大人しく待ってろ。行くか行かないかわからない俺を」

「横暴な言い方だな。待ってるけど、この仕返しはきっちりさせて貰うからな」

「愉（たの）しみにしてる」

言って、私は電話を切った。

林が近づいてきた。ちょっと頭を下げる。

「いろんな男に会う夜だ、まったく」

「私のほかに、誰か？」

「つまらん野郎さ」

「私も、つまらん野郎のひとりでしょうが、ちょっとばかりよろしいでしょうか？」

「やくざに、そんなことを言われると、勘弁してくれと言いたくなるね。しかし、なぜこんなところをひとりで歩いてる？」

「警察署から、そんなに離れてませんよ、ここは。車で通りかかって、お見かけしたというわけです。私は、帰るところでした」

「警察から？」

「御存知でしょう。うちの店に銃弾が撃ちこまれましてね。事情聴取というやつですよ。本来なら、警察に行く必要はないんですが、こちらも立場がありまして。さすがに、一時間もかけずに、解放してくれましたよ。無論、弁護士が同行しましたが」

「弁護士まで、待機させてたのか」

「よろしいですか、ちょっと？」

「乗れよ。事務所の近くまで送ろう。あとは歩いてくれ」

「車を、待たせています。御好意だけ、頂戴しますよ」

私は、助手席に乗れと指で示した。林が乗りこんでくる。

「用事だけってことにしよう。やくざと喋っているところを、あまり人に見られたくない」

「水口のこと、知らせていただいて、また借りができたと思ってます」

「俺は、貸したつもりはない。それにしても、すぐに消しちまうとは、さすがにやくざだ」

「佐藤が、殺られまして。むこうが、いきなりそんなふうに出てくるとは思いませんでした。こっちも、対応するのに大変です。準備もありませんでしたので」

「本題に入れよ」

「入ってます。つまり、むこうに対応するのが精一杯だ、ということです」

「だから？」

「川辺さんは、ひとりでおやりになるつもりなんでしょうね。私としては、やめていただきたいんですが、どうもその気配はなさそうです」

「川辺さんは、見かけてないな」

「いやでも、そのうちに見かけますよ」

「それとおまえと、どういう関係がある」

「なにも。私は、川辺さんがひとりでなにかされようとしている、ということだけ申しあげています」

「つまり、俺に教えているわけか」

私は煙草に火をつけた。

「ただ、聞いてくださるだけでいいんです。川辺さんは、明日の朝にはなにかはじめられると思います。相手は、かなり危険でしょうね。プロですから。やくざという意味ではなく、プロなんです」

　私は、黙ったまま煙を吐き続けた。

「川辺さんは、ひとりでおやりになるつもりでしょうが、私の見たところじゃ、助けが必要です」

「林、川辺さんは芳林会とやり合おうとしてるんじゃないか。いまは二つに割れてるとしても、もともと芳林会だ。そこで川辺さんとか俺を使って楯にしようってのは、ちょっと汚すぎやしないか」

「はじめのころは、確かにうちにも川辺さんの相手がいました。それは全部、S市へ追い返しましたよ。この街にいる芳林会が、川辺さんの敵に回ることはありません。S市の芳林会は、トンネルからこっちへは一歩も入れません。ただ、うちでできることは、そこまでで精一杯なんです」

「芳林会以外の勢力が、この街にあるってことか?」

「勢力とは言えないでしょう。雇われたプロなんですよ。五人いるという話です」

「誰に雇われてる」

「そこのところは、どうも」

　もしかすると、姫島の爺さんか、とも思った。しかし川辺は、一度姫島の爺さんと会っている。会ってから、いろいろなことをやりはじめたのだ。それに、姫島の爺さんのやり方ではない。五人のプロを雇うなどということは、やるはずがないのだ。

もっと大きな圧力をかけてくるか、黙って見ているか。どちらにしても、姫島の爺さんは徹底している。それが、水村を街に寄越して、川辺を捜させたりしているのだ。

「プロの雇い主が誰だか、知ってるんだな」

「知ってますが、言えません。これまで、うちともいろいろ関係があった人物で、言えば裏切るということになります」

「芳林会は二つに割れた。そいつが近かったのは、むこうの方じゃないのか」

「割れる前から、いろいろあったんですよ。うちはこの街で、その人物の世話にはなってます。世話という言い方は適当じゃありませんが、まあ、親しく助け合ってきました」

「わかった。おまえが言えないというなら、ほんとに言えないんだろう。五人のプロの話だけ、聞いておくことにする」

林が、ちょっと頭を下げた。

「おまえ、鈴木という男を知らないか?」

「鈴木ですか。もしかすると、厚生省の方の人じゃないですか?」

「その鈴木さ」

「どうしました?」

「消えちまってね。同僚って男が、そう言ってる」

「そうですか。消えましたか」

「当然、疑われるべきところが、まず疑われることになるな」

「うちは、まだこの街で疑われるようなことはやっていません。それは、鈴木さんもおわかりのはずです。この街に、潜入捜査なんてのは、必要ないことだったんですよ。なぜか、鈴木さんはこの街にこだわられたんですがね」

「この街じゃ、まだ覚醒剤は動いてなかったということか？」

「動いてましたよ、うちとは関係ないところで」

「ふうん」

「大した量でもありませんでした。組織的なものになっていく、という段階ではなかったでしょうね」

「だから、おまえのところでも黙認したか」

「もうちょっと大きくなったところで、取りこむ。やるんなら、それでしょうね」

「取りこむんじゃなく、乗っ取るんだろう、力ずくで」

「ああいうものは、顧客とか販売ルートとかが大事なんですよ。取りこむと言った方がいいでしょうね。しかし、うちにはそういう方面に手を出すという方針はなかった。別のところが、取りこもうとしたんです」

それが、五人のプロを雇っている人物ということなのか。

「私が言えるのは、この程度のことです。とにかく、うちでそういうものに手を出そうとしていた連中は、いまはこの街にはひとりもおりません」

「わかったよ」

「日向見通りの、もう橋の近くになるんですが、新井（あらい）という老人がいます。うちが、というより私が使っている情報屋です。そこでなら、鈴木さんのことも多少はわかるかもしれません」

「なにをやってる？」

「廃品回収業というやつです」

「店を出してるのか？」

「いえ。しかしがらくたの山と並んだような家だから、すぐにわかります。私に紹介された、と言ってください。普通の情報で三万、ちょっとしたものだと五万。嘘（ガセ）は摑（つか）ませません」

言って、林は車を降りた。

林が歩きはじめると、黒いセドリックが寄ってきた。三人乗っている。ドアが開き、黙って林は乗りこんだ。

私はしばらくそこにじっとしていた。十一時過ぎになったころ、マセラーティのエンジンをかけた。

28　カウンター

ベッドから身を起こすと、私はバスルームに入り、シャワーを使った。

香りのいい石鹸(せっけん)が置いてある。それを全身に塗りたくった。ほかにもいろいろ並んでいるが、私には関係のなさそうなものばかりだ。湯を、ちょっと熱くした。バスルームの中に、霧のように湯気が立ちこめる。

シャワーを止めると、ドアが開き、バスタオルが差し出されてきた。

「どうしたの、こんなに早く？」

牧子はベッドに戻っていた。

家具は凝っているようだ。ベッドはセミダブルで、二人で寝るといくらか窮屈だった。

男の気配は、部屋にはない。

「船が気になるんでね」

「好きなのね、ほんとに」

「というより、商売だ。今日も、蒼竜は船上パーティに使われることになってる」

「海が荒れてたら？」

「まあ、なんとか立っていられるぐらいの、静かな入江は見つかるのさ」

腰にバスタオルを巻いた恰好で、私はベッドに腰を降ろした。

牧子が躰を横にむける。大きな胸が、両側から押し潰されたようになり、さらに大きくなった。肌は浅黒いが、髪と較べると恥毛はひどく薄かった。

女の躰としては、上等の部類だろう。少なくとも、男に馴れてはいる。

「なにも起きなかった。街で騒ぎが起きたという気配もないな」

「そうね。ソルティがいると、嘘みたいに怖くなかった」

「ソルティと呼ぶのは、やめとけ」

「なぜ？」

「塩辛坊やっていわれてる気がする。俺より歳下のやつらには、そう呼ばせないんだ」

「あんたは？」

「馴れ馴れしすぎるな」

「前に言ったことと違うね。男と女になったから？」

「一度寝たぐらいで、俺の女になったなんて思うな」

「すごいこと、言うのね」

「俺は、決まった女を作らないようにしてきたんだ。大抵の女とは、二カ月か三カ月さ」

「まったく、鼻持ちならないのね。あたしには、口だけと思えるけど」

私は、腰をあげて、絨毯（じゅうたん）の上に散らばった服を着はじめた。髭（ひげ）がのびている。それがいくらか気になった。毎朝当たる習慣があり、それは船の上でさえ変らないのだが、牧子の部屋には簡易カミソリもなかった。

「今夜は？」

「女房みたいな口の利き方をすると、声が出ないようにしてやるぞ」

「しばらく、安全日なんだ」

「おまえも、すごいことを言う。口だけだと思うがね」

「マセラーティに乗ってるの？」

テーブルに置いたキーに眼をやって、牧子が言う。

「群先生のさ。たまには転がしてやった方がいい。それを、俺がやってる」

「速いでしょう」

「そこそこさ」

片手を挙げて、私は部屋を出た。二階の部屋から、直接外へ出られるようになっている。

陽が昇る時間も遅くなって、まだ薄暗かった。五時半というところだ。

私はマセラーティの幌をあげ、エンジンをかけてしばらくアイドリングした。

ローのまま、トロトロとリスボン通りを走っていく。そうやって、オイルを回してやった方がいいのだ。

二百メートルほど走り、セカンドに入れた。

リスボン通りをトンネルのところまで走り、入口のところで右へ曲がった。山際新道というやつだ。それからドミンゴ通りを、海にむかって須佐街道まで走る。エンジンは、ようやく眼を醒した。

街は、まだ車も人も少なく、昨夜発砲事件が起きたという気配も残っていなかった。ちょっと変ったことといえば、トンネルのそばに、車が二台駐めてあったことくらいか。

日向見通りを、橋のそばまで走った。神前川の寸前で、左へ曲がる。昔の家が残っている一角だった。

トタン塀で囲んだ空地に、がらくたが積みあげてあり、脇に古い家があった。壁板は灰色に変色し、かつて白壁だったと思える部分も、まだら模様になって、下塗りの泥がむき出しになっている。二トン積みのトラックも、家と同じように古びていたが、それはがらくたではないらしく、ナンバープレートがちゃんと付いていた。

煙草をくわえ、私は新井が出てくるのを待った。

十五分ほどして、家の中で人の動く気配がした。出てきたのは、パジャマ姿の若い女だった。サンダルをひっかけた恰好のまま、トラックに乗りこむとエンジンをかけた。すぐに降りていく。しばらく、エンジンを暖めるようだ。

若い娘と一緒に、老人が出てきた。

私は車を降りていった。

「新井さん？」

そうだというように、老人が私を見つめた。娘の方はまだ二十歳そこそこというところで、私と車とを見較べている。

「ハーバーで、船を扱ってる者ですがね。でかい廃品が出ちまって。林さんの紹介で、新井さんに頼めばなんとかしてくれるだろうと言われて」

「まさか、丸ごと船一艘なんてこたあねえだろうな」

「トラックに、充分乗りますよ」

「わかった。早いとこ片付けちまおう。付いていくから、先に行ってくんな」

新井は、娘から包みを受けとっていた。弁当だろう、と私は思った。

娘が、大きく手を振る。パジャマがたくしあがり、脇腹の意外に白い肌が見えた。私はトラックの前に出、日向見通りをゆっくりと走った。それも、街の方ではなく、馬場がある方へだ。

梅園の中の道を抜けきる前に、トラックが停った。

私は車を降り、トラックの助手席に乗りこんだ。

「公園から、回収を頼まれたものがあってな」

「娘さんかい？」

私は煙草をくわえ、新井にも一本勧めながら言った。

「それとも、お孫さんかな」

「俺の、女房さ」

まさかと思ったが、新井の表情は冗談を言っているようには見えなかった。

「林の紹介と言ったな。無駄口を叩いてねえで、さっさと用事を言いな」

「人を捜してる」

新井は、キャメルをうまそうにふかしていた。

「鈴木弘一。年齢は俺ぐらいかな。中肉中背で、ちょっとなよなよしてやがる」

「それだけかい？」

「行方不明といっても、この街のどこかに監禁されてるか、あるいはもう殺されているのかもしれん。つまり、そういうやつの居所を知りたいってわけだ」

「俺は、やくざじゃない」

「わかってるよ」

「それでも、女房にゃ、ちっとはいい思いをさせてやりてえさ。俺がくたばっても、しばらくは困らねえようにもしときてえ」

「いくつなんだ、あんたの女房？」

「おう、平気で訊いてくるじゃねえか。普通はこれだけ離れてると、訊きにくいもんなんだがな」

「気を悪くしたんなら、謝ろう。好奇心を隠しきれないタイプでね」

「いいさ。二十一だ。あれが十七の時、一緒に暮しはじめた」

「羨(うらや)ましい話だ」

「浮世に、未練が残る老後になっちまったよ。そんなはずじゃなかったのに」

「それでも、羨ましい」

「週二回、あれを抱く。若い者(もん)のように、激しくはできん。三時間も四時間も、入れたまま抱き合ってる」

　新井は、なかなか鈴木のことを喋ろうとはしなかった。知っているともいないとも言わない。

「週二回、俺は覚醒剤(シャブ)がいるんだよ」

「なるほどね」

「だから、それを取締ろうってやつは、虫が好かねえのよ」

　鈴木のことだろう、と私は思った。

「しかし、見つからないと、もっと面倒になる。余計なことまでほじくり出される。覚醒剤(シャブ)なら、ほかからでも手に入れられる。鈴木が取締ろうとしていたところじゃなくてもな」

「俺が、ひとつのところから買ってると思うのかい。俺は中毒じゃねえんだ。いろんなところから買ってるさ」

「それで？」

「俺は、情報は三万で売ってる」

「払うよ」

「虫の好かねえ野郎を助けるための情報だと、五万だな」

「わかった。前金にしよう」

私は、財布から一万円札を五枚出した。

「あんた、右足が義足の、杉下って知ってるかね。『ケイナ』って店をやってる。鈴木ってのは、そこの物置だろう。俺は見たわけじゃねえよ。だけど、そうだと思う。杉下は、売らなくなったしな」

杉下が覚醒剤を売っている。少なくとも、私の考えの中にそれは入っていない。

「生きてるかな？」

「多分。人を殺すような男じゃねえ」

「ありがとうよ」

「林の紹介ってことは、なにかあったら林の責任ってことだ。そのあたりのことは、わかっちゃいるだろうが」

「なにもないさ。特にあんたにはね。若い女房を、せいぜい大事にしてやりなよ」

新井が、黄色い歯を見せて笑い、五万円の札を摑んでズボンのポケットに押しこんだ。

私は、車に戻り、そのまま直進して須佐街道に突き当たると、街の方へ引き返した。

街はまだ静かだった。ようやく眠りから醒めつつある、という感じだ。

私は中央広場のそばの駐車場に車を入れ、歩いて『ケイナ』へ行った。

ドアは、やはりロックされていた。裏へ回った。外からカウンターに出入りできる、小さな戸があるのだ。そこにも南京錠がかかっていたが、一度蹴りつけると簡単に弾け飛んだ。

腰を屈めて、潜りこむ。中は暗く、床は濡れていた。まず、明りをつけた。しばしば顔を出している店だ。スイッチがどのあたりにあるかは、よくわかっている。

奥がトイレと、同じスペースぐらいの物置になっている。

トイレの方だろう、と私は見当をつけた。

ドアを開ける。便座に腰を降ろした恰好で、鈴木は上体を壁に凭せかけ、ぐったりとしていた。頭には繃帯が巻いてあり、血が滲んでいた。片手を、水道のパイプに手錠で繫いである。
二、三度頰を叩いたが、鈴木はよくわからなくなっているようだった。まくりあげられた両腕に、かなりの数の注射の痕があった。その痕を数えただけでも、数時間に一回、下手をすると、二、三時間に一回は打たれていると思えた。手錠をかけられた右手首に、それほどひどい傷はない。ということは、逃げようと試みてもいない。覚醒剤の中に、急激に落ちこんで行かされていた。

「無様なもんだな。なんだって、こんなドジを踏んだ？」

私の声も、鈴木には聞えていないようだった。

カウンターの上に、鈴木の私物らしいものが並べられていた。財布の中には、ちゃんと金まで入っている。

ケイナのそばに、小さな鍵があった。店のものではない。手錠の鍵だろう。はずれた。本物かどうか、わからない古い手錠だった。鈴木の右腕は、支えを失ったように垂れ下がった。私は、鈴木の躰を担ぎ、川沿いの道を通って駐車場へ運んだ。フルオープンのマセラーティの助手席のシートを倒して、鈴木の躰を横たえる。

それから、『ケイナ』へ戻った。

鈴木の私物の中で、ポケットベルと携帯電話だけは残していた。携帯電話のスイッチを入れ、ポケットベルを発信させる。

数秒で、電話が鳴った。

「村尾です」

「おはよう。どこに泊ってる？」

「あんたは？」

「声を聞いても、わからないのか。少なくとも、鈴木のようにドジな男じゃない」

「若月さん」

「どこに泊ってる?」

「なんで、俺のポケットベルが」

「面倒臭い男だ。切るぜ」

「待ってください。鈴木は?」

「俺の車の中さ。中央広場脇の、駐車場だ。車は少なくて、フルオープンにしたイタリア車だから、行けばわかる」

「生きてるんですね?」

「生きちゃいるよ。そのあとどうするかは、おまえが決めろ。俺は面倒は看きれない」

「どこで、どんなふうに」

「うるさい。連絡してやってるだけでも、ありがたいと思え、うすのろ」

「危険は?」

「俺の車の中だ。しばらくは大丈夫だろう。多分な」

「なぜ、一緒にいてくれないんです?」

「義理もない。それよりおまえ、いつまで喋くってるつもりだ。どうなっても、俺は知らんぞ」

「むかってますよ、そっちへ。喋りながら、運転してるんです」

苦笑して、私は電話を切った。

ちょっと、憂鬱な気分だった。三十分とか一時間で、杉下は戻ってくるだろう。もしかしたら、十分で戻るかもしれない。

私はカウンターに入り、ショットグラスに一杯、ウイスキーを注いだ。それから、カウンターのスツールに戻る。

チビリとウイスキーを口に含み、私はカウンターのケイナに手をのばした。これを吹きながら、杉下は鈴木に覚醒剤を打ち続けていたのか。

時間をかけて、一杯のウイスキーを飲んだ。それほど効きはしなかった。心の方が、すっかり冷えてしまっている。ケイナを吹いてみたが、音は出なかった。

かすかな足音が聞えてきた。特徴のある足音だった。

ドアが開き、朝の光が流れこんできた。

「やあ、マスター」

「なんだ、あんたか」

杉下は、ドアを閉めると、屈んでカウンターの中に入った。空になった私のグラスを見て、ウイスキーを注ぐ。

「ケイナっての、難しいもんだね。いくら吹いてみても、音は出なかった」

「はずみでね。はずみで音が出る。そのうち、音が出ないようには吹けなくなる」

「そんなもんなんだろうな」

杉下が眼を閉じた。

「あの人は？」

「帰ったよ」

「ひとりで？」

「まさか。立てもしないことぐらい、わかってるだろう」

「あの人がトイレを占領しちまったんで、俺は外へ用を足しに行く。ついでになにか食ってきたりする」

「俺がカウンターにいて、たまげたかね？」

「なんとなく、塩をたっぷり舐めちまったような気分だよ、ソルティ」

「強烈すぎたね、お互いに」

「そろそろ、警官でも来るのかな？」

「どうかな。それについて、俺はなにも言えない。村尾っていう、鈴木の同僚が、どんなふうに判断するかだよ」

「覚悟した方がいいね」

「逃げる時間ぐらいは、あるかもしれない」

「そんな気は、ないよ」

「なぜ？」

「どこから覚醒剤（シャブ）を仕入れ、どこに流しているのか、鈴木さんにしつこく訊かれた。俺は義足がはずれたふりをしてね、鈴木さんが屈んだところを、ボトルで殴っちまった。それから先は、どうすればいいかわからなかったんだ」

「芳林会が覚醒剤を扱うようになると、あんたの商売はあがったりだろう」

「そんなになるほど、商売はしちゃいない。言い訳じゃなく、ささやかなもんだったよ。それに芳林会は、俺を取りこもうとしてた。そんな気は、俺にはなかったね。そっちの方も、どうすればいいかわからなかった」

「殺しもせず、頭の傷には繃帯を巻いたか。あんたらしいよ」

「どうすればいい？」

「自分で決めろ。最後の最後は、男は自分で決めるもんさ」

「一杯、やっていいかね？」

「あんたの店の、あんたの酒だ」

杉下が、にやりと笑った。ウイスキーをショットグラスに注ぐ。カウンターの中を杉下が歩くたびに、ちょっとタイミングのずれた靴音がした。

「なんとなく、ほっとしたよ。どうすればいいか、途方に暮れてたんだ。暴れられたり大声を出されたりしたらどうしようと思って、覚醒剤(シャブ)は打った。いつまでも打ち続けることもできない、と思いはじめていた時だったんだよ」

「そいつは、どうかな。なにしろ、手錠まであったんだからな」

「まったく、お誂(あつら)えむきだった、あれは。あんなものがあるなんてね」

「本物か、あれは?」

「本物だよ。どうやって手に入れたのかは知らんが、音楽仲間が楽器ケースを繋ぐのに使ってた。物置の戸が毀(こわ)れた時に、錠代りに貰ったんだ」

繋ぐものがあって、よかったのかもしれない。なければ、別のことをやっただろう。

杉下がウイスキーを口に放りこむと、新しく注いだ。私のグラスも満たした。私はそれをひと口で空けた。

「はじめは、大麻をやった。ここでだよ。楽器をやりながら、誰が持ちこんできたか忘れてしまった大麻をやった。それはそれで、悪いもんじゃなかったよ」

「だろうね。音楽をやってる連中は、大抵そう言う」

「いつの間にか、俺がそれを預かっているようになってね。まとめて売ろうというやつとも、知り合いになった」

そして、欲しいと言う者には売るようになった。そんなものだろう。

「気がつくと、覚醒剤(シャブ)まで売ってたよ。この街にも、欲しがる人間がかなりいてね。ただ度胸はなかった。売りまくるということはできなかった。知らない人間には直接売らず、何人かを通して売るようになったんだ」

「その中に、永井牧子も入っていたんだな」

「知ってたのか？」

「脅されてたよ、覚醒剤を売れと。なにもないのに、そんな脅しが来るなんて、ちょっと信じられないことだからね」

「売ってた人間は、みんな脅されたみたいだ。その中でも、牧子ちゃんは女だからね。実際には、芳林会が手を出してきそうだと感じた時から、売るのもやめてしまったんだが」

「実績っての、連中には大事だろうからね。そのまま販売網になる」

杉下が力なく笑うと、ケイナをとって吹きはじめた。日本の曲だった。唄もあったなと思ったが、思い出せなかった。

ようやく、外の通りに車が多くなったような気配だ。

私は、カウンターのスツールから腰をあげた。ケイナの音が途切れた。

「言っておいた方がいい、と思うんだが」

杉下が、タイミングのずれた靴音をさせた。

「この街にゃ、覚醒剤を売ろうという組織ができそうだった。俺みたいに、知り合いにちょこっと売るというんじゃなくね。俺たちは、そこに取りこまれようとしてたんだ。それが、いま丸裸になってる。芳林会の小坂の一派がS市へ引きあげたからね」

「わかってるよ」

「川辺って人、知ってるね？」

「ああ」

「その人が、すべてやったと思われてる。この街の芳林会をひっかき回し、水口まで消したってな。実際、川辺って人はいろんな方向から、その組織を潰そうとしてるとしか思えないんだ」

「はっきり言えよ。『スカンピー』の大橋が、その組織ってやつだろう」

「大橋は丸裸さ。芳林会のガードがなくなった。だけど、ひとりってわけでもない。何人か雇ってるみたいだよ。そして、川辺を消す気だろう。それができれば、組織はまた動かせる」

「そうだろうという見当もついてるんだ。あんた、まだ俺の情報屋をやる気なのか」

「教えてるだけだよ。大橋はきのうから姫島にいて、川辺は手出しができない。そして、大橋が雇った連中に狙われる。川辺は大橋が島から戻るのを待っているが、この根較べに川辺の勝ち目はない」

　大橋が姫島にいる、というのは初耳だった。それなら、川辺の動きがないのは理解できる。

「白い品川ナンバーのシトロエンＢＸ。ナンバーまではわからないが、乗ってるのは三十ぐらいの男だよ。いつもサングラスをかけてる」

「なぜ、それを俺に？」

「芳林会をひっかき回したのは、あんたじゃないのか、ソルティ。それで、川辺が追いこまれた恰好なのさ。つまり、あんたのせいだ。だから、川辺を狙ってる連中のひとりを、教えてやった」

「殺し合いに、俺を放りこもうってわけだ。それが、あんたの俺への仕返しかね？」

「どうとでも、思ってくれ」

私は頷き、店を出た。外は、朝の光が満ち溢れていた。

29　ナイフ

マセラーティの助手席に、鈴木の姿はなかった。

携帯電話の番号を書いたメモがステアリングのところに挟んであったが、私はそれを破り捨てた。

街でなにか起きている、という気配はまだなかった。私は一度マンションに戻り、髭を当たった。ズボンも穿き替え、Ｔシャツの上にフィッシング用のベストを着こむ。靴も、ラバーソールの編上げにした。

近所のスタンドでマセラーティの燃料タンクを満たし、街に飛び出した。

白いシトロエンは見つからなかった。すべての路地まで、走りきることはできない。

ハーバーオフィスに野中が出てきたころを見計らって、電話を入れた。

「車捜しのアルバイトを、何人か調達してくれ。品川ナンバーの、白いシトロエンＢＸ。見つけるだけでいい」

「アイ・アイ・サー」

私は、ドミンゴ通りの教会の前に車を停めた。コンビニエンスで買ったパンを、口に押しこみ、コカコーラで胃に流しこむ。

私自身が、あまり街を走り回るのはやめた方がいいだろう。朝方走り回っていた。見る人間は、そんなふうに見るはずだ。

一時間ほどして、野中から電話が入った。

「サンチャゴ通りを、南にむかってゆっくり流しています。そのまま、追わせます」

私はマセラーティを出した。朝夕は混んでいるリスボン通りを避け、ドミンゴ通りから須佐街道へ出、神前川方向に突っ走った。

電話。シトロエンも、須佐街道に出て神前川を渡ったという。

「俺は、群先生のマセラーティだ。それを見つけたら引き返させろ」

すぐに神前川だった。橋を渡って五百メートルほどのところで、シトロエンを見つけた。バイクが一台、横の路地に入っていく。

私は、シトロエンのすぐ後ろに付いた。ほとんど一メートルほどの間隔に近づくと、シトロエンのインサイドミラーがリアウインドウ越しによく見えた。サングラスをかけた男の顔が、見え隠れしている。

シトロエンが、不意にスピードをあげた。五メートルほどの距離で、私は付いていった。すぐに街を抜け、別荘地も過ぎて、海沿いの道に入った。運転が、それほどうまいというわけではない。シトロエンは、多分オートマチックだろう。コーナーで、しばしばブレーキランプが点(つ)いている。

シトロエンが減速した。ちょうど、牧子を襲った連中とやり合ったあたりだ。そこからなら、浜へも降りられる。私はシトロエンの後ろにマセラーティを停めた。やはり距離は五メートルほど置いた。路肩が広くなっているところで、ほかの車の邪魔にはならない。

男は、ミラーで私の方を窺(うかが)っているようだった。私は煙草(たばこ)に火をつけた。車からは降りなかったし、エンジンも切らなかった。

シトロエンが発進した。五メートルの距離を開かずに、私も発進した。スピードがあがる。いきなり急ブレーキ。それを三度くり返し、四度目にはバックしてきた。私もバックした。フルオープンで、後方視界はこちらの方がいい。

また前進して行く。付いていった。路肩の広くなった場所で、シトロエンは停った。エンジンが切られる。私もエンジンを切り、キーは差したままにした。

男が降りてきた。私も降りた。

男は私の方を見もせず、松林の小径を通って浜の方へ歩いていった。私も付いていった。松林から浜へ出たところで、男はふりむいた。サングラスはかけたままだ。

私は、男の両手に注意していた。どんな技を持っているプロなのか、まだわからない。右利きかどうかも、わからない。

嚙んでいたガムを、男が吐き出した。

次の瞬間、男は横に跳んでいた。風。襲ってくる。殴りつけられたわけではなかった。ナイフを投げられたようだ。もう、男の右手には別のナイフが握られている。

私は横に走った。男が追ってくる。走りながら、私はベストのポケットに手を入れた。ナイフ。刃を開く。小さいが、研ぎあげてあって、よく切れる。これ一本で、釣りあげた鮫の解体もできるのだ。

私は停り、男にむき直った。

また、ナイフを投げてくるかもしれない。多分、何本も持っているのだ。私が持っているのは、一本だけだった。

男の方が、踏み出してきた。鼻先を風が掠めた。横に振られたナイフを、かろうじてかわしていた。次の瞬間には、突き出されてくる。下からすりあげてくる。一瞬も、男の手は止まらなかった。かわしながら、私は後退を続けた。砂が足をとった。倒れる。そこに男のナイフが振り降ろされてくる。

転がり、立ってナイフを構えた。睨み合ったのは、一瞬だった。風。かわす。私が振ったナイフを、男はボクシングのスウェーバックのようにしてよけた。いつの間にか、男のサングラスが飛んでいた。

相手の眼が見える。これは、なにかを測りやすいということだ。攻撃の気配。恐怖。すべて眼に出る。私は、男の手ではなく眼を見つめた。

同時に、ナイフを突き出した。そのまま位置を入れ替えようとして、とっさに私は倒れこんだ。男の左手のナイフ。倒れなければ私の躰があったところを、横に薙いでいた。私は倒れたまま、男の膝を蹴りつけた。

立ちあがる。男が、大きく息を吐いた。私は、汗が顎の先から滴り落ちるのを感じていた。男の両手の二本のナイフ。どちらかが飛んでくるかもしれない。避けきれない時は、左腕を一本捨てるしかないだろう。

睨み合ったまま、じっとしていた。男も動けないでいる。

どちらが先に踏みこむか。それによって、次の展開が変る。お互いに、そう思っているに違いなかった。それでも、踏みこめない。まるで空気の壁にぶつかっているようだ。

一歩。それだけで、渾身の力をふりしぼっていた。もう一歩は、踏み出せなかった。男が息を吐く。私も、肩で息をしているだろう。もう一歩。踏み出せる。自分に言い聞かせた。踏み出したところに、なにかがあるはずだ。

踏み出せた。次の瞬間、私は倒れていた。男の膝を蹴りつける。男も、倒れた。腹這いになったまま、睨み合った。立ちあがったところで、脚を切れる。しかし男も、腰のあたりに切りつけることができるに違いない。

腹這いのまま、ナイフが突き出されてきた。転がろうとする衝動を、私はなんとか抑えた。男の左手が、転がる私を待っているように感じられたからだ。ナイフが突き出されてくるたびに、私は芋虫のように後退していた。

私が、先に立った。腰を切りつけられはしなかった。きわどいところで、左右のナイフをかわしたのだ。代りに、四歩近くも後退していて、男が立ちあがるのに充分な余裕を与えていた。

むき合った。男は口を開けて息をしている。男の呼吸と合わせて、私は息を吸い、吐いた。二度そうやり、三度目に吐いた時に、私は砂を蹴りつけていた。

男の躰がのけ反る。脇腹に、回し蹴りを叩きこむ余裕があった。男が、上体を折った。自分がどう動いたか、私はほとんど意識さえしていなかった。擦れ違いながら、前屈みになった男の後頭部に肘を叩きこんだという自覚だけがあった。

男の眼が、片方だけ外にむいた。私の踏みこみに、男は一瞬遅れて反応した。右手を切りつけていた。男の手から、ナイフが飛んだ。いや、落ちたのだ。ナイフを握った左手の手首を摑み、のどに体重を載せた肘を打ちこんだ。男の吐息が、私の顔を打った。

屈みこんだ男を、蹴りつける。二度、三度と蹴りつける。男が、動かなくなった。

私は砂に腰を落としそうになったが、なんとかこらえきった。男はうつぶせに倒れ、砂の中に顔を突っこんでいる。

「プロが、負けたんだからな」

喘ぎながら私は言い、ナイフで男の親指と人差し指の股を手首近くまで切り裂いた。両手とも、そうした。男は叫び声をあげたが、それもすぐに波の音に消された。

砂が吸うのか、血はあまり拡がらなかった。私は、座りこみそうになる自分と闘いながら、なんとか車まで戻り、運転席に倒れこむと、エンジンをかけてからヘッドレストに頭を凭せかけた。

時々、視界が白っぽくなった。それだけだった。吐きもしなかったし、気を失いもしなかった。

五人が、四人に減った。いや六人が五人なのか。とにかく、ひとりは減った。

しばらくして、私は煙草をくわえ、火をつけた。このところ、いい天気が続いている。なんとなく、そう思った。

　車を出したのは、煙草を喫い終えてしばらくしてからだった。風に当たっているうちに、気分は元に戻った。

　街へ入ったところで、オフホワイトのクラウンと擦れ違った。方向転換して追ってくるのが、ミラーの中に見えた。いま、新しい相手とやり合いたくはなかった。しかし、道路はかなり混んでいて、振りきれそうにもなかった。

　しばらく走って、私は追ってくる車が須田のものであることに気づいた。

　別荘地のところで、ハザードをつけて、車を路肩に寄せた。

「おまえが、シトロエンを追っていったという報告が入ったんだ」

　須田が車を降りてきて、私のそばに立った。車を降りるのさえ、私は億劫な気分だった。

「イタリアとフランスって、昔戦争をしませんでしたか？」

「したよ。かなり派手なのをな」

「どっちが勝ちました？」

「はじめはイタリア、最終的にはフランスじゃないかな」

　私は肩を竦め、煙草に火をつけた。

「殺したんじゃあるまいな、ソルティ？」

「戦闘能力を奪ったってやつですよ。あんなんで、死ぬわけない」

「ならいいさ」

「歳なのかな。ひどく疲れました。歳じゃなく、トレーニングが足りないんだな」

「相手は、プロだぞ」

「紙一重でしたね。下手すりゃ、いまごろ刻まれて魚の餌だったな」

「まあいいさ。おまえは生きてる」

「いざとなると、大雑把になりますね、須田さん。いつもは、そんなふうに見えないのにな。本質が、大雑把なんだ」

「もういい。店へ行け。そこに川辺がいる」

「店って、『てまり』ですか?」

「ほかに、どこがある?」

「だって、『エミリー』だって、薔薇屋だし」

「花屋だ」

「わかってますよ。薔薇も売ってる花屋です。そこへ行けばいいんですね」

「違う。『てまり』の方だぞ」

　私はちょっと片手をあげ、車を出した。

　いつもと同じ街だった。

　私は、サンチャゴ通りに車を駐め、『てまり』まで歩いた。歩いているうちに、ぼんやりした気分は消えていった。『てまり』の扉を押す。

　頭に繃帯を巻いた川辺が、カウンターにひとりで腰を降ろしていた。

「運動会の鉢巻ですね、まるで」

「まったくだ」

「満身創痍ってことになりますよ、遠からず。よく、いままで生きてたもんです」

「須田にも、同じことを言われた」

　川辺は、私にちょっと眼をくれただけで、眼をカウンターの後ろの酒棚にむけていた。頭の怪我が、特にひどいという感じはない。私は、カウンターに並んで腰を降ろした。

「どうする気です？」

「なにを？」

「相手は、プロでしょう」

「それが、君になんの関係がある、ソルティ」

「ところが、あるんですよ」

「どんな」

「それは、川辺さんとは関係ないことです」

　須田が戻ってきた。

　須田はカウンターの中に入ってきて、グラスを三つ出した。ビールを注ぐ。私が一番汗をかいているようだ。ひと息で飲み干した。二杯目は、自分で注いだ。

「大橋のことだが」

「待てよ、須田。ソルティには関係ない。むこうのプロとなにかあったらしいが、それだけで、やめておいて貰いたい」

　私は、二杯目のビールも空けた。須田が、新しいビールを出して、栓を抜いた。

「無理なんだよ、川辺。ソルティは、もうはじめちまってる。はじめちまったら、こいつは強烈さ。岩塩みたいになっちまう」

「しかし」

「関係あるとかないとか、そういう次元の問題じゃないんだ。こいつが、心の中で関係をつけちまう。そうすりゃ、どんなことでも関係があるんだ。心の中の構造がどうなっているか、こいつは語ったことがない。なにかあるんだろう。わかってるのは、はじめちまったこいつを、誰も止められないということだ。俺やおまえの、若いころのことを思い出せば、少しはわかるだろう」

「しかし、これはだ」

「よせよ。こいつがこの街に戻ってきて、最初に起こしたのが俺とのトラブルだった。殺されると思ったね。それが、不思議にいやな感じじゃなかった。あの時から、俺はこいつを認めてる。言葉で言えるなんの理由もなく、ただ認めているんだ」

　川辺が、私を見ていた。私は新しいビールに手をのばし、三杯目を注いだ。かなりの汗をかいたのだろう。あれだけ風に当たっても、まだTシャツは湿っている。

店の電話が鳴った。須田が出た。短く受け答えをしている。私は煙草に火をつけた。

「あのシトロエンの男だがな」

私にではなく、川辺にむかって須田が言った。

「西の方の海岸で、親指と人差し指の間を手首まで切り裂かれて、半殺しになってたそうだ。あいつとナイフでやり合うなんて、無茶な真似をしたもんだよ」

電話は、多分宇津木からだったのだろう。

「そんなやつさ、こいつは。俺たちがやめろと言ったところで、勝手にやっちまう。まあ、おまえに似てるよ」

「おまえにもだ、須田」

笑うと思ったが、二人は笑いはしなかった。

「三人で力を合わせて、なんてことを俺はしたくない。意味がないんだ」

川辺が言った。

「それはいいさ。やりたきゃ、ひとりでやれ。そして死ねばいい。ただ、情報だけは、三人で出し合おう。それから先は、どうやろうと勝手だ」

「わかった」

川辺が言った。私は煙草を消した。音楽のない『てまり』は、奇妙な感じがした。木曜になっている。ジャズの日だ、と私は思った。ここでかかっている音楽では、ジャズが一番馴染みやすい。

川辺が、グラスのビールを空けた。

「ウイスキーにしてくれないか、須田」

黙って、須田がショットグラスを三つ並べた。シングルモルトのスコッチを、注いでいく。

「プロが八人か。そのうちのひとりは、もう脱落している。そういう状況だよな、川辺」

「五人、じゃなかったんですか？」

「それは古いんだ、ソルティ。芳林会の小坂の一派がこの街から引きあげた時、大橋は新しく三人雇った。どの程度のプロか、おまえ見ただろう」

「やくざをひとり相手にするのとは、ずいぶん違ってましたね」

「それがあと七人だ。そいつらを倒さないかぎり、大橋には行き着けん」

「二人で組んでるのが、二組いる。これは大したことはない。銃にさえ気をつければな」

川辺が口を開いた。

「問題は、残った四人さ。いや、いまは三人か」

「気をつけるしかないんでしょう」

「私と、須田のところの宇津木君で、連中のことはほぼ調べた。シトロエンというのもそのひとつだったが、これは消そう」

川辺が、メモをカウンターに出した。私はベストのポケットから、油性のボールペンと耐水用のメモ用紙を出し、それを書き写した。書き写している間に、七人の特徴は頭に入ってきた。

「大橋は、なにがなんでも、この街に覚醒剤の販売ルートを作るつもりだったらしい。東京でやった事業が失敗していてね」

「この街に、小さな販売ルートはあったんですよ、川辺さん。もともとミュージシャンの大麻からはじまったやつで、やはりミュージシャンの周辺と、バイク仲間ぐらいに売っていたのかな。大橋が動きはじめてから、首をひっこめたという恰好で、いまはもうないも同然ですが」

「さっき、『ケイナ』の杉下が自首したという情報を、宇津木が持ってきた。まさかと思ってたが」

「自首したんですか。例の、鈴木っていう厚生省の役人が、そこから食いこもうとしたらしくてね。杉下さんも、昔はなかなかだったって噂を聞いたことがあるけど、ただの売人だと思って軽率に食いこもうとしたんですよ。それで反撃を食らった。杉下さんの自首は、覚醒剤を売っていたというより、その反撃についてでしょう」

「なるほどね。おまえはそっちの方向から首を突っこんでたのか、ソルティ」

「水口が小坂に抱きこまれていると、林に教えてやったのも俺ですよ、須田さん」

「そうか。それで、芳林会の分裂も納得できるな。水口は、小坂の方だったのか」

須田が、ウイスキーに手をのばした。川辺は、カウンターを人差し指で叩いている。

「大橋を見つけたいんでしょうがね、川辺さんは。この街にゃいませんよ。S市にも」

川辺が私を見た。

「姫島の爺さんのところです。俺の情報屋だった男が、最後にくれた情報でね。姫島からは、水村が川辺さんを捜しに来てます」

「見物だろう、爺さんの代りの。あの爺さんは、こんなことに手を出したり、本気で大橋を庇ったりはせんよ。この街が、内側から崩れていくのを、眺めているのが愉しいんだ」

私は頷き、ウイスキーを口に含んだ。

姫島か、と川辺が呟いた。

30　懺悔

相変らず、街ではなにかが起きているという気配はなかった。

S市から、小坂の一派が攻めこんでくる様子もない。私は正午前にハーバーオフィスへ行き、カリーナのエンジンを点検した。

カリーナに揺られながらエンジンをいじっている時が、一番落ち着く。

桟橋に人の気配を感じて、ふり返った。

風に髪を靡かせて、牧子が立っていた。

「よう」

私は機械油で汚れた右手をあげたが、牧子は笑いもしなかった。

「まさか、昼めしを持ってきてくれたなんてんじゃあるまいな」

「電話」

牧子の声は、風に吹き消されそうだった。

「杉下さんが、自首する前に、あたしに電話をくれた」

「それで？」

「あたしも自首するべきかどうか、それをあんたと相談したかったんだ。杉下さんは、あたしのことは絶対に喋らないと言った。売った相手のことも喋らないって。だからって、杉下さんにだけ自首させりゃいいってもんでもないと思う」

「まったくだ」

私は、バルブを締めるために、スパナを持って屈みこんだ。エンジンに、悪いところはどこもない。

工具を収い、私は腰をのばした。

「乗れよ。舫（もや）ってある船ってのも、悪いもんじゃないぜ」

牧子が、髪を靡かせて乗り移ってくる。

「自首するとか言ってたな」

「悪いことを、したんだから」

「俺は人を殺したことがあるが、自首はしてない」

牧子が、私の顔を見つめた。

「杉下は、自首せざるを得なかった。でなけりゃ、逮捕された。それも覚醒剤（シャブ）を売ったというより、別のことでだ」

「杉下さんも、そう言ってたよ」

「だったら、それでいいだろう」

「そんな」

「人間が、みんな雪みたいにきれいだと、おまえは思ってるのか」

「あたしは、覚醒剤を売ったよ」

「何人に？」

「四人」

「ほう、四人ね」

小遣いが稼ぎたかったわけではないだろう。売った量も、知れているはずだ。

「はじめは、ひとりに売った。そいつ、苦しんでたんだ。あたし、見てられなかった。杉下さんに相談すれば、なんとかなるという話を耳にしたことがあったから、あたしがまず頼んだの。そいつに売って貰おうとね。友だちの友だちには、売れないって。おまえに売るから、それを友だちに売ってやれって、杉下さんには言われた。あたし、買ったよ。そいつは、同棲してた男に注射されてるうちに、そんなになったんだ。そいつが悪いわけじゃなかった。そしたら、次には別なのを連れてきた。それが三人になった時、売るのをやめた。続けてりゃ、きりがないと思ったから」

「それで？」

「助けたつもりなのに、ひどいことを言われてショックだった。絶交したね。それでも、四度ばかり頼みにきたけど、相手にしなかった。そしたら、いつの間にか来なくなった」

「おまえが覚醒剤を売ってるって噂、そのあたりから流れたんだろうな。そして、火炎瓶の脅しがきたわけだ」

「どうすればいい？」

「どうしたいんだ」

「悪いことをした時って」

「それが気になるんなら、懺悔でもするんだな。肚の中のものを、吐き出しちまうんだ」

「あたし、クリスチャンじゃないよ」

「クリスチャンにゃ、懺悔聴聞僧というのがいるそうだ。人間ってのは、都合のいいものを思いつくもんさ。懺悔は、別に坊主相手でなくてもいい」

「そんな」

「俺は、酒瓶の中に懺悔するよ」

「あたしは」

「こっちへ来な」

私は、船縁の方へ牧子を連れていった。

油で汚れた手で、牧子の髪を摑む。右手では、頰を力まかせに摑んだ。牧子が眼を見開き、口を開けた。その口の中に、私は指を四本突っこんだ。奥へ奥へと突っこみ、膝で軽く胃のあたりを蹴りあげた。牧子の胃の中のものが、のどまであがってくるのがわかった。さらにのどの奥を、指でかき回す。

そして船縁から牧子の頭を突き出し、口から手を抜いた。

吐瀉物が噴き出してきて水の中に落ち、拡がった。二度、三度と牧子は嘔吐を続けた。私は髪を摑んで牧子の上体を船縁から突き出したまま、拳で背中を叩いた。力はこめないが、容赦なく叩いた。牧子が荒い息をつく。私はその姿勢のまま、また右手を牧子の口に突っこんだ。牧子は、けもののようにのどを鳴らしながら、胃液のような茶色い液体を吐き出した。三度目にはわずかしか出ず、四度目にはなにも出なかった。

牧子の躰を、後甲板に横たえた。まだ全身で息をしている。

「おまえは、肚の中のものを全部吐き出した。おまえの懺悔は、魚の餌になった」

牧子はなにも言わず、両手を甲板についていた。

「これで、おまえの懺悔は終りだ」

私はキャビンに入り、新しいタオルを牧子に放ってやった。

しばらくして、牧子はそれで顔を拭った。

化粧が崩れ、おまけに機械油にまみれたので、いくら拭いてもひどい顔だった。

「これが暴力だと思うんなら、俺には暴力的な傾向があるんだろう。ただ、これが俺のやり方だ。懺悔したら、もう忘れちまえ。忘れられないにしろ、気持の中にある箱に入れて、蓋をしちまえ」

牧子が、私の方を見た。涙が流れている。それが嘔吐によるものかどうか、わからなかった。

「俺に相談したい、とおまえが言ったから、俺なりのやり方を教えてやった。俺は、これでいいと思う」

牧子は、まだ私を見ていた。私はベストのポケットから煙草を出し、ジッポで火をつけた。

座りこんだままの牧子は、船縁に寄りかかって、ぼんやりしていた。ハーバーの中の波が、かすかにカリーナを揺らしている。

私はキャビンに入り、前部の物置の箱からミネラルウォーターのボトルを一本抜くと、封を切った。ブリキのカップを持って後甲板に戻り、カップを牧子に渡した。ミネラルウォーターを満たしてやる。

牧子は、カップを両手で包み、少しずつ水を飲んだ。まだ声は出ないらしい。眼だけが、私をむいた。まだ涙が流れ続けている。

「やったことは、やったことだ。杉下さんが、おまえの名前を喋ったりはしないと思う。自分が、誰よりもきれいだ、汚れていないと思うのは、鼻持ちならんね。誰だって、いまのおまえの顔程度には汚れてるよ」

牧子が、かすかに頷いたような気がした。

「一度、情に流されて懲りたんなら、次からは流されなきゃいいんだ。キャビンの流し台の蛇口からは、真水が出る。顔を洗え。俺を憎もうが軽蔑しようが、構わんよ。ひどいやり方さ。そして、これが俺でもある」

牧子は、またちょっと水を飲んだ。私は手を差し出して、牧子を立たせてやった。黙って、牧子がキャビンに入っていく。

私はコックピットへ昇り、計器類の点検をし、暑い日に幌を張るための支柱のネジが緩んでいたことを思い出して、小型のスパナで締めつけた。小型の工具は、コックピットの下のもの入れにも備えてある。私はドライバーで、小さなところのネジも締めつけた。

牧子が、後甲板に出てきた。私は工具を収って梯子を降りた。

「ほんとに、ひどい目に遭わされた。やっと声が出るようになったけど、口の中はまだ変よ。乱暴な男だな。つくづく、そう思った」

「俺と、どういう相談ができると思ったんだ。俺は、人に説教するような柄じゃないし、あれかこれかと考えるのも性に合わん」

「それで、強姦みたいな懺悔をさせたわけ？」

「もう、帰れよ。『スコーピオン』に俺を出入りさせたくないと言うなら、あのあたりをうろついたりしないようにする」

牧子が、ちょっと髪を気にした。油がこびりついているのが、見ただけでわかった。

「いつか、隙を見て殺してやる」

薄く化粧をした牧子は、かすかに笑っていた。

「あたしがあんたを殺すまで、毎日でも店に来て、コーヒーを飲んでよ」

「毒で少しずつ殺されていくというのは、ぞっとしないな。一撃で、心臓をぐさりとやってくれ」

「あたしは、暴力は嫌いだ、やっぱり。あんたがやったことは、暴力よ。だけど、心にまで傷をつける暴力じゃなかった。それだけは、認めてやってもいいわ。いつか隙を見て殺してやる、という気持は変らないけど」

「俺は、キリマンジャロがいい」

「なによ？」

「コーヒーの好みだ。おまえのところ、ブルーマウンテンの豆を中心にブレンドしてるだろう」

「もしかして、それを用意しておけ、と言ってるの？」

「俺はキリマンジャロだ。わかったな」

牧子が、肩を竦めた。

「バイクか？」

「車」

牧子は、バイクのほかに軽自動車を一台持っていた。運転している姿は、まだ見たことがない。

牧子が桟橋へ移るのに、私は手を貸してやった。

「あたしに、隙を見せるな。その時は、死ぬと思え」

「心臓を一撃だぜ。忘れるなよ。それからキリマンジャロも」

牧子が、駐車場の方へ歩いて行った。

私は、ファイティングチェアに腰を降ろし、しばらく空を見ていた。暑い日でも、空には秋がやってくる。それは雲でわかるのだ。こんな日も、もう何日かだろう、と私は思った。台風が近づいている、とニュースでやっていた。ひとつ台風が来ると、それだけ夏は吹き飛ばされていく。

野中から電話が入った。ＢＭＷが、海沿いの道を西にむかって走っている、という報告だった。そのＢＭＷを、二台の車が追っているという。

私は野中と電話で喋りながら、駐車場のマセラーティにむかって歩いた。追っている車には、それぞれ二人が乗っている。

私は、マセラーティの運転席に、ドアも開けずに滑りこむと、エンジンをかけた。フルオープンは、これができる。

「追ってる車に、あまり近づくな、野中」

「わかってます。なんとなくおっかない雰囲気ですよ」

まだ街を出たばかりだ。飛ばせば、追いつくだろう。

「何キロで走ってる？」

「飛ばしてますよ。七、八十キロというところかな」

マセラーティの底力と、私の腕の見せどころだった。海沿いの道を、百キロ以上で走っている車は、ほとんど見たことがない。

電話を切った時、私はもう須佐街道に入っていた。海沿いの道とは、須佐街道のことである。東西に走り、東へ行けばS市だが、西へむかえば、いくつかの小さな街を通って、かなり長く同じような道が続く。片側は海で、もう一方は丘陵か山だ。

別荘地の手前で信号待ちをしている時、私はグローブボックスの中の包みを、ベストのポケットに移した。ステンレスモデルのリボルバー。三八口径で、三インチの銃身（バレル）が付いている。弾はハロー・ポイントだ。

川辺は、大橋を追っているが、大橋が雇った連中には、逆に追われているという恰好だった。

信号が青になった。回転をあげてクラッチを繋（つな）ぎ、ホイルスピンさせながら私はマセラーティを発進させた。

31　銃撃

十五分で、野中に追いついた。野中は、見失わない程度の距離で、付いていたはずだ。戻っていい、と追い越しながら私は野中に合図を送った。

フルフェイスのヘルメットを被（かぶ）った野中の姿が、ミラーの中で小さくなっていく。

前の車。たまたま走っていた車だ。抜いた。ちょっと驚いたように、左に避けていた。暴走車の多い日だと思っただろう。

三台の車が見えてきた。私は、それ以上距離を詰めずに走った。三台の先頭にいるのは、確かに川辺のＢＭＷだ。三台とも、かなりのスピードでコーナーに切りこんでいた。

小さな街を、二つ通り過ぎた。これから先、右側は山ばかりだ。崖にへばりついたような道で、左側はすぐ下まで波が打ち寄せている。コーナーも多い。というより、道のほとんどがコーナーで、直線はあまりない。

私はスピードをあげて、距離を詰めた。川辺が私の車に気づいているかどうかはわからないが、最後尾の車は当然気づいているだろう。間に、ほかの車はいない。

二台が、連携しているのかどうか、私は考えていた。シトロエンの男の例を見ても、雇われた人間がそれぞれ動いているという可能性が強い。とすると、二台はそれぞれ川辺を見つけて追っているということになる。

雇われた連中のリストの中に、二人で組んでいるというのが、二組あった。その連中が追っているということだった。

距離が、また詰った。私がスピードをあげたのではない。三台のスピードが落ちたのだ。つまり、川辺がスローダウンしたのだ。

どうするのか。いつまでも車に乗っているだけでは、埒があかない。といって、攻撃は難しい。振りきって逃げるチャンスを、川辺は窺い続けていたのかもしれない。

不意に、ＢＭＷのブレーキランプが点滅し、右に曲がった。林道である。どこへも通じていない道だ。行き止まりに、営林署の、いまは使われていない小屋があるだけだった。簡易舗装になり、タイヤが細かい砂利を弾き飛ばした。さらに距離を詰めた。ナンバーまで、読み取れる距離だ。

十分ほど走った。行き止まりに近づいている。川辺は多分、それを知りはしないだろう。教える方法はなかった。行き止まりまで行ってしまうのも、方法ではある。海沿いの道は、いつまでも終りはないのだ。

スピードがあがった。ＢＭＷが突っ走りはじめたようだ。すぐに行き止まりに気づくだろう。私はこの道を、四輪駆動車で何度か走っていた。このあたりの林道は、大抵走っている。四駆を、四駆らしく走らせてやるためだ。

ブレーキランプ。一台前の車だ。私はシフトダウンしながら減速していった。右へのコーナーの手前のところで停める。そこだけが広くなっていて、一度の切り返しで方向転換ができるからだ。行き止まりの小屋まで、百メートルほどしかない。

不意に、銃撃の音が聞えた。拳銃などではなかった。自動小銃だろう。それもフルオートで撃っている。

私は、車から飛び出して突っ走った。

コーナーを曲がったところで、私にも銃撃が来た。今度は拳銃だ。私は草の中に飛びこみ、斜面を這い登った。雑木林の中で身を伏せる。

自動小銃の連射は、小屋にむかって浴びせられたようだ。お誂えむきだ、と私はリボルバーを出しながら考えていた。川辺が小屋に飛びこみ、私が右斜面の上にいる。連中を挟むような恰好だった。

もうちょっといい位置をとるために、私は這いながら雑木林の中を移動した。いきなり、連射を浴びた。頭上で、枝が数本吹っ飛んで、腰のあたりに落ちてきた。

小屋から二発撃ち返されてきて、その間に私はさらに数メートル這い進んだ。川辺は、掩護の銃撃をしたようだった。私は立ちあがり、林の中を駈けた。十四、五メートル稼いだ。なんとか、拳銃でやり合える距離に近づいたことになる。さらに、倒木のところまで三メートルほど降りた。私がいた場所に、五、六発撃ちこまれた。倒木のかげで、私はしばらく腹這いになっていた。

自動小銃が、再び小屋にむかって連射された。小屋ごと、吹っ飛ばしそうな勢いだった。壁の板が薄いところは、貫通しているだろう。身を護れるのは、コンクリートの土台だけのはずだ。

ゆっくりと、私は倒木から顔だけ出した。連中との間を遮る木は、それほどない。二人が、こちらに銃口をむけていた。立ちあがり、伏せた。銃撃は一瞬遅れたが、正確だった。私は伏せたまま、ベストのポケットを探った。釣り用のベストのいいところだ。ポケットが沢山あり、釣りに必要なものが入っている。

　私はテグスを出し、地面を探って拳ほどの石を摑み出すと、十文字にテグスをかけた。しっかりと結びつける。

　林の中にそれを投げ、思いきり引いた。小動物でも駆けたように下草が動き、そこに銃撃が集中してきた。その間に、私は倒木のかげを二メートルほど移動した。石を手繰り寄せ、もう一度投げた。二発、銃撃が来た。様子を見るように、静かになった。私も、石を引く手を止めた。

　まだ、一発も撃っていない。こちらの銃に対する警戒心は、少しずつ薄れていくだろう。しばらくして、私は大きくテグスを引いた。銃撃が集中してきた。拳銃も自動小銃もだ。そして静かになった。まったく静かで、草を踏む音さえ聞えなかった。蟬が鳴いていたはずだが、いまはそれもない。

　ひとりが、斜面のところまで駆けてきた。その瞬間、小屋からの銃撃がその男を倒していた。一発きりだが、狙いすましていた感じだった。川辺に、親指でも立ててやりたい気分だった。

　私はそろそろと石を手繰り、また投げた。今度は、枝にひっかかったようだ。強く引くと、七、八メートルむこうの木が、大きく揺れた。そこに銃撃が来る。自動小銃だけだった。

　私は腹這いになり、足にテグスを巻きつけた。倒木の端から、自動小銃を持った男に狙いをつける。車を楯にして、撃つ時だけ上体を晒すのだ。

右肘をしっかりと地面に固定し、左手で支えた。慎重に、狙いをつける。それから、テグスを巻きつけた足を動かした。二度、三度と動かす。木が揺れている感触が、はっきりと足に伝わってくる。

自動小銃の男が顔を出し、じっと眼を注いできた。私は足を止めた。それから、また動かした。男が、車のかげから上体を出し、構えた。足を動かす。止める。引金を絞る。男が吹っ飛んだ。自動小銃が、草の上に投げ出されるのが見えた。

再び、静まり返った。

小屋の中から狙われていて、自動小銃を拾いにはいけないようだ。圧倒的に、こちらが有利になった。

「ソルティ、聞えるか」

声。川辺のものではなかった。私は苦笑した。

「聞えますよ、須田さん」

「やつらはいま、拳銃二挺だ。もう少し近づいてこい」

「了解」

「突っ立つなよ。時間はたっぷりある。川辺はもう、姫島に着いてるころだ」

「わかりました。そっちから、二人が見えますか?」

「車のかげから出れば見える。俺が狙っている間に、前へ進め」

私は倒木を乗り越え、三メートルほど連中に近づいた。

「いいぞ、そこで。これから、ゆっくり料理しよう。四人とも、山に埋める」

「了解」

川辺が姫島に行ったというのは、多分須田の嘘なのだろう。連中は、須田が川辺でないということを、まだ疑っているはずだ。どこかで、須田の顔を見せてやった方がいい。

「須田さん、自動小銃のところまで、出てこれますか？」

「やってみよう」

次の瞬間、須田が小屋から飛び出してきた。二人が、拳銃を撃ちまくる。私はひとりに狙いをつけて撃った。当たった。肩か腕か、そのあたりに当たった。掠っただけかもしれない。まだ動けるようだ。

それでも、連中は須田の顔をはっきりと見ただろう。この銃撃戦が、まったくの徒労であることに気づいたはずだ。

須田は、草の中に伏せていた。

一番後ろの車の、エンジンだけがかかった。姿は、見えない。多分、車のそばに伏せて、手だけのばしてイグニッションを回したのだろう。

伏せていた須田が、這い進みはじめる。私も、斜面を駈け降りた。二人が、車に乗るのが見えた。ドアを開けたまま、車はバックをはじめた。私も須田も、残った銃弾を車に撃ちこんだ。後輪が道から落ち、木にぶつかった。

「出てこい」

腹這いになったままの須田が言う。

「命まで、くれとは言わない」

須田は、這い続けている。私も、車にかなり近づいた。

「燃料タンクにぶっ放して、丸焼きにしてやろうか。それがいやなら、出てこい。殺しはしない」

ひとりが、両手を挙げて出てきた。もうひとりは、片手が挙がらないようだ。私は、二人の五メートルほどそばまで駈け寄って、銃を構えた。

須田が、そばに来た。弾倉を入れ替える音がした。

「あと三人が、どこにいるか教えてくれ」

須田が銃を突き出して言った。私は、ラッチを押して弾倉をフレームアウトさせ、薬莢を捨てた。六発、新しい弾をこめる。

立っている二人はまだ若く、二十四、五に見えた。ひとりは眼鏡をかけ、スーツまで着こんでいる。街で会ったら、普通の勤め人にしか見えないだろう。

「あと三人は、どこだ？」

「言った方がいいな」

　私は、撃鉄をあげる音をさせた。

「知らないんだ。ほんとうに、知らない」

「じゃ、死ねよ」

「待て、ソルティ。殺すんじゃない。チンピラに毛の生えたようなやつらじゃないか。射撃だけはうまいんだろうが、それだけさ。日本じゃ、こんなんでもプロで通用する」

「喋らなきゃ、殺すしかないでしょう。これは、殺るか殺られるかなんですよ」

「俺たちは、こいつらとは違う人間だ。そう思おうじゃないか」

「でも、もう二人は死んでるかもしれませんよ」

「運ってやつだ、それは。さっき見たら、ひとりは動いてたよ」

　いきなり、須田の銃口が火を噴いた。続けて四発だ。ひとりは路面を転げ回り、もうひとりは膝をついてうずくまった。二人とも、両手の甲を撃ち抜かれていた。

　私は、路面を転げ回る男を、足で押さえつけ、額に銃口を当てた。荒い息を吐きながら、男は私を見あげた。

「三人は、どこだ？」

「知らないんだ、ほんとに。俺たちは、偶然ＢＭＷを見つけて追ってきた」

「じゃ、さよならだな」

間違いなくいる。私自身も、そのひとりかもしれなかった。

「撃つなよ、ソルティ」

気配を察したのか、須田が言った。

「撃たないでくれ、頼む」

「こんな仕事はな、はなから命を捨ててかかるもんだぜ。命乞いをするような野郎が、やることじゃない」

私の嫌悪を、男の哀願が駆り立てているようだった。

「知らねえんだ。ほんとに知らねえんだ。二台が一緒になったのも、偶然なんだ」

「撃つな、ソルティ。後味の悪い思いをするだけだぞ」

それでも、私の指は動きそうになった。須田の手が、私の肩にかかった。

「自分を撃つような気に、なるんじゃない」

私は、撃鉄を押さえたまま引金を引き、それからゆっくりと撃鉄を戻した。男の額の汗が、陽を照り返している。

「行こうか、ソルティ。予想以上にうまく運んだ。あと三人。つまり、三対三になったってことだ」

「そうですね」

私は、自分の車まで歩いて戻った。

二台並んで、林道をゆっくり走った。

ダッシュボードの上に置いた電話が鳴った。

「俺だ」

須田の声だ。

「一台だけ、引きつけるつもりだった。二台付いてきた時は、かなりの苦戦になるだろうと思ったよ」

「川辺さんが、姫島に行ったというのは？」

「おまえの船がなくて、どうやって行けると思う。やつはやつで、なにかをやってるんだろう。そういう約束だったじゃないか」

「そうですね」

急なコーナーになった。私は電話機を首で挟んでハンドルを切った。須田も、多分同じことをしているのだろう。会話が、しばらく途切れた。

「変らないな、ソルティ」

「なにがです？」

「本気で、撃ちそうだったぜ」

「そうですか」

「あそこじゃ、撃つな。撃たないでもいられるようになれよ」

「撃たないで、いられましたよ」

「ひとりの時もさ」

須佐街道に出た。急に潮の匂いが強くなった。

「須田さんこそ、無茶やるじゃないですか」

「俺は、危なくなれば逃げようと思ってた。あの小屋の裏には道がある。けもの道みたいなもんだがね。やつらより、俺の方が地の利はあった」

「でも、四人でしたよ。しかも、自動小銃を持ってた。メモには、銃のプロとしかなかったから、びっくりしましたよ。あの書き方じゃ、拳銃のプロとしか思わない」

「俺もたまげた。連射を食らった時は、胆が縮んだね」

「そんなふうにも見えなかったな。俺がいるのがわかってたから、あの林道に入ったんでしょうが」

「自動小銃があるとは、思っていなかった。まあ、撃ち方はサマになっていなかったが」

「古いやつですよ。ベトナム戦争のころの、M16じゃないんですか。三発バースト機構もなかった」

電話に、ノイズが入った。すぐ後ろの車と話しているのだが、電波は直接繋がっていない。中継点を通して繋がっている。そこが無線と違うところだった。

電話を切って、しばらく走った。

須佐街道は街まで一本道で、並んで走るしかないのだ。

街が近づいてきた時に、また電話が鳴った。野中だった。

「S市で、なにか起きたみたいですよ。詳しくはわかりませんが、芳林会のS市にいる幹部が、四人ばかり警察に挙げられたみたいで、浮足立ってこっちへ逃げてこようとしたやつもいたみたいです。トンネルの出口のところが検問さながらで、沼田が直々に陣取って、S市に追い返してます」

つまり、S市の芳林会が狙い撃ちにされていて、沼田と林は、それとは無関係という立場を貫こうとしているのだろう。小坂一派がやられているとしたら、覚醒剤関係に違いなかった。

「抵抗して逃げたのが何人かいるみたいで、S市じゃパトカーが走り回ってるそうです」

「小坂は？」

「それはわかりません。捕まった人間の名前も、はっきりしてないんです」

「大騒動だな」

「トンネルのこっちは、静かなもんですがね。それから、総支配人がハーバーオフィスに来たそうです。なんの用かわかりませんが、児玉さんが気味悪がっていました」

蒼竜は、もう戻ってきている時間だった。いつの間にか、午後三時を回っている。

「野中、いまどこだ？」

「姐御のところですよ。来たはいいんですが、姐御は情緒不安定でしたね。笑ったかと思うと、いきなり俺をやっつけはじめたりしましてね」

「代れるか？」

「いまカウンターの中ですが、代ります」

しばらくして、牧子の太い声が出た。

「忙しいんだ、いま」

「ほんとは、ちょっとくやしいってとこだろう。違うか？」

「あたしが、なにを」

「思わず、キリマンジャロの豆を買っちまった。そしてそれは、俺のためだけに淹れようと思っている。そうしちまった自分が、くやしいんだよ」

「女の気持を、ひっかき回すのがうまい男だな。見かけによらない」

「買ったのか？」

「うん。だけど、この電話で踏んぎりがついた。あれは捨ててしまう」

「好きにしろ。いまから行く。昼めしを食っていないんだ」

「ランチタイムは終ったよ」

「誰が、店のめしを食うと言った。二階に行く。簡単なものでいいから用意しておけ」

「どういう気よ。あたしを、あんたのなんだと思ってるわけ？」

「俺がめしを作れと言ったら、作って待っている。俺にとっちゃ、そういう女だ」

「殺してやるぞ。いつか隙を見て、必ず殺してやる」

「その時は、心臓を一撃でな」

牧子がなにか言おうとしたが、その前に私は電話を切った。

遠くに、別荘地が見えていた。

私は、ホテル・カルタヘーナの忍の直通番号にかけた。

「ハーバーオフィスまで、俺を捜しに？」

「まあな。おまえは仕事の報告を、俺に入れようとしない」

「あの仕事、終ってますよ」

「そうか。正直言うと、俺は川辺という男が気になって、ハーバーまで行ってみたんだ。あの男が、どうしているかと思ってね」

「死ぬでしょう、多分」

「いいのか、それで」

「止められないってことですね。誰にも、止められません」

「しかしな」

「ホテルにも、この街にも、なにも起こりはしませんよ」

「あの男だけが、死ぬのか？」

「わかりませんよ。多分、そうなるだろうと、俺が思っているだけのことです」

「なぜ？」

「男だってことを、気持の中から消すことができないからでしょう」

「馬鹿げている」

「俺も、そう思いますがね」

「別な理由を、捜せ」

「いくらでも。だけど、納得はできませんよ。つまり、無駄だってことです」

「やりきれんな、ソルティ。俺はもう、五十一だ。そういうのに耐えるのが、つらくなってきてる。なんとかしろ」

「川辺和明は、何日かホテル・カルタヘーナの客だったたってだけのことで、それ以上はなにもありません。総支配人さえ、その気になればね」

「気になるんだよ。なにもなく、あの男がこの街を出て行ってくれればいいと、俺はずっと思ってる」

「総支配人らしくないですね」

「おまえは、どうなんだ、ソルティ？」

「俺は、川辺和明が死ぬ手助けをするような気がします。ほとんど直接的にね」

「いいのか、それで？」

「めぐり合わせですよ。最初に会ったのが教会の葬式で、海に背をむけている川辺さんが気になって仕方がなかったんですから。はじめからそういうめぐり合わせだった、と思うんですよ」

「それだけか？」

「それだけですよ。それだけでいい、と俺は思ってます。すべてが、風みたいなものですよ。俺は、そう思うことにしているんです」

いつの間にか、別荘地に入っていた。

車が多くなり、ミラーに須田の乗ったＢＭＷは見えなくなった。一緒にやる、という話はしていない。たまたま一緒になった。それだけのことだ。

「ひとつ思い出しましたよ、総支配人」

「なんだ？」

「ホテルの料理長に、鮪（まぐろ）を預けてあります。あれ、川辺さんが釣ったものですよ」

「それを、どうしようっていうんだ？」

「思い出したんで、総支配人に報告しておくだけです」

私は電話を切った。

神前川を渡り、一の辻をリスボン通りに左折した。『スコーピオン』は、一の辻から五、六百メートルというところだ。その手前に『エミリー』がある。

牧子は、部屋にいた。

キッチンで、スパゲティを茹でていたようだ。髪は洗ったらしく、油の汚れはなかった。

「あと五分、待ってよね」

「コーヒーは、キリマンジャロだぜ」

「わかってる。でもあたし、自分がなぜこんなことをしているのか、わからないんだ。気がついたら、キッチンに立って、スパゲティを茹でてた」

「女だからさ」

私は、リビングのソファに腰を降ろした。軽いジャズがかかっていた。牧子が持ってきたビールに、私は口をつけた。のどが渇いていたことに、はじめて気づいた。

32 最後のひとり

植物園の方に、車が一台突っ走って行ったと野中から知らせてきたのは、午後五時だった。周囲はまだ明るいが、沖の海面は斜めからの光線で銀色に輝いている。

異常なスピードで突っ走っていった一台の車以外、この二時間の間、街に目立った動きはなかった。

私は、二の辻のすぐそばに車を停めていた。そこならば、街のどこへでも行きやすい、と考えたからだ。

野中が、バイク仲間を八人ほど動員していた。宇津木も、多分須田に言われて走り回っているだろう。それでも、川辺の居所はわからなかった。BMWは、須田が乗ったままだ。川辺が移動しているとしたら、レンタカーを使ってだろう。ドミンゴ通りにレンタカー屋が三軒あり、大衆車だけでなく、スポーツタイプの外車も借りられる。

S市の状況は、ほぼ判明しはじめていた。

覚醒剤に関することがすべて割れて、いま逮捕者は十二人になっている。親分はここぞとばかりに引退声明を出し、小坂には逮捕状が出たが、東京へ逃走したという話だった。

芳林会の内紛は、短時間で決着がついたという恰好だった。

私は、二の辻のそばで待ち続けた。

五時半に、また野中から電話が入った。

「植物園の方で、銃声らしいものが聞えたというんです。もっとも、パンという音だったらしくて、気の早いやつが花火に火をつけたということも考えられます。一応、街じゅうを走り回らせているんですが、いつもと違うのはそれだけですね」

「神前川の河原じゃ、よく花火をやってるよな」

「かなり派手にね。一発だけというのが、妙な予感がしますよ」

「そうだな」

「走り回ってる連中、どこかに集めてもいいですか？」

「ああ。サッカー場の近くにいてくれ。また動いて貰うことになるかもしれん。植物園へは、俺が行ってみる」

「俺、いま称徳寺のそばなんですよ」

神前亭と、川を挟んでむかい側にある寺だ。境内は、植物園と隣接している。

「突っ走った車だけ、捜してくれ。車だけだぞ。ほかの連中は、サッカー場のそばだ。俺も、五分で植物園の入口へ行く」

私は車を出した。

神前川の対岸は、広大な植物園と梅園と公園で、その外周が馬場になっている。一周するとほぼ五キロという馬場は、日本でもめずらしいものらしい。

植物園の入口に到着した。

植込みの中から、野中が姿を現わした。

「車が、土手のそばに停ってます。ちょっとおかしいですよ」

「俺が行ってみよう」

「一緒に行きますよ、社長」

「やめておけ。パンという音は、多分銃声だ。どこから弾が飛んでくるか、知れたものじゃないぞ。そこまでやる理由が、おまえにはない」

「社長には、あるんですか」

「なんとなく、川辺という人が好きでね。多少の危険は冒してもいいという理由に、それはなるだろう」

「なら、俺だって、社長を好きですよ」

「おまえを好きな連中が、サッカー場のそばに集まってるだろう。そこにいろ」

私は車を出した。土手沿いの狭い道を走っていく。放置されたままの車は、すぐ見つかった。誰も乗っていない。

左側は、馬場との境の金網で、右は土手だった。私は、土手に登っていった。むこう側は急な斜面で、すぐに河原になる。草が生い茂り、ところどころには水溜りもあった。しばらく雨が降っていないので、水溜りの水は腐り、蚊の発生源になっている。これで台風の大雨が来れば、河原まで流れに呑みこまれることもあるのだ。

私は、慎重に乾いた土を調べていった。一カ所だけ、人が滑ったような跡がある。それを辿っていく。足跡。走っているようだ。二つのものが入り混じっているように見えた。そのまま、丈の高い草の中に入っている。

慎重に、私は草を掻き分けていった。私以外の人間がたてる音。それを聞き逃すと、弾を食らうことになりかねない。

十メートルほど草の中を進んだところで、黒い靴が見えた。そのまま、進んでいく。男。倒れていた。川辺ではない。もっと若い男だった。

死んでいる。銃でも刃物でもなかった。首の骨が折れているようだ。男の手には、二二口径の、小さな銃が握られたままだった。

男の屍体から先に、人の進んだ痕跡はなかった。ということは、川辺はここから引き返したのか。

男は、川辺を追ってここまで来た。それは間違いないことだろう。川辺が誘ったのか、男が見つけたのかはわからない。

とにかく、川辺はまだ死んでいない。

私は車に戻った。

ちょっと考えてから、須田に電話をした。

「祢徳寺よりちょっと下流の方で、男がひとり死んでます」

「撃たれてるのか?」

「いや、首の骨が折れてますね」

「間違いない。それなら川辺がやったんだ」

「あと、二人ですか」

「どうも、サッカー場の裏あたりから、山へ入った気配がある。おまえ、そっちの方を頼めるか。俺は、もうひとりを見つける」

「いま、どこですか?」

「教会のところで、宇津木と落ち合った。サッカー場の前に、ガキどもが集まってるが、俺の方に貸してくれんか。山に入れるのは危険だ。銃を持ってるからな。街の中を、走り回らせる方が、まだ安全だろう」

「うちの野中が、そろそろ着くはずです」

「わかった」

「須田さん、川辺さんは、なんらかの方法でやつらを誘い出してると思うんですよ。だけど危険です。銃を使う気がないみたいだ」

「持ってないんだ、もともと」

「なぜ?」

「渡そうとしたが、これまで銃なしでやってきたんだ、と言ったよ」

「死んでもいいって気ですね」

「大橋に会うまでは、死ぬ気はないだろう。ただ、昔の自分の闘い方を、捨てたくないんだ。そういう男さ。だから早いとこ、俺は最後のひとりを見つけ出したいんだ、ソルティ」

「わかりました。俺は、山に入ってみます」

「暗くなる。気をつけろ」

「須田さんこそ。川辺さんと二人で、葬式はやりたくないですからね」

「俺は、川辺の代りに死んでもいい」

「またそんな」

「命の借りがある」

「昔のことでしょう」

「借りにも、消えるものと消えないものがあるんだよ」

電話が切れた。

私は車を出し、馬場通りから山際新道へ出て、サッカー場の前へ行った。

野中たちの姿はない。私は車をそこに置き、サッカー場の裏手から山道に入った。

薄暗くなっていた。蟬の声が、途切れ途切れにまだ聞えている。

ハイキング用ではないので、小径はかなり急だった。昔、まだこの街が農業で生きていたころは、この小径もずいぶんと使われていたのだ。
二、三時間歩けば、S市に出ることができる。トンネルがなく、海沿いの道が台風で通れない時、私はこの小径を歩いたことがあった。S市で、友だちと約束をしていたからだ。ずぶ濡れで現われた私を見て、友だちはちょっと無気味に感じたようだった。

頂上近くに着いた。これからは、尾根の道である。もうすっかり暗くなっていて、何度か石に躓いた。ベストにはペンライトがあるが、それは使わないようにした。闇の中では、見つけてくれと言っているようなものだ。

一度だけ、気配を感じた。それは人のものかもしれず、小動物のものかもしれなかった。闇では、動くものはすぐ近くに感じられる。

小径が分岐しているところで、私は雑木林の下草の中に身を潜めた。確かに、気配はある。山の中には、誰かいる。それは肌が感じていた。しかし、捜すのは無理だろう。

小径はいくつかに分れているが、街へ降りていく人間は、ここを通るしかなかった。息を潜めた。すべての気配を感じ取ろうとした。二時間以上、そうやって待った。

銃声。二発続いた。それほど遠くない。私は、ペンライトを点け、十メートルほど離れた木の枝の股に固定した。餌もなにもないまま、釣りをするような気分だった。

さらに一時間ほど経った時、また銃声が聞えた。一発だけだ。

闇の中で、殺し合いが行われている。それがはっきりと感じられる。私のペンライトの餌には、なにもかかってこない。

二時間経ったころ、ペンライトの電池が切れて、光が弱々しくなり消えた。

まったくの闇になった。眼はすっかり闇に馴れていて、木のかたちなど、なんとか見てとることはできた。それは、そこに木があるという感じで認識できるだけで、細かいところはやはりなにも見えない。空には星があった。月も山の上にかかっている。

　すでに、深夜になろうとしていた。

　風が吹きはじめている。それは時々強く吹きつけては、葉を戦がせるだけの弱い風になった。夜明けにかけて、少しずつ強くなっていく風だろう。

　私は、木の幹に寄りかかって、星を見ていた。そうして待つしかなかった。

　不意に、突き刺さってくるような気配を感じて、私は身構えた。

　動物と動物がぶつかり合う。そういう音がした。銃声は聞えない。なにかが、激しくぶつかり合っている。そういう音だけだ。

　それから、草を踏み、枝を折る音が聞えてきた。二つ。私は音の方向を、そう読んだ。

　勝負は、まだついていない。

　再び、静かになった。

　なぜ銃声がしなかったのか、私は考えていた。弾が尽きたということはあるまい。銃をなくしたのか。絶対に確実な時でなければ、引金を引かないと決めたのか。それとも、相手に引金を引く余裕も与えず、ぶつかり合ったのか。

　虫が鳴きはじめた。なんという虫かは知らない。私は眼を閉じた。自分の呼吸の音さえも気になったが、そんなものは風が吹き飛ばしてしまっているだろう。

なにかが動いた。それに対応するように、別の方向でも動きがあった。私は眼を開けなかった。この闇の中では、どうにもならない。それに、男が一対一で闘っているのだ。息遣いが聞えてきそうだった。それも、闇に潜むけものの息遣いだ。それが高まり、喘ぎになった。小枝一本折れる音が、山全体をふるわせるような気がした。近い。そして遠くなる。

銃声。一発だけだった。小枝の折れる音が連続した。そして静かになった。

私は、眼を開いた。

勝負がついた。それをはっきりと私の肌は感じていた。どちらかが、倒れたのだ。

私は待ち続けた。

かなりの時間が経ってから、小径を歩いてくる気配が伝わってきた。急いではいない。ゆっくりと、一歩一歩確かめるように、足音は近づいてくる。

私は立ちあがった。闇から、影だけが浮き出してきた。それが川辺であると、私は理由もなく確信した。

「やあ」

私は、声を出した。足音がやんだ。影が、再び闇に吸いこまれていきそうに思えた。

「俺ですよ」

「君か、ソルティ」

「無茶をやりますね、まったく。相手は銃を持ってるとわかってるのに」

「煙草、あるかね？」

私はポケットからキャメルを出し、自分もくわえた。ジッポの火が、束の間周囲を照らし出す。私の手も、川辺の手も、ぼんやりと赤く染った。

「二人、倒しましたね。残るのはひとりか」

「ひとり？」

「四人が、須田さんの乗ったＢＭＷを追いはじめましてね。それをまた、俺が追ったんです。自動小銃まで、持ってるやつらでしたよ。俺と須田さんは、街へ戻ってきましたよ」

「須田のやつ、そのために俺の車を持っていったのか。あの車には、目立つので乗らない方がいいと思ったんだ」

「とにかく、あとひとりですよ。川辺さん、ひとりで全員を倒すつもりだったんですか？」

「まだ生きていていいのかどうか、試そうという気持になってね。ひとりは川の方へ、もうひとりは山へ誘いこめた」

「なにか、連絡の方法でもあったんですか？」

「そうや、あったさ」

「どんな？」

「標的の俺自身がうまくひとりに見つけられればいい。つまり俺が、最も確実な連絡方法ということになる」

「確実すぎますね、それは」

「思いつくのは、そんなことさ」

「本気で、七人を相手にするつもりだったんですか？」

「大橋良雄が、俺の前に並べたハードルだったからな。本気で、全部越えようと思った」

「際限がないな、それじゃ」

「あるよ。大橋には、もうプロを雇うような金はないはずだ。それはわかっていた」

赤い点が、上下に動いた。暗いところで喫う煙草は、あまりうまくない。

「最後のひとりは、須田さんが片付けているかもしれませんよ。そうしたら、どうします？」

「島へ行くだけだ」

「片付けていなかったら？」

「俺が片付ける」

「二人倒せたのは、運がよかった。その運が、いつまで続くと思ってるんです」

「俺のやり方なんだよ、これは。昔から、荒っぽいことをやる時は、まだ生きていていいのかと試すような気分だった。駄目なら、その時死ぬだろうとね。それで、いままで生きているんだ」

「おかしな人だ、あんたは」

「自分が生きていることがおかしい、と何度も思ったことがある」

「運が強い。それは認めますよ」

「俺は行くよ。まだひとり残ってるなら」

「待ってくださいよ。夜が明けてからにしちゃどうです」

「行けと、俺に言っているやつがいる」

「どこに？」

「俺の中にさ」

川辺が煙草を捨て、歩きはじめた。足もとを確かめるように、一歩一歩ゆっくりと歩いている。川辺の背中が闇に紛れてしまわないような距離で、私は付いていった。

一時間ほどで、山を降りきった。

サッカー場の裏手にあたり、街の灯はそこに届いている。小さな傷は負っているが、銃で撃たれたような感じは、どこにもない。

「ひとりにしてくれないか、ソルティ」

「駄目ですよ」

携帯電話をいじりながら、私は言った。二度のコールで、須田が出た。

「見つからん。どこかに潜りこんでるぞ」

「川辺さん、またひとりで標的になって、おびき出す気のようですよ」

「だろうな」

「いいんですか？」

「止められんよ、ソルティ。川辺は昔からそうなんだ。策を弄しない。命を惜しまない。対象に真直ぐ近づいていく。それを変えないことで、法のむこうに踏みこむ自分を許してきた男さ」

「しかし」

「そうなんだよ。仕方がないんだ。ただ、川辺のそういうやり方は、いつも相手の意表を衝いた。そのつもりがなくても、相手が想定していない行動をする、というのが川辺だった。昔からなんだよ。いまも、なにも変ってないというだけのことさ」

　川辺が歩いていくので、私はそれを追いながら喋っていた。

「もうすぐ、夜が明ける。そうすりゃ捜しようもある。それまで、川辺の好きにさせるしかない。川辺のやり方は、変えさせられない。一番確実なのは、俺たちが最後のひとりを見つけて、俺たちで始末しちまうことだ」

「わかりました。つまり川辺さんの運に賭ける。それも面白いかもしれないって、背中を見ていると思えてきますよ。ただ、俺は川辺さんに張りついてます」

「ソルティ、やつらとやり合ってわかっただろうが、プロってのはあの程度のもんだ。チンピラに毛の生えた程度のな。特に、銃器を使うプロは、日本じゃあの程度さ。人を殺してもなんとも思わんというところで、かろうじてプロとして通用してる」

「たしかに、そうですね」

「やくざでもプロでもない川辺の方が、そして俺やおまえの方が、腕はずっと上なんだ」

「なにが言いたいんです？」

「必要ないかぎり、殺すな。これは川辺じゃなく、おまえに言ってることさ。もっとも、ナイフ遣いとやり合っても、殺しはしなかったんだから、老婆心かもしれんがね」

「川辺さんも」

「やつは、ぶつかってくるものを、弾き飛ばすだけだ。殺しにかかってきたら、殺し返す。殴りかかってきたら、殴り返す。それでずいずいと進んでいく。やつには、まあなにを言っても無駄だろう。そんな男が、いるんだよ」

私は、電話を切った。川辺はもう、かなり先を歩いている。追いかけるために走りかけ、私は川辺が行こうとしているのが、教会のそばの駐車場であることに気づいた。

車に乗る気だろう。そして、私を助手席に乗せはしないだろう。ひとりでいてこそ、相手を誘い出せると考えているに違いないのだ。

私は、サッカー場の前に駐めた、マセラーティに戻ることにした。走れば、それほど川辺に遅れなくてもすむ。

踵を返し、私は走りはじめた。ブルーのマセラーティ。置いた場所に、そのままうずくまっていた。サッカー場の入口の照明が当たり、車体が濡れたように輝いている。私は運転席に飛びこみ、エンジンをかけた。水温は下がっていたが、すぐに発進した。

山際新道に、車は一台も走っていない。

五百メートルで、教会だった。駐車場は、その手前だ。見えてきた。不意に、銃声が響いた。私は、スロットルを踏みこんだ。コーナーを、サイドブレーキを引いて曲がり、駐車場に飛びこんだ。

レンタカーらしいボルボが、車列から出るところだった。もう一台。小型の日本車だ。飛び出してきたが、横からボルボがすごい勢いで突っこんだ。ぶつかった。日本車が横倒しになる。

ボルボに乗っているのは、川辺だった。

私は車から飛び出し、横転した日本車の方へ駈け寄った。潰れた車体とハンドルに挟まれて、男は気を失っていた。死んではいないようだが、頭からは血を流している。

「のびてますよ。駐車場で待伏せてたみたいですね」

私は、ボルボのそばに行って言った。

「これで、全部片付いちまった」

「俺は行くぜ」

ボルボのバックランプが点った。

「待ってくださいよ。どこへ行くんですか。それに、この車じゃ無理だ。オイルも冷却水も洩れてます。俺の車に乗り替えてください」

「ハーバーへ行く。君の船を借りなきゃならん、ソルティ」

川辺が降りてきた。マセラーティの運転席に戻りかけて、私はもう一度川辺に視線をむけた。一発食らっている。腹だった。

「十五、六メートルはあったんだがな」

川辺が、傷口を押さえて言った。

33　遠い空

ハーバーに、私と須田だけが残った。

バイクの連中は、全員帰した。川辺は、すでにカリーナの上だ。

夜が明けはじめている。

十一人の男たちと、私と須田はむき合っていた。

「船を、出させるわけにはいかんな」

水村は、ズボンのポケットに左手を突っこんでいる。川辺をカリーナに乗せたところで、待っていたように現われたのだ。

「俺の船だ。俺の勝手にする」

「若月、おまえとはやっぱり、やり合うということになりそうだな」

水村が連れているのは、やくざではなかった。姫島の爺さんがS市でやっている建設会社の社員のようだ。同時に、水村の拳法の門弟でもあるだろう。それぞれに、隙のない構えで立っている。

「一対一で、やるかね」

「いい度胸だよ、若月。だが、須田さんもいることだしね」

「なぜ、姫島の爺さんは邪魔をする？」

「邪魔はしてない。川辺さんは、もっと苦労して、姫島へ行くべきなんだ。それが、会長の考えさ」

「おかしな話だ。爺さんは、なぜ大橋をそんなに庇う。覚醒剤とも絡んでいるのかな」

「知ってるのか、会長は？」

須田が、口を挟んだ。

「俺は、命令されてることをやるだけでしてね。十五人は連れてっていいと言われたんですが、まあ十人ぐらいでいいだろうと思って。この十人だって、実際に働かせることになるとは思ってませんでしたよ」

「川辺は行くな、姫島へ」

「できないんですよ、それが」

「俺とソルティがいる」

「じゃ、うちの連中の腕を見て貰えますか、須田さん。手加減はいりませんよ。貴重な実戦の体験なんだ。こっちも、気合いを入れてやりますから」

水村が、踏み出してきた。背後の十人が、等間隔に散っていった。それぞれに構えをとっている。ある程度は、できそうだ。

相手にできるのは、せいぜい二人までだろう、と私は思った。ベストのポケットには拳銃が入っているが、素手の相手には出しにくかった。

「差しって気はないのか、水村？」

「あるよ。だが、今回は仕事でね。会長の命令なのさ」

言いながら、水村がふり返った。艇置場の入口から、車が二台入ってくるところだった。車は、陸揚げされたクルーザーが並んでいるところで停り、七人の男が降りてきた。真直ぐに、桟橋の方にむかってくる。

この街の芳林会の連中で、沼田も林もいた。

「なんだ、おまえら？」

「別に、大したことじゃないんですよ。カリーナって船が、ハーバーを出られりゃそれでいいんです」

「ほう、芳林会が、会長に逆らうのか？」

「逆らいはしません。ただ、久納会長は、今度のうちの件では、小坂の方に肩入れをされたようで、それは俺らは面白くないですよ」

「それで、邪魔してるってわけか」

「借りがありましてね。返しきれなくなる前に、返しちまおうと思ってんです」

「チンピラやくざが、うちの連中とどれだけ闘えるのかな。おまえ、沼田とか言ったな。そこらで、酔っ払いを脅すようなわけにゃいかないんだぜ。この連中三人で、おまえら全部を倒せる」

「そりゃそうでしょうよ」

喋っているのは、沼田だった。林は、神経質そうに眼鏡をあげたり下げたりしていた。

「俺ら、やくざですからね。正々堂々と闘おうなんて思っちゃいません。やくざってのは、負ける喧嘩はしねえんですよ」

沼田が、一歩退がった。五人が、一斉に拳銃を出した。

「まあ、殺すといろいろ問題がありますし、脚を一本吹っ飛ばすぐらいにしておきましょうかね」

「卑怯じゃないのか、沼田」

「二人に、十一人でかかるのと同じぐらいには、卑怯でしょうよ」

「後悔するぜ」

「しないような気がするんですよね。どの方からはじめましょうか。S市じゃ、久納会長に遠慮するしかねえですが、この街でやることまで言われたかねえです。どうぞ、どの方でもいいですよ。拳法とかで、弾を撥ね返してみませんか」

須田が、低い笑い声をあげた。

「どう考えても、おまえの負けだ、水村。ここで無理押ししない方がいいな」

「やくざに、撃つ度胸があるかどうかですよ、須田さん。こいつら、いつも恰好だけで、躰張ったことなんかありませんからね」

ひとりが、いきなり銃を発射した。右端に立っていた男が、二、三メートル吹っ飛び、腿を抱えてのたうち回った。叫び声があがったのは、しばらくしてからだ。

「運がよけりゃ、二、三カ月でまた拳法がやれますよ。運が悪けりゃ、一生松葉杖ですね。次の人は、腕にでもしましょうか。うちの若い者も、ほんとに人を撃つチャンスがなかなかありませんでね。度胸をつけさせるのに、いい機会です」

水村が、舌打ちをした。首をちょっと動かす。まだ転げ回っているひとりを抱えあげ、引き揚げていった。

「いろいろ借りたみたいですが、これでチャラってことにしていただけませんかね、若月くる。


「貸した気はなかったがね。返してくれるというなら、受けておくよ」

「そいつはどうも」

沼田は、丁寧に頭を下げると、車の方へ戻っていった。林だけ、桟橋のところへ付いてくる。

の旦那(だんな)」

度頭を下げた。

私はカリーナに乗り移り、エンジンをかけた。舫(もや)いを解くために降りてくると、林が一度頭を下げた。

「後始末は、つけてあります。自動小銃まで手に入ったんで、こんなことは申しあげられないんですが、こっちの方は川辺さんに返す借りってことにしていただけますか？」

「ほう、川辺さんも」

「いろいろと、借りたんですよ。ああいうのの後始末は、うちにも馴(な)れたのがおります。死んでないのだけ、医者に運びました。勿論(もちろん)、闇の医者で、料金もやつらが」

「わかったよ、林。すべて、チャラだ。なにも起きなかったのと、同じことだ。これから先も、あまり親しくなりたくないね」

「そりゃもう、私どもも分を心得るようにいたします」

私は舫いを解いた。須田が、船尾の舫いを解き、カリーナは自由になった。

桟橋を離れ、ハーバーを出ると、すぐに前進全速(フル・アヘッド)にした。船底が、波を打つ。かなり荒れていた。空は晴れていても、海は荒れる。それが秋だった。

しばらくして、須田がコックピットへ昇ってきた。

「どうしてます、川辺さん？」

「生きてはいるよ、一応な。もう動かない方がいい。本人もわかっていて、キャビンのソファでじっとしている」

川辺は、病院に行くことを拒んだのだった。助かる確率は、六分か七分はあっただろう。それでも拒んだ。一度歩きはじめたら、行きたいところへ行くか死ぬかだと、私に言っているようだった。

電話で話した須田も、ハーバーへ連れてこいと言ったのだ。

「不思議だと思うか、ソルティ？」

「いまは、そんな気はしませんね。男がやりたいことをやろうとしている。そうなんだと思うだけですよ」

「死んだ人間に、してやらなけりゃならないことがある。そう思う男というのはいるもんだ。川辺がそうさ」

「わかるような気もします」

「死んだ人間にしてやることだから、途中でやめたりもできないんだ」

沖に出れば出るほど、波も風も強くなった。空だけが晴れている。

「もう十二、三年も前の話だがね」

「いいですよ、昔話は」

「おまえも、手を汚したんだ、ソルティ。だから聞いておけ」

いやな話だろう、と私は思った。いやな話は、もう食傷している。わざわざ、また新しく加えたくはなかった。

「十二、三年前、川辺は一度大橋を殺しに来たんだ。大橋が、東京から戻った数週間後だった」

私は、横から来た波を避けるために、舵輪を右へ回した。海底の具合なのか、時々不規則な波が来る。

「その時は、諦めて帰った。この間亡くなった、大橋のおふくろが止めたんでな。止めたというより、大橋を庇ったのかな」

「十年以上経って、また現われたってわけですか。川辺さん、そんなに執念深そうには見えませんがね」

「決意を動かさなかった。それだけのことだがね」

「執念でしょう、それは」

「違うな。死んだ人間のために、やると自分で決めたからだ」

「しかし」

「川辺と大橋は、二十代のころから輸入業を共同でやっていた。半分以上は密輸で、ウイスキーなんかを扱ってたよ。俺も、そのころの取引相手でね。とにかく、危険なことをやっていたよ。官憲もやくざも、相手にしなけりゃならないことがあった。しかしある程度実力がつくと、二人は誰もが考えることを考えた。つまり、密輸はやめて、利幅は少なくてもまともな輸入品を扱おうと考えたわけだ。それだけの蓄えができたということだな」

「それを、大橋が全部取ったんですか？」

「それだけなら、川辺は諦めたはずだよ。若いのが、二人いた。ちょうど、おまえにとっての野中みたいなのがな。俺にとっちゃ宇津木か。川辺がロスで出張所を開いた隙に、大橋はその二人を殺して、稼いだものをすべてひとり占めにしたんだ。川辺の一方的な話だが、多分間違いはないだろう」

「そうなんですか」

「さらに厄介だったのが、二人が兄弟だったたってことだな。腹違いだがね。川辺は、十歳ぐらいの時に母親を亡くして、大橋のおふくろに、大橋と一緒に育てられたんだ」

「それで、おふくろさんが止めたら」

「そういうことだ。川辺は川辺なりに、おふくろさんの恩は感じていたんだろう。育てられたのは、十八までだって話だがね。死んだ二人のためにやろうとしたことを、おふくろさんが亡くなるまで待つことにしたんだ。そして、葬式の日に、この街へやってきた」

海に背をむけ、汗ひとつかかずに立っていた川辺の姿を、私は明瞭に思い出した。はじめから、川辺はこの街にそぐわないなにかを持っていた。

「待っている間、川辺はまた輸入業を続けて、それなりに大きくなったようだな。失うものを持った川辺が、決めたこととはいえ、また同じことをやろうとするとは、俺は思わなかったよ」

「そんなもんかもしれませんね。失うものを持つ前に、なにも持てない人間になってたんだ。この十年ちょっとで築いたものなんて、捨てるという意識もなく、川辺さんは捨てることができたでしょうよ」

「そう思うか、ソルティ？」

「思いますね」

「俺は、思わなかった。それだけ、男として駄目になってたってことかな。川辺が本気だと知って、正直驚いたよ。大橋は、もっと高をくくってただろう。兄弟なんだしな」

「大橋の事業ってのは？」

「ひとつ会社を持ってる。東京にだ。その資金になったのも、『スカンピー』の資金も、川辺と一緒に稼いだ金なんだろう。東京の会社が、うまくいかなくなってたらしい」

「そういう男が考えるのが、覚醒剤で儲けようってことなんですね」

「小坂を利用したのかされたのか、そこのところはわからんが」

「姫島の爺さんは、二人とも利用したんですか？」

「爺さんは、そんな真似はせんよ。街が覚醒剤で汚れきってしまえばいい、という思いはあっただろうが、自分で手を出したり、人を利用したりはしない」

「そうかな？」

「人間とはもともと汚れたものだ、という拭い難い人間観が、あの爺さんにはある。だから、街の表面的なきらびやかさが、虚偽としか思えないんだろう。それだけだよ」

「しかし、大橋を匿いましたよ」

「いまさら匿ったところで、大橋はなんの役にも立たんよ。匿ったのは、また別の血族観のようなものによるんだろう。兄弟で、殺し合いをしてはいかんとね。さっき水村が喋ったことで、俺はなんとなく、爺さんが大橋を匿ったことが納得できたよ」

「もっと苦労してじゃなけりゃ、川辺さんは大橋に会えないんだと言ってましたね」

「会わせたくないのさ、二人を。兄弟が殺し合うなんて、人間のやることじゃない、と爺さんは思ってるに違いないよ」

私は、煙草をくわえた。

波は相変らず荒く、いまいましいほど空だけが晴れていた。

「ヘリコだな」

晴れた空に、小さな点がひとつあった。水村が、姫島へ報告に帰ろうとしているのだろう。雇われたパイロットはいるが、水村もヘリコプターを操縦する。

「おまえはいつか、水村とやりそうだな、ソルティ」

「あまり気は進みませんがね」

「馬が合わない相手というのは、どこにでもいるもんさ」

「やつは特別ですよ。爺さんの犬だ」

「爺さんは、ひとかどの男さ。その犬なら、ひとかどの犬ってことになる」

「勝てますよ、俺はあいつには」

「勝ってから言え、そんなことは」

点にしか見えなかったヘリコプターが、次第に大きくなり、姫島の方へむかって飛んだ。カリーナは当然見えているだろうが、わざわざ上空へ来るような真似もしなかった。

34　キリマンジャロ

川辺は、毛布を躰に巻きつけて、ソファでじっとしていた。

眼差(まなざ)しはしっかりしていて、キャビンに入ってきた私に、なんの用だと眼で問いかけてきた。

「あと五分ほどで、姫島ですよ」

「さっき揺れた時だな、あの潮流を乗り越えたのは」

「俺にできることは？」

「船を、ちゃんと姫島の岸壁に着けてくれ」

「それはもう」

「カリーナは、いい船だ。乗っていると、それがよくわかる」

「残念ですよ」

「何が？」

「鮪を釣ったの、川辺さん憶えてますか？」

「ああ」

「あれ、ホテルの調理場の冷蔵庫でしたね。食いごろになってます。確実に、総支配人の胃袋に収まるな」

「君は食わんのか、ソルティ？」

「人を弔ったりする時は、ひとりでやることにしてるんです」

「俺なら、気にするな。二十年も前に、死んでいて当然だった。今度は死ぬだろう、今度は死ぬだろうと、何度も思い続けながら、死なずにきたんだ。その間に、何度も自分で自分を弔ってきたよ」

「あの鮪は、貪欲な胃袋に入ればいいんです。俺はやめておきますよ」

「好きにするさ」

私は煙草に火をつけ、川辺に差し出した。

川辺は、二度煙を吐いただけで、首を横に振った。

「のどが渇いてるでしょうが、水はあげられませんよ」

「わかってる。それより、肩を貸してくれないか。ファイティングチェアに腰を降ろしたい」

私は、脇に手を回して、川辺を立たせた。

後甲板まで連れていき、ファイティングチェアに腰を降ろさせる。眩しそうに、川辺は海に眼をやった。

「汗をかいてませんでしたね」

「なに？」

「教会の葬式の時です。ひどく暑い日だったのに、スーツを着て汗もかいていなかった」

「心が、冷えきってたのさ」

「やさしい人だったんですか、亡くなった大橋のおふくろさんって？」

「いや。ひどいことを、ずいぶんとされた。仕方ないだろう。いきなり子供が現われたんだ。それでも、きちんと育てて貰った。それについては、感謝している」

「もう、姫島です」

「わかってるよ」

「俺が、接岸しますから」

私は、コックピットに昇り、須田と舵（かじ）を代った。

減速し、防潮堤をかわす。そのまま舵を切りながら惰力（だりょく）で進み、舳先（へさき）が岸壁にぶつかりそうになった時、数秒後進（アスタン）をかけた。それでカリーナは、真横から岸壁に着いた。

男が二人、舫いをとった。私はエンジンを切り、後甲板へ降りた。

川辺が、立ちあがった。

手を差しのべたが、つかまろうともせず、自分で岸壁に降り立った。須田に続いて、私も降りた。男二人は、降りてくる私たちを、黙って見つめていた。

水村がやってくる。犬は連れていなかった。川辺は、岸壁に立って、近づいてくる水村を見ていた。水村が、何度か振り返る。

姿を現わしたのは、大橋だった。それを見て、川辺が歩きはじめる。しっかりした足どりだ。水村が、川辺を避けた。

「兄さん」

歩きながら、川辺が言った。

「返さなきゃいけないものがある。知ってるだろう、これは」

川辺が、ポケットから出したのは二二口径の小さな拳銃だった。

「これは、兄さんのだ。兄さんはこれで、ジョーと室田を撃った」

「おまえはな、和明」

哮えるように、大橋が言った。

「いつも俺の眼障りだった。十歳も下のガキで、暗い眼をしていて、強情だったよ。おまえを見るたびに、女でおふくろを苦しめた親父を思い出したもんだよ」

大橋の白い髪が、風で乱れている。

「大人になったら、俺の仕事を手伝うと言いはじめて、黙って使われていればいいのに、俺のやることに口を出した。おまえは、危険なことは全部自分で引き受けたと思っているのかもしれんが、俺は俺で、懸命に頭を使ったんだ」

「よそうよ、そんな話は」

「そうだな」

「二発、弾が入れてある。一発はジョーの分で、もう一発は室田の分だ」

「俺も撃つよ、和明。大人しく殺されようとは思わん」

大橋が、銃身の長い銃を出した。

距離は二十メートルほどだ。二人が歩きはじめた。十メートルの距離になり、四、五メートルになった。大橋の手の方が先に動いたが、銃声は重なっていた。

膝を折り、大橋はうつぶせに倒れた。躰が痙攣している。川辺が、二歩ほど歩いた。左胸のところを撃たれていた。川辺の躰が、ぐらりと揺れた。

そして仰むけに倒れ、動かなくなった。

誰も、なにも言わなかった。決まったことが、決まったように起きた、と私は考えただけだった。

どれほどの時間が経ってからか。須田が進み出て、川辺のそばに屈(かが)みこんだ。須田は、川辺の顔に手をのばし、眼を閉じさせた。

水村が、頭をさげた。その方向からやってきたのは、姫島の爺さんだった。小柄で、皺(しわ)の多い顔で、私が会った時はいつもさびしそうな眼をしていた。その眼は、いまも変らなかった。

「殺し合いをさせまいとした人間と、させようとした人間がいた」

錆(さ)びついたような声だった。誰にむかって言ったわけでもなさそうだった。

「愚かなのも、人間だな」

爺さんは、二つの屍体をじっと見降ろしていた。顔の表情は、まったく変っていない。

「おい、若いの」

爺さんが、私を見て言った。爺さんから見れば、私は確かに若いの、だった。

「これに、なにか意味があると思うか?」

「川辺さんには、多分」

「そうか。川辺の方には、なにか意味があったか」

爺さんは、私から視線をはずすと、海の方を見た。朝の光を浴びて、海はやはり銀色に輝き、海らしい色を失っていた。

「しばらく、荒れそうだな」

「秋ですから」

「つまらんことを言ってないで、早くわしの島から出ていけ」

「俺は、川辺さんを」

「二人は、同じようにうちで弔おう。おまえたちは、帰れ」

須田が、私の腕をとった。

私は頷き、カリーナに乗りこんだ。コックピットに昇り、エンジンをかける。舫いをとった二人が、すぐに舫いを解いた。

私はゆっくりと船を岸壁から離し、方向を変えると、エンジンの出力をほんのわずかあげた。船はゆっくりと進みはじめ、防潮堤をかわして、外海へ出た。

「爺さん、悲しそうだったな」

「いつも、あんな眼をしている人でしょう。俺には、どうでもいい人間ですよ」

「俺は、嫌いじゃない。まあ、平然といろんなことをやってはくれるがね」

海は荒れていて、時化と言ってもよかった。潮流を乗り切る時は、めまぐるしく舵を切らなければならない。

「いるんですね、あんな男」

「川辺のことか」

「いたんだな、という気分です。あんな男が、まだいたんだってね」

「塩を舐めたような顔だぜ、ソルティ」

「いまだけは、こんなニックネームをくれた群先生を恨みますよ」

私は携帯電話を出し、牧子の部屋の番号をプッシュした。

六度コールして、ようやく牧子は出た。まだ、やっと八時を回ったところだ。

「腹が減った」

「何時だと思ってるの？」

「コーヒーは、キリマンジャロだ」

「まったく、なんて勝手な男なんだ」

「遠いな」

「えっ、どこが？」

「そこがさ。たっぷり一時間はかかりそうだよ」

「いい加減にしろよな。あたしは、あんたの奴隷じゃないんだ」

「コーヒーはキリマンジャロだぞ、牧子」

「しつこい。買ってあるのは、知ってるじゃないか」

「コーヒーだ。キリマンジャロだ」

舵輪を回し続けながら、私は言った。

「まったく」

「勝手に生きて、勝手に死んでいく」

「なにがよ」

「男ってやつさ」

私は電話を切った。

潮流を越えようとしているところだった。越えてしまえば、あまり複雑な波は来なくなる。スロットルレバーを、全速(フル)にまで押し倒した。飛沫(しぶき)が、頭上から降ってきた。

まるで大雨の中にいるようだったが、空はやはりいまいましく晴れていた。

本書は平成七年十月に刊行された角川文庫
『遠く空は晴れても　約束の街①』を底本としました。

ハルキ文庫

き 3-33

遠く空は晴れても ブラディ・ドール⑪

著者 北方謙三

2018年5月18日第一刷発行

発行者 角川春樹

発行所 株式会社角川春樹事務所
〒102-0074 東京都千代田区九段南2-1-30 イタリア文化会館

電話 03(3263)5247(編集)
03(3263)5881(営業)

印刷・製本 中央精版印刷株式会社

フォーマット・デザイン 芦澤泰偉
表紙イラストレーション 門坂 流

ISBN978-4-7584-4163-6 C0193 ©2018 Kenzô Kitakata Printed in Japan
http://www.kadokawaharuki.co.jp/[営業]
fanmail@kadokawaharuki.co.jp[編集] ご意見・ご感想をお寄せください。

北方謙三
三国志 一の巻 天狼の星

時は、後漢末の中国。政が乱れ賊の蔓延(はびこ)る世に、信義を貫く者があった。姓は劉、名は備、字(あざな)は玄徳。その男と出会い、共に覇道を歩む決意をする関羽と張飛。黄巾賊が全土で蜂起するなか、劉備らはその闘いへ身を投じて行く。官軍として、黄巾軍討伐にあたる曹操。義勇兵に身を置き野望を馳せる孫堅。覇業を志す者たちが起ち、出会い、乱世に風を興す。激しくも哀切な興亡ドラマを雄渾華麗に謳いあげる、北方〈三国志〉第一巻。

（全13巻）

北方謙三
三国志 二の巻 参旗の星

繁栄を極めたかつての都は、焦土と化した。長安に遷都した董卓の暴虐は一層激しさを増していく。主の横暴をよそに、病に臥せる妻に痛心する呂布(りょふ)。その機に乗じ、政事への野望を目論む王允は、董卓の信頼厚い呂布と妻に姦計をめぐらす。一方、兗州を制し、百万の青州黄巾軍に僅か三万の兵で挑む曹操。父・孫堅の遺志を胸に秘め、覇業を目指す孫策。そして、関羽、張飛とともに予州で機を窺う劉備。秋(とき)の風が波瀾を起こす、北方〈三国志〉第二巻。

（全13巻）